DATES & DRAGONS

Kristy Boyce

DATES & DRAGONS

Tradução
Sofia Soter

Rio de Janeiro, 2025

Copyright © 2024 by Kristy Boyce. Todos os direitos reservados.
Copyright da capa @ 2024 by Liz Parkes.
Copyright da tradução © 2025 by Sofia Soter por Casa dos Livros Editora LTDA. Todos os direitos reservados, incluindo o direito de reprodução integral ou parcial. Esta edição foi publicada em acordo com a Random House Children's Books, uma divisão da Penguin Ranfom House LLC.

Título original: *Dating and Dragons*

Todos os direitos desta publicação são reservados à Casa dos Livros Editora LTDA. Nenhuma parte desta obra pode ser apropriada e estocada em sistema de banco de dados ou processo similar, em qualquer forma ou meio, seja eletrônico, de fotocópia, gravação etc., sem a permissão dos detentores do copyright.

COPIDESQUE	Laura Pohl
REVISÃO	Lis Welch e Daniela Georgeto
ADAPTAÇÃO DE CAPA	Guilherme Peres
DIAGRAMAÇÃO	Abreu's System

Dados Internacionais de Catalogação na Publicação (CIP)
(Câmara Brasileira do Livro, SP, Brasil)

Boyce, Kristy
  Dates & Dragons / Kristy Boyce; tradução de Sofia Soter. – Rio de Janeiro: Pitaya, 2025.

  Título original: Dating and Dragons.
  ISBN 978-65-83175-50-2

  1. Dungeons & Dragons (Jogo) – Ficção 2. Romance norte-americano I. Título.

25-268815   CDD-813.5

Índice para catálogo sistemático:
1. Romances: Literatura norte-americana   813.5
Bibliotecária responsável: Eliete Marques da Silva – CRB-8/9380

Editora Pitaya é uma marca licenciada à Casa dos Livros Editora Ltda. Todos os direitos reservados à Casa dos Livros Editora LTDA.

Rua da Quitanda, 86, sala 601A – Centro
Rio de Janeiro/RJ – CEP 20091-005
Tel.: (21) 3175-1030
www.harpercollins.com.br

*Para Maggie, minha melhor amiga.
Obrigada por me encorajar a começar
a escrever ainda criança.*

Capítulo Um

Achei que eu já tivesse sobrevivido a todo tipo de pesadelo de "aluna nova" antes de hoje, mas parece que meu cérebro não teve criatividade suficiente para inventar o atual cenário. Não cheguei à escola pelada nem atrasada para uma prova para a qual não estudei... mas estou sendo deixada na nova escola, no primeiro dia de aula do segundo ano do ensino médio, pela minha avó que, de tão empolgada, insiste em tirarmos fotos juntas no estacionamento para registrar esse marco.

— Mas não é o primeiro dia de aula — argumento pela terceira vez.

— É seu primeiro dia de aula *aqui*, Quinn — responde minha avó.

Ela aperta firme o volante e se estica até o rosto ficar a poucos centímetros do vidro.

— Não importa se já estamos em fevereiro. Posso estacionar aqui? — pergunta, apontando uma vaga.

Olho pela janela.

— Não, a placa diz que é para os veteranos.

— Bom, eu sou bem veterana!

Eu me viro para o banco de trás.

— Me dá uma ajudinha aqui, Andrew?

Meu irmão de 15 anos dá de ombros, sem nem desviar os olhos do celular.

Ótimo, envolvido e prestativo, como sempre. Eu me volto para minha avó.

— O estacionamento está enchendo. A gente pode descer já, sério, tranquilo. Quem sabe a gente não tira fotos outra hora, ou uma selfie no carro?

Posso também fazer todo o possível para minha avó nunca mais nos dar carona de novo. Pego a mochila para mostrar que estou pronta.

— Que nada. Meus únicos netos finalmente moram perto o suficiente para nos vermos todos os dias, e eu preciso compensar o tempo perdido. Quero uma foto de primeiro dia de aula.

Ela franze a testa e ajeita o lenço de seda laranja. Parece até que é o primeiro dia de aula da minha *avó*, considerando como ela se arrumou para um trajeto de dez minutos de carro, mas, até aí, ela sempre se orgulhou de ser a mulher mais elegante em qualquer lugar em que estivesse. Ela não usa roupas tradicionais de "vovozinha" — vive de blusas coloridas, calças de linho e seus fiéis lenços florais. As roupas combinam mais com um iate do que com o interior de Ohio.

Meu cérebro pifa e percorro o estacionamento com o olhar em pânico em busca de curiosos. Ainda tem um bando de alunos arrastando os pés para entrar, então não vai dar para fazer isso sem testemunhas. Implorei para meus pais me deixarem dirigir hoje, mas eles precisavam dos dois carros para ir aos novos empregos. Faz uma semana que nos mudamos para Laurelburg, Ohio, a duas horas de carro de onde morávamos antes, para ficar mais perto da minha avó.

— Ela vai se divertir tanto! — argumentara minha mãe, com olhar de súplica. — Você sabe como ela fica feliz de encontrar vocês!

Ah, ela fica feliz, e como. Para meu pavor, ela dirigiu até um grupo de caras ao redor de um carro chique vermelho.

Considerando as jaquetas esportivas, são atletas. Eu me encolho no banco como uma cobra se enfiando na toca.

Minha avó abre a janela e acena para eles.

— Oi, rapazes, estão se comportando aí? Que grupo charmoso vocês são!

Um gemido baixo escapa de mim, e eu fecho os olhos com força. Minha avó fala com todo mundo. Atrás de mim, uma porta é aberta e fechada. Olho para trás e vejo Andrew correndo entre os carros para entrar na escola antes que nossa avó perceba. Mas que *traíra*! Nem acredito que meu irmão mais novo é mais esperto do que eu.

— Vocês tirariam uma foto nossa, por favor? — pergunta minha avó, e eu me encolho ainda mais.

Escuto um falatório e uma gargalhada antes de a minha avó dar partida no carro.

— Nossa, que grosseria. Melhor não perder seu tempo com *eles*.

— Não tenho dúvidas de que isso não será um problema — digo.

Minha avó está se certificando de que eu não vou ter a mínima chance de fazer amigos aqui. Não preciso de ajuda para ser mais esquisita. Nunca fui popular, mas pelo menos — por um tempo — tinha amigos próximos na escola antiga. Costumava ser tudo tão confortável e tranquilo… até nosso grupo implodir. Respiro fundo e lembro que essa mudança veio para o bem. É o que eu quero. Não sinto saudade da minha escola antiga nem da ansiedade que sentia lá, sempre com medo de esbarrar em algum ex-amigo no corredor.

Vovó continua a avançar lentamente pelo estacionamento, e um grupo de cinco alunos conversando chama minha atenção. Não sei explicar, mas parecem meu tipo de gente. Parece que, nas circunstâncias ideais, eu até teria coragem de puxar assunto. E aquela garota sul-asiática está usando um brinco de d20 verde com purpurina? Minhas esperanças aumentam ainda mais.

Infelizmente, minha avó também reparou neles.

— Eles parecem simpáticos. Aposto que vão ajudar — diz ela e, dessa vez, abaixa minha janela e se estica por cima de mim. — Oi! Algum de vocês pode tirar uma foto da gente, por favor?

Diferente do outro grupo, que só deu risada e a ignorou, esse pessoal para e se vira para o carro. Eles se entreolham, confusos, e um garoto se aproxima. Sinto um frio na barriga. Por que ele precisava ser bonito? Tipo, tão bonito que é *irritante*. O cabelo castanho-claro cai sobre a testa, os olhos azuis combinam com o casaco, e as bochechas dele estão coradas de frio. Ele me encara por um segundo antes de sorrir para minha avó.

— Claro. No carro mesmo?

— No carro, não, óbvio! Precisamos da escola no fundo!

Ela estaciona bem ali e liga o pisca-alerta, bloqueando a passagem de todo mundo. Então me empurra para fora, e eu me forço a obedecer, suando em bicas por baixo do casaco, apesar do ar gélido de fevereiro.

— Espera aí, onde o Andrew foi parar? — exclama ela.

— Ele fugiu faz um tempinho — digo, baixinho.

— Ai, ai — resmunga ela. — Bom, pelo menos vou ter uma foto com minha neta *predileta*.

O fotógrafo ri, e meu rosto arde. O resto do grupo se juntou mais para assistir à cena. Para minha alegria, a garota sul-asiática está *mesmo* com brincos de dado. Imagino que ninguém usaria isso se não fosse alguém que goste de jogos. Vou ter que ficar de olho para ver se ela está em alguma das minhas aulas... supondo que essa situação esquisita não estrague minhas chances de amizade. Ao lado dela está um garoto sul-asiático da mesma altura, com as mãos nos bolsos e uma expressão bem-humorada, além de uma outra pessoa que mal consigo enxergar por baixo do casaco acolchoado e do gorro de crochê de arco-íris. E tem um *daqueles* caras — sabe, dos que sempre parecem perfeitamente relaxados de chinelo e bermuda, mesmo que esteja uma temperatura abaixo de zero. Ele usa o cabelo comprido preso em um rabo de cavalo baixo e está olhando para cima.

Minha avó entrega o celular para o fotógrafo. O celular tem uma alça de tecido comprida para ela não perder.

— É um prazer encontrar um rapaz tão educado por aqui. Alguns desses outros alunos são uns bocós.

Ela indica o outro grupo com a cabeça.

— Ah, é, todo mundo sabe disso — diz ele, e olha para mim. — Você estuda aqui?

— Hm, estudo — murmuro.

Ele me observa, como se duvidasse, ou tentasse identificar se já me viu por aí.

— Ah, legal. Estou pronto quando vocês quiserem.

Ele levanta o celular e faz sinal para a gente se juntar.

Olho para baixo, sem jeito. A maioria das minhas roupas é de um estilo meio hippie — muitas saias compridas e estampadas, suéteres curtos e colares de miçanga, que em geral acho que combinam bem, mas não tanto assim quando metade do meu corpo está envolta por um casaco roxo acolchoado. Minha avó me abraça pela cintura, e eu endireito a postura.

— Digam "picles peludos"! — exclama ele.

Abro um sorriso para a expressão engraçada, apesar do sofrimento momentâneo. Ele tira algumas fotos, chegando até a alternar entre vertical e horizontal.

Minha avó faz um gesto de aprovação enquanto vê as fotos.

— Ah, que ótimo! Muito obrigada — diz, e me empurra para mais perto do cara. — Minha neta é nova na escola. Você cuida dela? Ela está nervosa.

Posso acordar desse pesadelo, *por favor*? Antes de eu responder ou dar uma de Andrew e fugir em direção à liberdade, vovó já se virou para o resto do grupo.

— Você não está morrendo de frio? — pergunta. — Cadê seus *sapatos*?

O fotógrafo abre um sorriso e se ajeita um pouco, dando as costas para o resto do grupo.

— Fotos de primeiro dia de aula, é?

— Tentei convencer ela a mudar de ideia.

— Pelo menos ficaram melhores do que algumas das minhas. Na do quarto ano, saí com um olhar de ódio profundo. Minha mãe deixa na geladeira para rir da minha cara.

Dou uma risadinha.

— Se eu aprontasse uma dessas, minha avó me arrastaria de volta para tentar outra vez amanhã.

— Na minha opinião, as fotos ficaram ótimas, nem precisa tentar de novo.

Ele encontra meu olhar, e sinto um frio na barriga. É um jeito tortuoso de dar em cima de mim? Ou estou sendo egocêntrica e ele só está elogiando o próprio talento fotográfico?

— Melhor a gente entrar — anuncia alguém do grupo, com nítida pressa para fugir da minha avó.

O fotógrafo balança o corpo de leve.

— Alguma chance de a gente se ver na aula de francês agora no primeiro horário?

Eu faço que não.

— Tenho matemática, pré-cálculo.

— Putz, boa sorte com matemática logo de cara. Vou ficar de olho em você. Não quero decepcionar sua avó.

Ele abre um sorriso largo, e meu coração dá um pulo. Talvez não esteja mais tão chateada pela minha avó parar o carro aqui.

Pego a mochila e dou um beijo rápido na bochecha fina e fria da minha avó. Talvez seja um bom primeiro dia de aulas, afinal.

Infelizmente, não vejo o fotógrafo em nenhuma das minhas classes (e estou de olhos *bem* abertos). Acho que vejo o cara do rabo de cavalo na aula de química, e a pessoa encasacada na de inglês, mas não falei com nenhum dos dois no estacionamento, então fico sem graça de puxar assunto como se nos conhecêssemos. Passo o primeiro dia indo de sala em sala, silenciosa, fingindo que sei o que está rolando, apesar de nada na matéria bater com o que eu estava estudando na outra escola.

Os dias seguintes não são traumáticos, mas são solitários. A escola de ensino médio de Laurelburg não é imensa — são uns mil alunos no total —, mas é grande o suficiente para ser fácil se perder na multidão. Sinto saudade de encontrar Paige e meus outros amigos entre as aulas, trocar mensagens depois da escola e sair com o pessoal no final de semana. Sinto saudade de ter gente que me conhece o bastante para eu não precisar explicar nada da minha vida, porque simplesmente já entendem.

Só que não tenho mais esse tipo de amigo, e não é só por causa da mudança. Na verdade, a mudança foi uma salvação dos últimos meses de escola. Ser aluna nova é difícil, mas nem se compara a ser a excluída da turma. Ao menos aqui dá para andar no corredor sem ter medo de cruzar com meus ex-melhores amigos ou aturar os cochichos e sorrisinhos deles.

Entretanto, quando o terceiro dia de aulas chega ao fim, estou desesperada para fazer amizades. Paro na frente de um quadro de avisos cheio de panfletos de clubes diferentes. Talvez a solução seja essa: um clube onde eu possa encontrar a minha turma. Infelizmente, nada me chama a atenção. Leio os anúncios dos clubes de xadrez, robótica, teatro e dos fazendeiros. Sinto um aperto no peito. Nada me parece nem remotamente interessante.

— Curte muito agricultura?

Eu me viro e vejo a garota dos brincos de d20 ao meu lado, com um sorrisinho leve no rosto. O cabelo preto e ondulado dela cai abaixo dos ombros, e ela usa brincos, um piercing prateado pequeno no nariz, uma camiseta de *tie-dye* e calça jeans folgada. Parece descolada, mas sem nenhum esforço.

Não seguro o sorriso. É muito bom ver um rosto conhecido, mesmo que a gente nunca tenha se falado.

— Acho que não — digo. — Uma vez, meus pais me deram de Natal uma daquelas plantas que não precisam de terra, e até ela eu matei.

Ela ri.

— Saquei. Eu sou a Kashvi, prazer.

— Quinn. Sou nova aqui... se já não ficou absurdamente óbvio.

— Lembro da foto com sua avó — diz ela, e aponta o quadro de avisos. — E aí, o que você curte?

Tenho muitos interesses casuais — leio mangá, desenho um pouco, gosto de fazer bijuteria de miçanga —, mas D&D é um dos meus maiores amores dos últimos anos. Nem os traidores do meu antigo grupo conseguiram estragar meu amor pelo jogo. Sei que não é considerado o passatempo mais descolado, então normalmente não anuncio para qualquer um, mas Kashvi tem brincos de dado. Isso deve significar alguma coisa. Decido me arriscar:

— Na real, na minha antiga escola eu jogava muito D&D.

A expressão dela se ilumina de empolgação.

— Não brinca! — exclama. — Eu e meu irmão gêmeo jogamos desde pequenos.

— Reparei no seu brinco outro dia, então imaginei — confesso.

— Reparou? Achei que estivesse muito ocupada tentando desenvolver poderes de invisibilidade.

— Ah, acredite em mim, eu teria usado minha ação para sair por uma porta dimensional se fosse uma opção.

Ela solta uma gargalhada.

— Eu amo jogar de feiticeiro. Ainda sinto saudade da minha elfa feiticeira do nosso último jogo.

Concordo com entusiasmo.

— Pois é. Minha primeira personagem foi uma elfa paladina. Ninguém sabia o que estava fazendo, e a parte da interpretação era inexistente, mas ainda adoro ela.

Ela me observa com uma expressão atenta.

— Por sinal... — começa, e hesita. — Você já está jogando com algum grupo?

Sinto um nó dolorido na barriga.

— Não tenho mais um grupo.

Ela deve notar que a história é complicada, mas não insiste no assunto.

— Então... o nosso está querendo uma pessoa nova para jogar. Você devia vir dar uma olhada. Seria legal ter outra menina na campanha.

Eu dou um pulinho, sem sequer tentar me controlar.

— Jura? Eu ia amar!

Ela espalma a mão.

— Não estou prometendo nada. Vai ser só um teste.

— Claro, tranquilo.

Eu entendo. A dinâmica entre as pessoas em um grupo de D&D é tão importante quanto os personagens e a campanha em si. *Mais* importante, até. É difícil achar um grupo que se dá bem e tem boa química, e acrescentar uma pessoa nova é capaz de estragar de vez a energia. É claro que é possível que eu não goste deles, mas não imagino recusar a oportunidade de fazer amigos novos. Muito menos se o fotógrafo fofo jogar também.

— Te mando os detalhes por mensagem, tá? — diz ela, depois de trocarmos números de celular.

— Combinado. Muito obrigada!

Ela se afasta um pouco, mas logo dá meia-volta.

— Melhor não se empolgar demais por enquanto. A gente é um grupo intenso... em geral, ninguém dura muito tempo.

Mantenho a expressão neutra, já que não quero parecer intimidada, mas, por dentro, eu me encolho. Ninguém dura muito tempo? Que tipo de alerta é *esse*?

Capítulo Dois

No dia seguinte, meu pai leva a gente para a escola e, depois, segue para uma reunião do RH do emprego novo.

— Bom dia para vocês! — diz ele pela janela do carro, com um tom animado que contrasta com a manhã fria e escura.

As aulas começam tão ridiculamente cedo que o sol sequer raiou. Andrew desaparece em um piscar de olhos. Não sei aonde ele pretende ir, já que a escola parece deserta, mas, conhecendo meu irmão, é bem provável que já tenha um grupo de amigos completo esperando lá dentro, ou um professor preferido com quem papear.

Enfio as mãos no bolso e vou arrastando os pés até a entrada, o dia se desenrolando na minha mente. Mais passeios em silêncio pelo corredor, fingindo que é tranquilo ficar sem falar com ninguém nas aulas, sendo que, na verdade, não digo nada por puro nervosismo.

Outra silhueta solitária aparece na minha visão periférica. Sinto um frio na barriga quando percebo quem é: o fotógrafo. Penso em ir até lá falar um oi, mas minha boca está grudenta como se eu tivesse acabado de comer uma colherada cheia de manteiga de amendoim. Não quero pagar mico falando alguma coisa idiota. Ao mesmo tempo, ele é uma das poucas pessoas nessa escola com quem já conversei. Reúno toda minha confiança e aceno de leve.

— Oi?

Ele olha para mim e muda o trajeto para vir me encontrar.

— Sua avó não veio tirar mais fotos?

Abro um sorriso desanimado.

— Por sorte, ela não vai documentar todos os dias de aula. Só o primeiro.

— Não sei se você notou, mas é fevereiro. Não é o começo do ano letivo.

— E eu não sei? Mudar de escola no meio do ano não é para os fracos. Mas segunda foi o primeiro dia em que ela pôde me trazer para a escola, já que a gente morava mais longe. Fico feliz de ela não ter trazido uma daquelas plaquinhas com minha matéria preferida e o que eu quero ser quando crescer.

Ele ri, e o som espalha faíscas de eletricidade pelo meu corpo. A risada dele é ótima. Dessas encorpadas, que fazem o olhar brilhar, os ombros estremecerem.

— Agora fiquei curioso. Qual é sua matéria preferida?

— No momento, seria Introdução ao Sono. Na real, aposto que eu estaria no grupo mais avançado, se existisse.

— Não gosta de acordar cedo. Saquei.

— Se me der uns minutinhos, sou capaz de dormir em pé.

— Fico tentado a ir embora só para confirmar se é verdade. Seria um talento e tanto — diz ele, puxando a alça da mochila. — Deixa eu pensar, o que escrevem nessas plaquinhas? Cor preferida?

— Verde — digo de imediato, indicando a parte de baixo da minha roupa, a única parte visível sob o meu casaco.

Estou usando outra saia comprida e esvoaçante (por cima de leggings para me esquentar). Essa tem uma estampa psicodélica verde, que combina com meus brincos de pedras preciosas, também verdes.

Ele faz um gesto de aprovação com a cabeça.

— É a minha também. Comida preferida?

— Qualquer coisa com açúcar e carboidrato.

— Nossa, gêmeos. Se tiver açúcar, é comigo mesmo. Inclusive, conheço um lugar que faz panquecas perfeitas. É segredo, mas talvez eu esteja disposto a revelar.

— Que bom que a gente se conheceu, então.

Meu corpo inteiro está vibrando só por causa dessa conversa curta. Sei que estou colocando a carroça na frente dos bois, mas já tenho a impressão de que eu poderia conversar por horas com esse garoto.

Vamos andando juntos até a entrada, mas paramos embaixo da marquise antes de atravessarmos as portas. Algumas outras pessoas passam por ali, mas chegamos pelo menos vinte minutos antes do sinal, e o estacionamento está praticamente vazio.

Ele se recosta no muro de tijolos.

— Ainda não sei a coisa mais importante. Como você se chama?

— Quinn Norton.

— Prazer, Quinn. Meu nome é Logan Weber.

Encontro o olhar dele e perco o fôlego. Tento lembrar que só sei o nome do Logan e talvez quatro dos fatos mais básicos que se pode saber sobre alguém. É possível que ele seja igualmente simpático com todo mundo. Quem sabe, talvez ele esteja esperando a namorada de longa data chegar, para pegar a mão dela e entrar saltitando na escola, de tanto que eles se amam. Só que não consigo deixar de sentir que tem *alguma coisa* rolando. Um calorzinho que me energiza de um jeito que nem panquecas ou um cronograma de sono regular conseguiriam.

— Você tem pré-cálculo agora, né? — pergunta ele.

Pestanejo, surpresa por ele lembrar esse detalhe tão aleatório da nossa primeira conversa. Em pensamento, conto mais um ponto a favor dele.

— É. Não é o melhor jeito de começar o dia.

Ele faz uma careta de dó.

— Eu peguei geometria só para fugir do sr. Winchester. Ele tem uma reputação.

— Outra desvantagem de ser aluna nova. Não sei quem devo evitar.

Ele olha para a porta e oscila o peso de um pé para o outro.

— Pode me perguntar à vontade, estou aqui para dar conselhos. Mas agora preciso ir falar do meu trabalho de história com a sra. Andrews. A gente se vê por aí?

— Tá, claro.

Ele sai andando e eu acompanho o movimento com o olhar, me sentindo leve e cheia de esperança. Meu pai vai merecer um abraço hoje por ter uma reunião de trabalho assim tão cedo.

Capítulo Três

Uma das coisas mais chatas da mudança é que tudo precisa ir para algum lugar, mas ninguém concorda com qual lugar, ou, se enfim foi decidido, outra coisa já ocupou aquele espaço designado.

— Mãe, não tenho onde botar esses DVDs velhos! — grito para o corredor.

É o primeiro sábado depois que comecei a ir à escola, e eu estava torcendo para dormir até tarde. Infelizmente, meus pais me colocaram para trabalhar às oito e meia.

— Tente no armário embaixo da televisão.

— Andrew já encheu de vídeo game.

Olho feio para as caixas aos meus pés. Minha mãe me encarregou de arrumar as caixas da sala, mas estão cheias de tanta tralha aleatória que a tarefa se tornou impossível. Imagino que foi por isso que ela me mandou fazer.

— Sei lá — responde ela. — Só encontre um lugar qualquer, meu bem.

Suspiro e tiro a franja suada do olho. A franja foi uma decisão impulsiva de uns meses atrás, quando tudo foi por água abaixo com Paige, Caden e meu antigo grupo de D&D,

e eu precisava de uma mudança. Peguei uma tesoura e fui cortando — achando que ficaria igual à Taylor Swift, só que morena —, mas não sou boa cabeleireira. Nem boa em tomar decisões na vida, no geral. O cabelo está levando uma eternidade para crescer, parece até que quer enrolar mais para me lembrar dos erros do passado.

— Ei, o Patrick chegou! — grita meu irmão da porta. — Tô saindo.

Andrew é um ano mais novo do que eu e levou exatos cinco dias para se integrar completamente à escola nova. Ele é um fenômeno do futebol desde os 7 anos, então foi só entrar para a liga de inverno do clube — o único time com quadra coberta na região — que em questão de horas arranjou um grupo inteiro de amigos. Ele até já foi a um encontro com uma garota bonita do primeiro ano ontem.

Estou tentando ser uma boa irmã, mas é difícil não ficar com ódio dele.

— Vai sair de novo? — pergunta meu pai, olhando para fora do escritório, onde está arrumando as estantes.

O cabelo curto dele está bagunçado, e os óculos, tortos, mas a camisa de botão azul e branca está engomada e ajeitada para dentro da calça, como sempre. Essas camisas são o uniforme dele.

— Achei que você fosse passar na casa da vovó comigo hoje — prossegue ele. — Quero dar um jeito na garagem dela.

— Foi mal, o pessoal quer treinar. Eu já tinha combinado.

Meu pai suspira.

— Tá, tudo bem. Mas precisa arrumar um tempo para visitar sua avó semana que vem. A gente não se mudou para cá só para você ficar tão ocupado que nem consegue encontrar tempo para passar com ela.

Volto para a arrumação e reviro os olhos. Andrew sempre se safa. Como o hobby dele é mais socialmente aceito, os interesses do meu irmão sempre têm prioridade.

Quando Andrew vai embora, largo a caixa e vou para o escritório. Minha mãe também está lá, de calça de academia e camiseta folgada da época da faculdade. Ela cochicha alguma coisa para o meu pai, e eles começam a rir. Eles nunca passaram da fase da lua de mel. Todo mundo acha fofo, mas, no papel de filha que tem que testemunhar essa paixonite todo dia, já cansei.

— Oi, gente.

Eles se viram e sorriem em sincronia.

— Oi, querida. Está dando certo a arrumação dos DVDs?

— Não. E ninguém mais vê DVD. É melhor só doar logo.

Meu pai ajeita os óculos, com uma cara abismada.

— Nem morto. Não confio nessas coisas de nuvem. Dizem que a gente é dono das coisas, mas e se decidirem tirar do catálogo? Eu nunca veria meus episódios preferidos de novo! Não, é bom ter versões físicas de tudo que você ama — diz, e aponta para mim como se declarasse uma lição de vida fundamental. — Versões físicas.

— Tá. Valeu pelo conselho — digo, tirando a franja da cara de novo. — Lembrem que eu também vou precisar sair.

Minha mãe olha para meu pai, confusa. Eu amo os dois, mas não são as pessoas mais organizadas do mundo. Por isso essa mudança foi, e ainda é, um caos.

— Aonde você vai? — pergunta minha mãe, prendendo o cabelo curto e escuro atrás da orelha. — Você ainda não conheceu ninguém por aqui.

Apoio uma mão na cintura.

— Conheci, sim. Kashvi me convidou para jogar D&D, eu já falei.

Admito que não sei nem o sobrenome de Kashvi, muito menos qualquer outro detalhe, mas tecnicamente conheço ela, sim.

— Dá para remarcar? — pergunta meu pai. — A vovó vai ficar tão decepcionada se nenhum dos netos aparecer hoje.

— Mas vocês deixaram Andrew sair numa boa.

— Eu sei, eu sei — diz minha mãe, pegando a mão do meu pai. — Não comenta com o Andrew, mas você sabe como ela te ama. Você sempre faz o dia dela tão mais feliz.

Eu hesito. Apesar dos pesares, gosto de visitar minha avó. Nunca é uma ocasião tediosa — ela está sempre com algum hobby novo, uma história engraçada de quando era mais nova ou uma ideia de algo para fazermos juntas. Porém, acho que até minha avó concordaria que preciso fazer amizades novas por aqui.

— Foi muita gentileza da Kashvi me convidar e seria falta de educação furar agora. Vocês sabem como é difícil conhecer gente nova. Querem que eu fique sozinha e triste para sempre?

Meu pai suspira e minha mãe levanta as mãos em sinal de rendição.

— Também não precisa exagerar — diz mamãe. — A gente diz para a vovó que você já tinha planos.

— Obrigada! — exclamo, batendo palmas. — Posso pegar o carro?

— Tá, tá bom — diz meu pai, abanando a mão.

— Diz para ela que prometo visitar logo — acrescento, e subo correndo para tomar banho.

— Melhor mesmo, senão ela vai inventar de levar você para a escola todo dia! — diz minha mãe, rindo.

Eu não deveria depositar toda minha esperança de felicidade futura no que pode ou não acontecer nesta tarde, mas pode apostar que é o que estou fazendo mesmo assim. Levo um tempo ridiculamente longo para decidir o que vestir, ainda mais considerando que isso não deveria importar. Essa é uma das (muitas) vantagens de D&D: ninguém dá a mínima para sua aparência. Dá para ir de vestido de gala, pijama esfarrapado, orelhas de elfo, e tranquilo... supondo que está em um grupo sem julgamento. Acabo escolhendo uma saia comprida, marrom e estampada, um *cropped* azul e meu cardigã verde-azeitona comprido, que bate no joelho. É uma das minhas combinações prediletas e também muito confortável. Acrescento brincos de argola e três colares compridos, porque só fico à vontade com excesso de bijuterias. Já ouvi aquele conselho de olhar no espelho e tirar um acessório antes de sair de casa, mas eu sou o contrário. Pego duas pulseiras de lápis-lazúli e vou para o carro.

Vinte minutos depois, respiro fundo e bato na porta do endereço que Kashvi me deu. Lá vamos nós.

Um segundo depois, alguém abre a porta, mas não é Kashvi, e sim o garoto que estava com ela no estacionamento naquele primeiro dia. Considerando a semelhança entre os dois, suponho que seja seu irmão gêmeo. Ele tem cabelo castanho, curto, e veste calça de moletom com uma camiseta do Clube de Robótica de Laurelburg.

— Não sei o que você está vendendo, mas não estamos interessados.

Eu pestanejo, atordoada.

— Hum... Não estou vendendo nada. A Kashvi está?

— Todas as pessoas estão vendendo alguma coisa — diz ele, inclinando a cabeça para me analisar. — Mesmo que seja só ela própria.

Fico de queixo caído e dou um passinho para o lado para conferir o número de madeira pregado na pilastra da varanda. Eita, é definitivamente o endereço que Kashvi me deu. Eu recuo, sem saber o que fazer.

— Tá de boa! — exclama ele, rindo. — Estava só te zoando um pouco.

— Sanjiv, para de perturbar a visita! Sai daí!

Sanjiv se afasta, cambaleando, e Kashvi ocupa o lugar dele na porta, com o cabelo bagunçado e o sorriso tenso.

— Foi mal — diz ela. — Entra.

Entro, hesitante.

— Ignore meu irmão. É isso que eu faço quando ele está assim.

Sanjiv desvia de uma fileira de sapatos perfeitamente alinhados no hall.

— Ninguém consegue me ignorar. E eu precisava testar se ela combinaria com a gente — diz ele, coçando o queixo.

— Ainda não fui convencido.

Kashvi revira os olhos.

— Vai lá encher a cara de Doritos e deixa a gente conversar.

Ele dá de ombros e segue para dentro de casa.

— Eu queria abrir a porta antes dele, mas estava lá em cima — diz ela, e dá uma olhada por cima do ombro. — Ele normalmente não é tão chato, mas está jogando com um clérigo todo filosófico, e fica insuportável quando entra no personagem. Que bom que essa campanha já está acabando.

Ela me chama para dentro da casa e sentamos em uma sala muito formal. A casa dela é impecavelmente limpa. Quer dizer, minha casa agora está parecendo uma loja de caixa de papelão, considerando a mudança, mas, mesmo no melhor dos casos, é meio bagunçada. Já a dela parece um mostruário.

— Como estão as coisas? — pergunta Kashvi.

Tenho vergonha de admitir que a noite mais divertida que tive em Laurelburg foi vendo *Roda a roda* com meus pais. E até eles passaram metade do programa trocando mensagem com amigos, enquanto tudo que eu fiz foi tentar solucionar a rodada da rima com uma só vogal.

— Bem — digo. — Feliz de estar aqui.

Em algum lugar da casa, ouço garotos rindo, o que me causa um calafrio de nervosismo. Entre o alerta de Kashvi e o comentário de Sanjiv, estou começando a duvidar de que vou me encaixar.

— Então, a campanha está acabando?

— Hoje é o último dia. Vamos fechar agora, por isso achei que seria um bom momento para você vir para cá. Para ter a experiência completa.

— Ah — digo, tentando não mostrar minha decepção. — Bom, obrigada pelo convite. Deu para fugir da arrumação da casa.

— De nada. E relaxa, a gente logo vai começar uma campanha nova, então é a hora perfeita para entrar uma pessoa nova. Se você decidir encarar com a gente.

As palavras dela aumentam meu nervosismo. Por que ela não para de insinuar que eu não vou conseguir "encarar"? É D&D, o que tem de tão intimidador? A não ser que os outros jogadores sejam escrotos. Já tenho muita experiência com isso, e não tenho interesse em entrar em outro grupo tóxico.

— Partiiiiiu. A gente tem que matar um mago do mal — reclama Sanjiv, entrando na sala.

O cara que não usa casaco vem atrás dele. Hoje, o cabelo comprido está solto, caindo no ombro, e ele usa uma camiseta da banda marcial. Vem trazendo uma garrafa de dois litros de refrigerante.

— Oi — cumprimenta ele. — Você tá na minha turma de química, né? E aí?

— Oi — respondo, acenando.

— Esse é o Mark — diz Kashvi. — Você viu Sanjiv na porta, e já conhece Logan do primeiro dia.

Ah, então ele de fato joga com a Kashvi! Logan entra e eu aceno, tentando ficar relaxada para ele não perceber como estou feliz por encontrá-lo participando do grupo. O dia de hoje acabou de ficar melhor.

— Oi, Quinn. Que boa surpresa — diz ele, com um sorriso que me deixa inteira corada. — Não sabia que você era amiga da Kashvi.

— Estou feliz de ver vocês todos de novo — digo. — Kashvi foi muito gentil de me convidar hoje.

— Achei que seria legal ela assistir à campanha — explica Kashvi. — Ela costumava jogar na outra escola. Falando nisso, é melhor a gente descer antes de Sloane vir atrás da gente.

Sigo o grupo, atravessando a cozinha até a escada que leva ao porão, e Logan aparece para andar ao meu lado.

— Como vai a aula de pré-cálculo?

Eu resmungo.

— Mal. A matéria não está nada alinhada com a da minha última escola, e o sr. Winchester passa por tudo rápido demais.

— Eu me ofereceria para ajudar, mas só se você quiser tirar notas ainda mais baixas.

— Que oferta generosa — respondo, apesar de, sinceramente, talvez aceitar as notas baixas em troca de mais tempo a sós com ele.

Mark olha para trás.

— Quem dá a mínima para a escola se a gente pode jogar D&D? Quinn, está pronta para o nível épico dessa experiência?

— Hum, acho que sim?

— Fique achando — bufa Sanjiv. — Melhor agradecer por ter o direito de nos assistir em primeira mão.

Mark abre um sorrisinho.

— A maioria dos mortais nunca tem essa oportunidade.

Isso basta para meu nervosismo disparar a mil outra vez. Antes de conhecer esse grupo, confiava bastante no meu conhecimento de D&D, mas agora estou sentindo que sou a mais inexperiente das novatas. Só que agora é tarde. Já desci as escadas, e não tem mais volta.

Capítulo Quatro

Não sei o que esperava ver, mas não é o que encontro ao chegar no porão. Tem as coisas comuns que eu encontraria em qualquer porão de Ohio, claro. Carpete gasto, teto baixo e um sofá surrado na frente de uma televisão grande. Tem até um cartaz da faculdade Ohio State na parede, que parece tão velho que talvez os próprios construtores tenham botado ali nos anos 1980.

E, é claro, tem uma mesa comprida, coberta de manuais de D&D, fichas e miniaturas. Porém, também tem webcams montadas em tripés e microfones de mesa na frente de cada cadeira.

Kashvi acena para a outra pessoa, que claramente está esperando o resto do pessoal.

— Apresento Sloane, quem mestra nosso grupo.

Eu aceno, reconhecendo Sloane imediatamente pelo chapéu listrado de arco-íris, o mesmo daquele dia no estacionamento. Tufos curtos de cabelo preto, com mechas roxas e azuis, escapam do chapéu, e elu está usando uma camiseta preta de *Fullmetal Alchemist*.

Sloane acena de trás de um escudo do Mestre.

— Quinn, né? Boas-vindas.
— Valeu.

Todos passam por mim e sentam nas respectivas cadeiras à mesa.

— Hum, qual é a dessa tecnologia toda? — pergunto.

No meu antigo grupo, seguíamos uma regra implícita de que era proibido usar tablets ou celulares durante a sessão, a não ser que fosse para pesquisar alguma coisa. Corta o clima do jogo se metade dos membros está distraída no Reddit e não presta atenção na história. Só que eu nunca vi nada que se parecesse com o esquema montado ali.

Logan olha para Kashvi, surpreso.

— Você não contou para ela?
— Contar o quê? — pergunto.
— Não quis botar medo nela — responde Kashvi, antes de se virar para mim. — A gente não é um grupo de D&D comum. Na verdade, a gente faz *live* das sessões.
— Que nem *Critical Role*?

Eles todos sorriem e assentem.

— A gente ainda não é *tão* popular assim, mas é por aí — responde Mark. — Eles são nossos ídolos. Um dia, vamos ter aquela quantidade de espectadores.

Tento controlar minha expressão, mas esse sonho é distante. *Critical Role* é um grupo de D&D com uma quantidade imensa de seguidores há anos. Milhões de pessoas veem as sessões e os programas de televisão deles.

— Então... tem gente que assiste aos jogos? — pergunto.

Sanjiv bufa.

— Você acha que a gente ia fazer tudo isso se ninguém assistisse?

Ele aponta para toda a luz difusa e a decoração. Agora vejo que estantes cobrem as paredes dos dois lados da mesa. As prateleiras estão repletas de manuais de D&D, garrafinhas de poção de plástico, armas e dados, provavelmente para servir de cenário temático.

— Estamos abrindo uma exceção, mas normalmente só jogadores podem entrar nessa sala — continua ele.

— Se for para assistir, cuida da *stream* — acrescenta Sloane, apontando um notebook à direita.

— Ela já sacou — diz Kashvi.

Para mim, ela explica, em uma voz mais baixa:

— Foi mal, o pessoal fica meio na defensiva. Em algumas sessões a gente chegou perto de setenta e cinco espectadores, mas, em geral, são umas trinta pessoas, no máximo.

— Estamos crescendo — acrescenta Mark.

— Hoje a gente vai bombar — diz Sloane. — As pessoas adoram ver o fim da campanha.

Eu aceno com a cabeça, os olhos arregalados.

— Maneiro.

— É extremamente maneiro — diz Sanjiv.

— Bom, senta aí e aproveite — diz Logan, com um leve sorriso.

Ele é o único que não está sendo muito intenso com a *live*, o que eu agradeço.

Ele se vira para Sloane.

— Estamos prontos?

— Pronto — responde Sloane.

Todo mundo se acomoda nos lugares, ajeita o cabelo e chacoalha os dados. Vou de fininho até Sloane, para conferir o visual da *live* no notebook. Sloane está em um quadrado ao lado esquerdo da tela, enquanto os outros aparecem em dois retângulos, um em cima do outro, à direita. Logan e Mark estão no retângulo de cima, porque estão sentados um do lado do outro na mesa, e Kashvi e Sanjiv ficam no outro retângulo.

Não tenho muita experiência com *lives* de D&D, apesar de eu e Caden antigamente escutarmos um podcast de D&D juntos: *Mestre Sorridente*. Como *Critical Role*, também é um grupo superfamoso com dezenas de milhares de seguidores e produção profissional. O que acontece aqui não é tão elaborado, mas conseguiram reproduzir a mesma ideia. Como Sloane é quem mestra, faz sentido ter uma câmera própria, enquanto as outras câmeras mostram o resto dos jogadores, para os espectadores acompanharem as interações e as expressões faciais. E as estantes de fundo criam uma atmosfera bacana. Kashvi e Sanjiv têm sorte de os pais serem legais e deixarem usar o porão dessa forma. Meus pais certamente não seriam assim.

— Ainda não começou a transmitir, né? — pergunto de trás de Sloane.

— Não — responde elu —, senão eu estaria expulsando você da frente da câmera. Nossas *lives* vão ao ar todo sábado, das duas às quatro da tarde, e começamos pontualmente. A gente posta o cronograma e os espectadores ficam irritados se começar antes ou depois. É um dos jeitos mais garantidos de perder seguidores: inconsistência.

Eu faço que sim com a cabeça, começando a entender por que Kashvi e Sanjiv questionaram se eu toparia participar. É muito mais sério do que qualquer coisa que já fiz na vida.

Sloane aponta a parte de baixo da câmera, onde tem uma caixa de comentários.

— Quem assina o canal tem vantagens, tipo acesso ao chat e emojis especiais. É trabalho demais monitorar o chat durante a sessão, mas depois é legal voltar e ler o que as pessoas comentaram.

No topo do chat tem um alerta: *Proibido ser advogado de regras e se meter no jogo.*

— Para que isso? — pergunto, apontando o aviso.

— Ai, tem gente que adora aparecer e dizer que a gente está fazendo tudo errado. É irritante, daí botei o aviso — diz Sloane, e olha para o relógio. — Tá, está na hora.

Elu manda eu me sentar perto da parede, para não aparecer na câmera. Por sorte, forçando a vista, ainda consigo enxergar a tela.

— Conectando em três... dois... um...

Sloane aperta um botão e todo mundo se empertiga.

Assim que a *live* é aberta, os espectadores começam a aparecer. Arregalo os olhos para os números. Trinta, cinquenta, oitenta. Não para de chegar gente. Para ver um jogo de D&D de adolescentes? Definitivamente não é o que eu esperava.

— Nossa — digo, antes de cobrir a boca.

Os outros ficam rígidos, mas não me olham. Eita, acho que tenho que passar a sessão de boca fechada.

— Boas-vindas a nossos espectadores. Somos *Unidos, venceremos*, e vocês apareceram em um dia auspicioso. Há meses, esta *party** lutou contra todo tipo de ser, de *goblins* a gigantes, na esperança de chegar à torre do mago para recuperar a pedra de proteção roubada e voltar em segurança à própria terra. Hoje é o dia que essa jornada finalmente chega ao fim. Os dados trarão sorte para que sobrevivam, ou hoje será seu último dia?

Os outros trocam sorrisos.

— Estou pronto para vingar a morte da minha mãe — diz Mark.

— E eu estou pronta para aniquilar esse mago — diz Kashvi.

— Vocês já esperaram muito tempo. Vamos nessa — diz Logan.

Sloane se debruça na mesa, com a expressão atenta e a voz baixa.

— Vocês se encontram diante da imensa porta de madeira da torre do mago. As árvores grandiosas que cercam a torre balançam, ameaçadoras, e o céu crepuscular está envolto pelas sombras. O mundo está em perfeito silêncio, como se todo animal de asas ou patas também aguardasse a luta que está prestes a acontecer. Como desejam prosseguir?

Noto que todos se viram para Logan, como se ele fosse o líder do grupo.

— O que você quer fazer, Hathor? — pergunta Mark.

— Vou detectar e dissipar qualquer magia que o mago deixou por aqui — responde Logan, mas ele não é mais Logan.

---

* *Party* é o termo mais comum para se referir ao grupo de personagens controlados pelos jogadores que está presente no jogo/campanha. [N.E.]

Ele fala com sotaque escocês e se empertiga, ficando ainda maior do que de costume. Ele deve estar jogando como um usuário de magia — provavelmente outro mago —, considerando que está usando feitiços.

— Eu entro primeiro — diz Sanjiv, assim que a porta é derrubada. — Com certeza tem alguém esperando para matar a gente aí dentro.

— Você não vai sem mim — responde Kashvi.

— Que bom, porque não quero morrer hoje — responde Sanjiv, e eles sorriem um para o outro.

Antes, eu não sabia identificar se ela se dava bem com o irmão gêmeo, mas agora os dois definitivamente parecem formar uma bela equipe.

— Vocês conseguem avançar doze passos antes de escutar o ruído ensurdecedor de metal arranhando pedra.

Para minha surpresa, Sloane tira de baixo da mesa uma pedra e uma espada pequena (cuja aparência parece fiel a uma de verdade) e arranha uma na outra para criar o efeito sonoro. O barulho enervante chega a me dar calafrios.

— Pode ser um portão de jaula aberto? Talvez o mago esteja soltando alguma coisa — sugere Mark.

— Talvez.

Logan olha de relance para Sloane, que está sorrindo. Isso nunca é bom sinal.

— É um bom palpite — diz Sloane para o grupo —, mas o que vocês ouviram não foi porta de jaula nenhuma... foi armadura. O barulho de metal vai ficando mais alto, até mal conseguirem raciocinar, e cinco armaduras animadas surgem diante de vocês, cada uma empunhando duas espadas curtas.

O grupo entra em ação de novo e eu me recosto, envolvida na narrativa. Fico impressionada com a imersão de todo mundo no jogo. Parece até que eles *são* os personagens, e nada os distrai. No meu último grupo, não éramos tão comprometidos assim. Nós cinco — Caden, Paige, Makayla, Travis e eu — passávamos tanto tempo fazendo piada, comendo e zoando quanto de fato interpretando os personagens e enfrentando as batalhas. Na verdade, a proporção estava mais para 70%/30%. Mal progredíamos no enredo da campanha.

Mas aqui? Eles fazem piada, mas é só no contexto do jogo. Ninguém interrompe para reclamar da última lição da aula da sra. Calson nem para comentar da porradaria que rolou no corredor da escola na sexta-feira. E como é que eles todos sabem fazer esses sotaques? Eu não sei imitar sotaque nenhum.

Eles acabam com as armaduras e começam a busca pela pedra de proteção. Não sei bem o que está acontecendo, já que é minha primeira vez vendo o grupo jogar, mas parece que o personagem de Logan e o mago do mal têm todo um histórico complicado — talvez sejam irmãos? —, e Logan está se dedicando para valer. O mago manda umas harpias distraírem o grupo, e Logan praticamente fica de pé na cadeira, gritando e dando ordens. Os gêmeos trabalham juntos, matando tudo que aparece pela frente, e Mark cura qualquer colega que esteja precisando de ajuda. Quando finalmente derrotam o mago e a sessão acaba, meu coração está a mil, e eu caio largada na cadeira. Parece até que estou vendo atores no palco, improvisando o roteiro. É incrível e impressionante. Especialmente Logan. Parece até que ele passou mesmo a vida dedicado à rixa com o tio mago do mal.

Eu estava envolvida demais para dar atenção à tela, mas agora estou vendo que a quantidade de espectadores chegou a cento e cinquenta. Respiro fundo. É maneiro e tal, mas será que estou pronta para tanta gente me ver jogar ao vivo? E se eu ficar confusa e disser alguma idiotice? Sinceramente, a questão é *quando*, e não *se*.

Quando a campanha é concluída, todos comemoram e batem um papo rápido sobre como foi legal antes de desligar. Assim que a *live* acaba de vez, eles todos se largam na cadeira como eu, rindo e se parabenizando.

— Foi épico! — exclama Logan, e aponta para Mark. — Foi genial você ter paralisado a harpia para usar de escudo.

— Me veio na hora!

— E vocês dois — diz Sloane, apontando para Kashvi e Sanjiv. — Maravilha de dupla.

Os gêmeos sorriem e se acotovelam.

— Nem acredito que acabou — diz Sanjiv, e os outros assentem com a cabeça em concordância, tristonhos.

— Mas não é para sempre. Vamos começar uma campanha nova, melhor ainda do que essa — lembra Sloane.

— Quanta gente apareceu hoje? — pergunta Logan.

— Batemos o recorde... cento e sessenta e duas pessoas.

— Legal, então hora de um novo objetivo. Na próxima campanha, vamos chegar em duzentos e cinquenta. Ou quinhentos, até!

Todo mundo ri e balança a cabeça.

Kashvi se vira na cadeira para me olhar.

— O que você achou, Quinn?

— Vocês são inacreditáveis.

— E aí? — insiste ela, levantando a sobrancelha. — Acha que toparia entrar no grupo?

— Espera aí — interrompe Logan, olhando de relance para mim. — Você está pensando em *entrar* no grupo?

— Por que mais eu teria chamado ela para vir aqui hoje? — retruca Kashvi, incrédula.

Sinto um nó no estômago ao ver a mudança na expressão de Logan. Parece até que Kashvi anunciou que todo sábado eu virei jogar um balde de esterco em cima da mesa.

— Sei lá — responde ele. — Achei que talvez vocês tivessem marcado algo juntas depois. Você joga D&D?

— Jogo, sim — respondo, seca. — Só... sabe, não desse jeito.

— Logo você se acostuma — diz Mark, tomando um gole imenso direto da garrafa de dois litros de refri. — As câmeras intimidam no começo, e a gente fica analisando tudo que diz, mas depois dá para esquecer que tem gente vendo e se divertir. Aposto que você adoraria.

— Você deveria considerar entrar no jogo. Seria ótimo ter mais um jogador — diz Sloane.

— Sei que *talvez* eu tenha pegado pesado com você antes — diz Sanjiv, olhando de relance para a irmã —, mas seria legal ter você no grupo. É bom dar uma variada para não cair na mesmice. E sei que Kashvi ia ficar feliz com isso.

Logan olha feio para Sanjiv, mas o silêncio dele é tudo de que preciso para perceber que não me quer como jogadora no grupo dele. Sério? Ele antes foi tão legal... o que tem de tão horrível em eu jogar com todos eles? Não sou boa o bastante? Ele nem me conhece o suficiente para saber que tipo de jogadora eu sou.

Inclino a cabeça e olho para ele.

— O que você acha, Logan?

Ele arregala os olhos, como se não esperasse o confronto.

— Hum, faz o que você quiser.

— Mas o que *você* acha? Quero saber a sua opinião.

Ele pigarreia. É bom saber que consigo deixar ele nervoso assim.

— Você acha que eu não dou conta? Ou está hesitante porque não quer outra menina na campanha? — insisto.

Ele fica boquiaberto.

— É o *quê*? Não, nada disso! Não me incomodo com isso.

Em vez de defender Logan, todos esperam em silêncio, e eu me sinto ao mesmo tempo vingada e levemente enjoada. Então não é coisa da minha cabeça: ele não quer mesmo que eu jogue.

— É só que... bom... — diz ele, e olha ao redor. — Não sei se você se encaixaria bem no grupo. A gente joga em um ritmo bem energético, você parece meio quieta, facilmente intimidada. Na real, a gente precisa de uma personalidade mais como a da sua avó... que não leva desaforo para casa.

Eu abro um sorrisinho.

— Seria por sua própria conta e risco. Ela ia deixar a atuação de vocês no chinelo.

Os outros caem na risada.

— Ainda não estamos decidindo nada — diz Sloane, devagar. — Mas queríamos adicionar mais alguém no jogo, e ninguém com quem conversamos consegue se comprometer com nossas regras.

— Marcamos uma sessão zero na quarta-feira, depois da aula, para planejar os personagens da próxima campanha. Que tal você aparecer? — pergunta Kashvi. — A gente explica como funciona o grupo, você pode pensar em que personagem gostaria de fazer e dá para conversar mais sobre o que faz sentido.

Ela olha de soslaio para Logan.

Para ser bem sincera, essa coisa toda de fato me intimida. Amo D&D, mas sou uma jogadora mais casual do que especialista. Estava querendo um jogo mais informal. Só que hoje é a primeira vez desde a mudança que tive esperança de fazer novas amizades aqui. Não quero desistir antes de tentar, por mais irritante que Logan seja nesse assunto.

— Combinado — respondo, confiante. — Não perco por nada.

Capítulo Cinco

Estou com os nervos à flor da pele quando chego na casa de Kashvi depois da aula de quarta para nossa sessão zero. Tento me lembrar de que não é a primeira vez que crio um personagem para uma campanha de D&D, mas fica excessivamente óbvio que não vai ser como minhas outras experiências. Por sorte, Kashvi está me esperando na porta.

— Que bom que você veio — diz ela, me convidando a entrar com um gesto. — Estava com medo de você mudar de ideia em cima da hora.

— De jeito nenhum. Apesar de eu estar dividida entre empolgação e pavor.

— Desculpe por aquela esquisitice do Logan com a ideia de você entrar no grupo. Não sei o que rolou. Ele não costuma ser assim.

— Talvez eu devesse ter deixado minha avó atropelar ele no estacionamento naquele primeiro dia — resmungo, lembrando a mudança de comportamento abrupta da última vez que estive aqui.

— Ele é muito obcecado por D&D. Tipo, eu me considero uma jogadora dedicada, mas não chego nem perto do nível dele.

Ele provavelmente só se acostumou a pensar no nosso grupo de certa forma e precisava processar a ideia de deixar outra pessoa entrar. Não se preocupe — diz ela, e me olha de cima a baixo com ar de apreciação. — Gostei da sua roupa para hoje. Maior estilo de paladina bruxosa.

Olho para mim, confusa por ela estar achando que tenho cara de paladina, até lembrar que estou usando brincos de lua e sol e uma camisa azul com estampa de um sol imenso. Visto que paladinos podem idolatrar divindades solares, até que faz sentido.

— Valeu, fui eu que fiz — digo, apontando os brincos.

— Espera aí, você que *fez*? Não acredito, eu também adoro fazer essas coisas! Essa fui eu que fiz.

Ela estica o braço para me mostrar uma pulseira feita de dados d6, intercalados com miçangas. Não sei como não tinha reparado antes — é tão maneiro que fico tentada a oferecer uma troca pelas minhas próprias bijuterias. Faço esse comentário, e ela dá uma gargalhada.

— A gente superprecisa marcar de fazer bijuterias juntas um dia desses depois da aula. O que você acha?

Preciso morder a bochecha para não gritar CLARO bem na cara dela. Não preciso assustá-la.

— Boa — digo, com um tom de voz razoavelmente normal. — Seria muito legal.

Vivas ressoam quando entro na sala.

— Você veio! — exclama Mark, e Sanjiv e Sloane acenam para mim.

Não consigo deixar de dar uma olhada em Logan, que está com uma cara cuidadosamente neutra enquanto folheia um manual.

— Não me assusto fácil — comento.

— Bom saber — diz Sloane.

— A sessão zero talvez seja um dos meus momentos preferidos — diz Kashvi. — Além do mais, minha mãe comprou pizza! Pode se servir.

Ela aponta uma mesa de armar encostada na parede, com uma pilha de caixas de pizza, além de algus pacotes de salgadinho.

— Só não mata a pizza vegetariana, que é minha preferida — acrescenta Sanjiv.

Ao menos há comida, então não é tão diferente das minhas outras experiências. Pego uma fatia de pepperoni e sento no lugar vazio à mesa, ao lado de Kashvi e de frente para Logan. Ele não fez contato visual desde que cheguei. Talvez a campanha toda seja assim... presumindo que vão me deixar entrar no grupo a partir de hoje. Acho que não seria horrível Logan ficar me ignorando, mas não é ótimo saber que alguém é extremamente contra minha participação. Ofereço um gesto de paz na forma de um sorriso, mas, em vez de sorrir de volta, como uma pessoa normal, ele tensiona a boca em uma linha reta, parecendo um emoji de irritação.

— Tá, é bom a gente começar — anuncia Logan, e os outros imediatamente se calam, então acho que ele é mesmo o líder do grupo. — Para aumentar a quantidade de *views*, precisamos que essa campanha seja ainda mais maneira do que a outra, então temos que caprichar nos personagens. O que vocês pensaram?

— Preparados? Escolhi meu nome... — diz Mark, estendendo as mãos. — Rolo.

Faz-se um momento de silêncio.

— Rolo? — pergunta Sloane. — Hum, dá para dar um pouco de contexto?

Logan cai na gargalhada, primeiro baixo e depois mais alto.

— Na real, é perfeito pra você.

— Né? Porque eu... *rolo*... mal.

Mark se recosta em uma pose dramática e joga na boca um bombom coincidentemente da marca Rolo.

Os outros também dão risada.

— Você tinha que ter visto na última campanha — explica Kashvi para mim. — Era impressionante como ele rolava tão mal toda vez, sério. Aposto que os dados dele foram amaldiçoados.

— Relaxa, dessa vez tenho umas cartas na manga para resolver o problema.

— Está pensando em que classe? — pergunta Sanjiv.

— Ainda não sei. Só tenho o nome, mas o resto vai se encaixando.

— Logan, aposto que você já montou seu personagem inteiro — diz Sloane, e Logan confirma. — Vai jogar com o quê?

— Um elfo ladino carismático chamado Adris Starcrown — diz Logan. — Ele é o terceiro filho de uma família élfica respeitada e sempre se sentiu inferior aos irmãos mais velhos. Um dia, ele sai da casa da família para explorar o mundo e descobre que sua agilidade e graciosidade tornam ele um ótimo ladrão, ainda mais quando consegue jogar charme no alvo antes de roubá-lo. Ele sempre quis dar orgulho à família, mas, como tudo que fez desde que foi embora foi aperfeiçoar o talento para o roubo, tem medo de voltar para casa e encontrar só decepção. Então ele continua seguindo a vida, na esperança de um dia fazer alguma coisa que faça a família reconhecer seu valor.

Fico meio de queixo caído. Hum, tá, então é para construir uma história *desse* nível para os personagens? Nunca criei nada do tipo. Antigamente, Caden usava um módulo de campanha preexistente para nosso jogo, o que caía bem, mas ele mal sabia o que estava fazendo como Mestre, e ninguém se esforçava muito com os personagens. Dessa vez, preciso ser mais criteriosa.

Folheio o *Livro do jogador*, procurando inspiração. Ladinos podem tomar muitas formas — podem ser saqueadores de túmulos, assassinos, ou o Zorro. Se Logan for colocar mais pontos em Carisma do que em Destreza, não vai seguir o molde básico... mas, espiando em volta, percebo que o objetivo é esse mesmo. Ser um *orc* bárbaro ou um mago humano comum não vai dar para o gasto.

— Kashvi e eu conversamos mais cedo e decidimos — diz Sanjiv, dando uma dentada na pizza — que eu sou um meio-*orc*.

— Eu sou meio-elfa — acrescenta Kashvi. — E somos meios-irmãos, por parte de pai.

— *Há*, adorei — diz Sloane.

— É legal vocês jogarem assim — digo. — Nem imagino fazer uma coisa dessas com meu irmão.

Eu e Andrew mal conseguimos ficar sentados um do lado do outro à mesa do jantar, muito menos escolher fazer uma atividade juntos.

— Não somos irmãos... somos gêmeos — diz Sanjiv. — É diferente. Não somos idênticos, mas Kashvi ainda é minha outra metade.

— Eles só funcionam na venda casada — acrescenta Sloane. — Tentamos fazer eles escolherem outros personagens, mas eles sempre dão um jeito de jogar juntos.

— É mais divertido assim — argumenta Kashvi, um pouco acanhada. — A não ser que vocês achem que seja um problema sério.

Sanjiv parece pronto para acertar a testa de quem reclamar com um dado, mas ninguém se pronuncia.

— Vocês são nossa dupla dinâmica. Não quero separar vocês — diz Logan. — E estou sendo literal: vocês vão continuar dinâmicos, certo?

— Com certeza. Vou escolher druida como classe, mas é bem dinâmico, mesmo que eu entre em comunhão com o mundo natural em vez de empunhar uma espada — diz Sanjiv.

— E dessa vez sou eu a guerreira — diz Kashvi. — Não se preocupe, estamos prontos para encarar o que Sloane inventar.

— Você cria campanhas personalizadas, ou usa alguma base preexistente? — pergunto para Sloane.

— Personalizadas. É muito divertido inventar tudo, mesmo que seja uma trabalheira imensa.

Fico zonza só de pensar. Eles já têm um ladino, um druida e uma guerreira. Tem diversas outras opções — honestamente, são inúmeras classes, raças e especialidades para escolher. É uma das melhores partes de uma nova campanha, mas também é um pouco intimidante, porque, se escolher mal, você acaba tendo que jogar com um personagem chato ou inútil até o fim. E esse grupo parece levar tudo a sério, então não iam querer só me matar e me deixar começar com outro personagem se o primeiro não se encaixar bem.

Antes que eu faça mais progresso na minha escolha, Mark me distrai.

— Já sei! Rolo é um guerreiro *halfling** que acha que é parente de vocês.

— Tipo outro meio-irmão? — pergunta Sanjiv.

— Isso. Ele vai ser meio *en... rolado*.

— A gente devia entrar na dele — diz Kashvi, olhando para Sanjiv. — Ficar com pena.

— E você, Quinn, tem alguma ideia? — pergunta Sloane. Sua voz soa baixa, como se estivesse com medo de botar pressão em mim.

— Hum, talvez — digo, folheando o *Livro do jogador*. — Ainda estou pensando.

— Você sabe construir um personagem? — pergunta Logan.

Levanto a cabeça abruptamente.

— Claro que sei construir um personagem. Não é minha primeira vez.

— Tá, mas é a primeira vez que joga com a gente. Para participar desse grupo, seu personagem vai precisar trabalhar em conjunto com o resto. Precisamos de um grupo equilibrado de...

Eu me viro para Kashvi.

— Ele é sempre assim?

— Você logo se acostuma.

---

* Uma raça de D&D, pequeninos amigáveis, curiosos e corajosos. Lembram *hobbits*. [N.E.]

— Duvido muito.

— Assim, como? — pergunta ele, olhando para o resto do grupo.

— Essa coisa de homem palestrinha. Você acha que eu não entendo como os personagens funcionam? Ou uma *party*? Não preciso que você me explique tudo.

— Acho que precisa que eu explique um pouco — resmunga Logan, e sinto vontade de jogar um dado na cara dele.

Ele espalma as mãos e acrescenta:

— Só queria ajudar, mas, por favor, fique à vontade. Se deixarmos você entrar no nosso grupo, o que você pretende agregar?

Abro um sorrisinho irônico.

— Quer um grupo equilibrado? Que tal uma patrulheira?

Apoio o queixo na mão e espero a resposta que sei que vou receber.

Ele solta um suspiro exasperado, assim como previ.

— Você sabe como seria redundante se já temos dois guerreiros e um ladino? E se dermos de cara com um inimigo que não dá para atacar com uma espada?

— Por que você acha que sugeri isso? — pergunto, e levanto a sobrancelha.

Kashvi dá uma risada engasgada.

Sloane interrompe para perguntar sobre o personagem de Mark, o que me dá alguns minutos para decidir em paz. Uma ideia me ocorre, e eu anoto umas coisas para não esquecer. Quando abre espaço na conversa, eu opino:

— Quero ser uma anã da colina feiticeira.

Sanjiv e Kashvi se entreolham e assentem.

— Boa ideia — diz Kashvi. — A gente precisa de alguém que use magia.

— Feiticeiros não têm muito HP* — acrescenta Logan.

Olho com irritação para ele.

---

* *Hit points* (HP), ou pontos de vida, são a "saúde" do personagem; medem quanto de dano ele pode tomar antes de desmaiar ou morrer. [N.E.]

— Exatamente, por isso a minha vai ter tenacidade anã, um bônus de Constituição para ganhar de brinde o bônus de HP e um terceiro bônus de HP como feiticeira.

Sei que eu deveria olhar ao redor da mesa para avaliar o que os outros sentem sobre essas escolhas, mas não consigo desviar o olhar de Logan. Ele está sendo tão insuportável que só penso em calar a boca dele. Quando ele escuta minha descrição de personagem, troca a expressão de descrença para surpresa e, por último, parece impressionado, e a mudança é tão óbvia quanto inebriante.

— Estou acumulando o máximo de HP para salvar o resto da *party* mais tarde, quando os outros não puderem mais fazer nada — digo, e me recosto, cruzando os braços. — Ou vai me dizer que esse personagem não vai ajudar o resto da *party*? Porque, se reclamar, todo mundo vai saber que está discutindo só porque não quer que eu esteja aqui.

Ele me encara, mas levanta de leve o canto da boca, como se fizesse esforço para segurar um sorriso.

— E tem mais uma vantagem, sabendo que você vai jogar de elfo — continuo. — Ser anã vai me dar uma desculpa para brigar com você, já que historicamente nossas raças não se dão.

— Você quer brigar comigo?

— Não, mas parece que *você* quer brigar *comigo*. Assim, os espectadores vão ter um contexto para a gente se tratar desse jeito.

Levanto a sobrancelha, como se meu coração não estivesse disparado. Nem acredito que estou sendo tão afrontosa, considerando meu desespero para ser incluída no grupo, mas qual é o problema dele? Se ele vai ficar tentando me botar no meu lugar, não vou hesitar em fazer o mesmo com ele. Nesse grupo, acho que educação não vai me levar muito longe.

Ele abaixa o olhar para a mesa e mexe nos dados diante de si.

— Sabe, a dinâmica de grupo é importante para a gente. Muito importante. Se não souber trabalhar em grupo, não deveria nem estar aqui.

Sloane ri.

— Do que você está falando? A gente vive brigando. É metade da graça para os espectadores... ver vocês discutindo por motivos mega idiotas.

— Não é idiota. Mesmo que alguém role um 20 natural em um teste de habilidade, nem por isso tem que ser bom na habilidade automaticamente... depende do total — argumenta Sanjiv. — Eu estou certo, e o mundo precisa saber.

Kashvi revira os olhos.

— O épico debate do 20 natural. Será que nunca vamos encerrar esse assunto?

— A gente tem regras — interrompe Logan, e olha ao redor da mesa, para o grupo — que todos concordaram em seguir. É isso que fez a gente passar esses três anos juntos, e com sucesso.

Aquilo deixa todos sérios, e eles assentem, como se mencionar as regras os trouxesse de volta ao que é importante. Todos se viram para me encarar.

Em vez de me incomodar, a ideia de regras até que me empolga. Gosto da ideia de andar com gente que se importa com o jogo e o leva a sério.

— Por mim, tudo certo — digo. — Quais são as regras?

— Primeiro, e mais importante, a gente não falta às sessões — diz Sloane, imediatamente. — Nunca.

Eu concordo. Não é como se eu tivesse muitos outros planos para os sábados... mesmo que meus pais talvez queiram discutir sobre isso. Terei que explicar para eles que é coisa séria.

— E você não pode chegar atrasada nem ir embora mais cedo — diz Mark. — É uma distração e falta de profissionalismo ter gente indo e vindo no meio da *live*.

— Nossas vidas basicamente giram em torno disso — diz Sanjiv. — Todo o resto vem em segundo lugar.

— Tá legal, acho que dou conta disso.

— E também está proibido ficar de bobeira nas *lives* — diz Logan.

Algo no tom dele me dá vontade de mostrar a língua. Não me incomodo dos outros listarem as regras, mas ele fala como se eu já tivesse quebrado alguma.

— Nada de conversinha paralela, de mexer no celular ou fazer qualquer coisa que distraia do jogo — continua. — Temos que ficar em imersão total, para os espectadores também ficarem.

Levanto uma sobrancelha, desafiadora.

— E se eu precisar mijar? Posso sair do personagem para isso?

Ele fica de queixo caído e olha para Sanjiv, pedindo socorro. Não seguro o riso diante de sua expressão horrorizada. Aposto que é raro alguém deixar ele sem palavras, e já estou imaginando uma personagem que vai fazer exatamente isso. Tomara que Sloane esteja dizendo a verdade e seja permitido aporrinhar os outros desde que continuemos dentro do personagem, porque pretendo encher o saco dele até não dar mais.

— A gente tenta ir ao banheiro antes de começar o jogo — explica Sanjiv, com uma expressão bem-humorada. — Mas fique à vontade para trazer um balde, se acha que vai ser necessário.

— Vocês estão sendo superconvincentes — respondo. — Preciso saber de mais alguma coisa?

Todos se entreolham. Kashvi pigarreia.

— Isso, sem dúvida, nem vai ser um problema, e não é grave, mas... a gente também tem uma regra bem rígida de proibição de namoro.

— É proibido namorar estando no grupo?

Depois do Caden, não estou lá muito motivada para voltar ao romance, mas parece meio exagerado, até para mim.

— Não, não, pode namorar à vontade! — diz Kashvi. — Senão, Sanjiv nunca teria ficado no grupo.

Ele remexe as sobrancelhas.

— Só é proibido namorar gente do *nosso* grupo — diz Sloane. — Muitos grupos terminaram ou ficaram esquisitos por causa de namoro. Lembra do Wyatt?

Sloane lança uma olhadela significativa para Kashvi.

Ela revira os olhos.

— Em minha defesa, ele era bem gato, e como eu poderia adivinhar que ele morria de medo de compromisso?

— Não estou te culpando. Só explicando que existe um motivo para a regra — diz Sloane, e sorri. — Mas, confia em mim, você não vai perder muita coisa por não poder namorar esses otários.

Mark bufa.

— Que fique registrado que é um sacrifício *imenso* não me namorar. Mas é pelo bem de todos.

— No meu caso, você teria que entrar na fila, e já tem umas vinte garotas na frente atualmente — acrescenta Sanjiv.

Kashvi ri. Logan é o único a ficar calado. Quando eu o encaro, ele está olhando para a mesa.

— Nenhum comentário engraçadinho? — pergunto.

Ele olha para mim, e sinto um frio na barriga.

— No momento, não.

Por um instante, esqueço do sabe-tudo irritante na minha frente e me lembro do garoto que vi da janela do carro da minha avó. O garoto de olhos gentis e sorriso fácil, que fez meu coração bater mais forte. Será que essa regra é o motivo para ele estar sendo tão grosseiro, relutante em me deixar entrar no grupo? Porque, assim, nunca poderíamos namorar?

Só que, assim que a ideia me ocorre, eu a dispenso. Sinceramente, a gente mal se conhece, então é de uma arrogância tremenda supor que o motivo seja esse. É mais provável que ele só esteja irritado por eu aparecer e perturbar a dinâmica do grupo com que ele está acostumado. Ficou nítido na *live* que Logan é o líder, e ele provavelmente não é muito fã de mudanças.

Endireito os ombros e me viro para os outros. O garoto charmoso que conheci antes desse jogo de D&D já era, e não tenho o menor interesse nesse que está sentado na minha frente. O que eu *quero* é uma comunidade. Amigos.

— Por mim, as regras parecem ótimas — digo ao grupo.

— Quando a gente começa?

Capítulo Seis

Na quinta-feira, chego na aula de inglês uns minutos antes do horário e vejo Sloane no fundo da sala, fazendo crochê. A ponta do cabelo recém-pintado de verde-neon escapa por baixo de um chapéu, dessa vez com listras roxas e amarelas. Sloane está meio encolhide, com o olhar focado inteiramente no projeto, e eu hesito. É meio esquisito estar na mesma sala e não ir conversar, mas também me parece grosseria interromper tanta concentração. Ao mesmo tempo, se quiser fazer amizade de verdade com o grupo de D&D, tenho que me esforçar.

— Oi? — digo, e a palavra sai em tom de pergunta.

Sloane demora um segundo, mas levanta o rosto. A leve irritação nos olhos vira alegria quando me vê.

— Ei, e aí?

— Tudo bem — digo, e dou de ombros. — Vim só te dar um oi. O que está fazendo?

Sloane levanta um pouco o projeto de crochê.

— Um chapéu novo. Ando com uma obsessão por fazer chapéus e gorros… é que amo crochê. É muito relaxante.

— Maneiro. Nunca tentei fazer crochê, mas adoro fazer bijuteria — digo, sacudindo o braço para fazer tilintar as cinco pulseiras de miçanga. — Também fico meio obcecada.

Sloane acena a cabeça em aprovação.

— Pelo menos o que você faz é pequeno, mais fácil de guardar. Eu tenho uma pilha enorme de chapéus no quarto, e uma pilha de lã maior ainda. Nem sei o que fazer com tudo isso. Precisaria ter mais três cabeças para conseguir usar tudo.

— Eu aceito um — solto, e me arrependo na mesma hora. Que ideia é essa, de pedir coisa para as pessoas? Eu e Sloane não temos essa intimidade.

— Quer dizer, não que você precise me dar nada — acrescento. — Mas eu compraria, se você topar vender.

Sloane fica de queixo caído.

— Não precisa me dar dinheiro nenhum. Te dou um com prazer, claro... só achei que ninguém fosse querer meus chapeuzinhos esquisitos.

— Não sei se você notou, mas está um frio de rachar hoje — digo, apontando a janela da sala, que está congelada até por dentro, o que é mau sinal. — Eu adoraria estar vestindo um gorro.

Chego um pouco para o lado quando os alunos vão entrando e passando por mim para sentar. Pelo barulho e pelo movimento, é nítido que a aula vai começar. Sloane enfia a agulha e a lã na bolsa.

— Levo alguns para o jogo de sábado, e você escolhe, pode ser?

— Show!

É uma conversa curta com Sloane, mas é alguma coisa. Já me sinto um pouco mais leve. Agora, nem todo mundo da sala é um desconhecido.

No sábado, eu me largo no banco de trás do carro com Andrew e a bolsa fedida cheia de coisas do futebol. Queria poder dirigir para o jogo, mas meus pais deixaram o outro carro na oficina para trocar os pneus, então aqui estou eu. Minha mãe vai no volante, acompanhada da garrafa térmica de café, mesmo que seja uma e meia da tarde.

— Atenção, escutem antes de vocês se perderem no celular — declara nosso pai, do banco do carona. — A gente precisa conversar.

Olho para Andrew, nervosa, mas ele já está mexendo no celular. Dou uma cotovelada no meu irmão.

— O papai está falando.

— Que foi?

— A vovó caiu ontem — responde ele, solene.

Ele está com olheiras profundas e uma camisa de botão amarrotada. Reparei que nossos pais estavam quietos e exaustos mais cedo, mas achei que fosse só o estresse da mudança.

— Ai, caramba, ela tá bem? — pergunto. — Por que não me contou antes?

— Ela está bem. E eu e a mãe de vocês queríamos conversar sobre algumas coisas — diz papai, e olha de relance para mamãe, que acena de leve a cabeça, como se para dar permissão. — Achamos que a vovó não está mais com idade para morar sozinha.

— Espera aí, vocês vão levar ela para morar com a gente e me obrigar a dividir o quarto com a Quinn? — pergunta Andrew. — Porque eu mal aguento ficar sentado do lado dela no carro.

— Prefiro morar no porão com as aranhas a dividir um quarto com você.

— Parou. Não tenho energia para isso hoje — repreende mamãe, olhando pelo retrovisor.

A culpa se embrenha nas minhas costelas. Ela parece mesmo cansada — acho que esqueceu até de pentear o cabelo.

— Não, ela não vai morar na nossa casa. Não ajudaria, já que nossos quartos são todos no segundo andar, e queremos que ela evite escadas. Estamos pensando que uma comunidade de aposentados seria uma boa. Dessa vez, a queda não foi grave, mas talvez não tenhamos tanta sorte no futuro.

Eu bufo. Nossa avó, em um lar de aposentados? Com aquele monte de tralha e a agenda de afazeres lotada? Não imagino ela morando em um lugar cheio de purê de batata e dentaduras.

— Nem pensar. Ela vai surtar quando ouvir vocês falarem nisso — argumenta Andrew.

— Pela primeira vez, eu até concordo com Andrew.

— Vocês não estão ajudando em nada — reclama mamãe, e dá um tapinha na perna de papai. — Precisamos de união familiar nesse momento, para dar apoio ao seu pai. Não vai ser uma fase fácil para ninguém.

— Eu estou do lado da vovó nessa. Além do mais, meu aniversário está chegando, então tenho que focar nas minhas prioridades — diz Andrew, e pega a bolsa do chão do carro. — Bem aqui.

Ele aponta a calçada na frente do centro recreativo onde a liga treina e joga no inverno.

Mamãe estaciona, suspirando, e Andrew passa por cima de mim no banco para sair.

— Não acabamos a conversa — grita papai pela porta.

Só que acabamos, sim. Eles raramente obrigam Andrew a fazer o que ele não quer fazer. Andrew dá um tchauzinho.

— Bom treino — diz mamãe, e volta à estrada para me deixar na casa de Kashvi.

Hoje vai ser nossa primeira sessão — ou seja, minha primeira *live* —, e passei o dia enjoada (ontem também, para ser sincera). Porém, essa notícia da minha avó me distraiu.

Eu me estico até enfiar a cabeça entre os bancos da frente.

— A vovó vai ficar bem mesmo?

Meu pai abre um sorriso tranquilo. Ele é filho único da minha avó, e os dois sempre foram próximos, mesmo que não nos víssemos tanto quando morávamos a algumas horas de distância.

— Vai, ela está se sentindo tão bem que até foi jogar *pickleball* hoje, apesar de eu ter pedido que ela faltasse — diz ele, e revira os olhos com afeto. — Ela é forte.

— Você acha que ela vai aceitar se mudar?

— Bom... não de início — diz ele, e ri. — Ela nunca foi de fazer nada que não fosse ideia própria. Mas, com o tempo, ela vai ver que é melhor assim. Sem escadas, sem se preocupar com a manutenção da casa e cercada de novos amigos. Ela vai adorar.

Não estou assim tão convencida. Parece meio exagerado fazer minha avó se mudar se ela não estiver pronta. Ela é uma adulta. No entanto, parece que, queira ou não, vai acontecer.

Alguns minutos depois, chegamos à casa de Kashvi.

— Mando mensagem quando acabar? — pergunto.

— Prometemos que veríamos o Andrew jogar mais tarde — diz minha mãe e toma um gole de café. — Ele vai jogar duas partidas seguidas. Será que algum dos seus amigos novos te dá uma carona?

Afasto a pontada de ciúme por eles estarem ocupados demais com Andrew para me buscar. Acho que, se eu quisesse, poderia pedir que eles assistissem à *live*, mas já estou apavorada só de saber que gente desconhecida vai me ver daqui a pouco. Se meus pais assistissem também, eu travaria completamente.

— Consigo uma carona, sim. Deem boa sorte para o Andrew.

— Ok, divirta-se! — responde mamãe, com alívio evidente.

Saio do carro e aceno quando eles vão embora. Logan vem andando na minha direção pela calçada, mas o único cumprimento que me dá é um leve movimento da cabeça. Argh, então ele vai continuar me dando um gelo.

Talvez eu não devesse ficar tão afetada, mas essa mudança abrupta para distante e antipático me irrita. Como é que vamos formar um grupo de verdade se ele sequer reconhece minha presença? E não foi *ele* que falou da importância da dinâmica do grupo?

— Oi — digo, com a voz desafiadora.

Ele para e vira seu foco inteiramente para mim. Hoje está mais quente do que os típicos dias de fevereiro de Ohio, então, em vez de casaco, Logan está usando uma camisa azul de flanela por cima da camiseta. A roupa é justa, e não esconde a definição nos braços e ombros dele. O cabelo castanho parece mais dourado sob o sol, e uma mecha quase cai no olho esquerdo, praticamente implorando para eu esticar a mão e ajeitar.

Basicamente, Logan é gato demais para o próprio bem (e para o meu), e eu deveria só deixar ele me ignorar.

— Tudo bem, Quinn? — pergunta ele, em voz baixa.

O olhar dele me congela no lugar como se eu fosse um inseto que ele acabou de pregar em um projeto de ciências.

— Tudo... bem. Tudo certo.

Olho com irritação para ele, para não revelar a natureza dos pensamentos que rodopiam na minha cabeça.

— Animada para hoje?

— Estou, sim.

— Que bom. Eu também.

Ficamos mais um segundo ali, encarando um ao outro sem dizer nada, antes de ele virar as costas e entrar na casa. Ele não bate na porta nem anuncia a chegada. Acho meio mal-educado, mas entro atrás dele mesmo assim. Lá embaixo, os outros conversam aos cochichos. Uma energia nervosa vibra pelo ambiente, ou talvez só esteja vibrando de mim e preenchendo todo o cômodo.

Sanjiv faz uma cara surpresa quando chegamos.

— Vocês vieram juntos?

— Não — disparo.

— Só chegamos na mesma hora — explica Logan.

— Vai ser uma campanha interessante — diz Sloane, olhando de mim para Logan.

— Pode dar uma diquinha do que está planejando? — pergunta Mark a Sloane, já sentado com a garrafa de dois litros de refri. — Não vai tentar matar o Rolo na primeira sessão, vai?

Sloane faz mímica de fechar os lábios com um zíper.

— A sessão não seria boa se vocês soubessem o que preparei de antemão.

— Bom, pode planejar à vontade, mas não vai vingar. Meus dados novos chegaram — diz Mark, exibindo os objetos para o grupo. — Dessa vez, é acrílico transparente puro. Sem bolhas.

— Faz diferença? — pergunto, pegando meus manuais.

— Claro que faz! Antes, meu problema era que os dados não eram bem equilibrados. Mas esses daqui não vão sofrer desse mal. Vou tornar obsoleta a piada sobre o meu nome!

Dou uma risadinha e tiro meus dados prediletos da bolsinha de veludo. Tenho tantos dados hoje em dia que é difícil me recordar de todos eles. Adoro colecionar — da mesma forma que algumas pessoas colecionam globos de neve ou copinhos de shot —, e sempre uso dados diferentes para cada personagem. Se bem que agora já tenho variações o suficiente para mudar entre sessões, desde que ainda combine com o estilo do personagem. Visto que Nasria, minha personagem, é anã, optei por dados feitos de pedras preciosas. Não custaram barato, mas meus dados de ametista são perfeitos para essa campanha. Preciso rolar bem hoje, e estou contando com eles.

— Aah, que *lindos* — diz Kashvi, e pega um dos dados para inspecionar. — Sempre julgo as pessoas pelos dados.

Os dela são vermelho-sangue, com os números marcados em dourado.

— Também amei os seus — digo.

Estou tentando me manter presente no momento, mas voltar a um jogo torna impossível ignorar as lembranças do meu antigo grupo. Conheci Paige na aula de espanhol no nono ano, e viramos melhores amigas na mesma hora. Eu nunca tive uma melhor amiga antes dela. Eu tinha amigos, e era incluída em festas e fantasias de grupo para o Halloween, mas nunca alguém que eu amasse e em quem confiasse para contar tudo da minha vida. Paige conhecia todas as minhas inseguranças, das sardas no meu rosto à minha tristeza por meus pais sempre se empolgarem mais com os interesses de Andrew do que com os meus. Eu sabia os detalhes do divórcio dos pais de Paige e que ela tinha enchido a cara com os primos nas férias e mentido para os pais que tinha ficado com uma intoxicação alimentar.

Éramos inseparáveis, então, quando Caden chamou Paige para jogar D&D, eu também entrei no grupo.

Para Paige, Caden e os outros, D&D era a hora da socialização. Caden era o palhaço do jogo — ele fazia de tudo para nos fazer rir: dançava de jeitos ridículos, comia coisas bizarras, até chegou a mostrar a bunda (mas eu fechei os olhos bem rápido). Eu nunca tinha rido tanto na vida quanto ria durante o D&D. Caden também era o maior paquerador e vivia dando um jeito de me elogiar. Ele dizia que amava meu cabelo comprido mesmo quando estava despenteado e cheio de frizz. Amava minhas bijuterias, e amava que eu estava aprendendo as regras de D&D para minha personagem e tinha opiniões sobre o jogo. Foi fácil me deixar conquistar. Era fácil flertar porque parecia que esse era nosso ritmo. Ele dava em cima de mim, eu dava em cima dele, e a gente esquecia de tudo assim que o jogo acabava.

Já tentei muito parar de pensar neles. Parar de me perguntar como eles puderam se voltar contra mim e o que falam de mim hoje em dia. Será que se arrependem? Será que Paige pensa em mim quando pinta as unhas ou revê *Stranger Things*? Meu cérebro não consegue se desfazer dessas lembranças, ainda doloridas. Perder Paige, especialmente, é um machucado que não consigo parar de cutucar nem deixar sarar.

— Quinn — chama Sloane.

Eu me sobressalto. Deveria estar parecendo em transe.

— Trouxe os chapéus e gorros, se quiser escolher um — diz, mostrando uma ecobag grande.

— Ah, você lembrou!

Afasto a memória e me levanto em um pulo. Uma primeira olhada revela que os chapéus são todos basicamente iguais, mas Sloane fez tantas combinações de cores que é difícil escolher.

— Que foi? Está distribuindo chapéus? — pergunta Kashvi.

— Acho que sim? Tenho de sobra, então podem pegar o que quiserem.

— Todo mundo deveria usar um — respondo, e pego um chapéu preto e vermelho que combina com a blusa de Mark. — Toma, experimenta.

— Irado — diz ele, e coloca por cima do rabo de cavalo baixo.

— O que vocês acham? Em geral prefiro roxo, mas esse vermelho é bem legal — diz Kashvi, mostrando as duas opções.

— Eu acho que... — começo, e olho para Sloane em busca de confirmação.

Elu concorda:

— Os dois.

Kashvi sorri.

— Ótimo!

Sanjiv pega um preto e cinza do topo da pilha, e eu imediatamente reparo em um com diversos tons de verde. Combina com muitas das minhas roupas. Vasculho mais a bolsa, sem querer perder nada, e encontro um lá no fundo. Está meio torto, e é grande, então não caberia em mim, o que é uma pena, porque adorei o tom de azul-acinzentado que Sloane escolheu. Infelizmente, o gorro me lembra a cor dos olhos de Logan. Já imagino como ele ficaria mais fofo ainda com esse gorro cobrindo até a testa. Mordo o lábio, pensando se enfio de volta na bolsa, mas esse gorrinho merece servir seu propósito de vida.

— Toma.

Largo o gorro na frente de Logan quando passo por ele e volto ao meu lugar.

Ele me olha, surpreso, mas não diz nada.

— Chegou a hora — anuncia Sloane. — Tudo pronto? Quinn, tudo bem aí? É bom lembrar de não olhar diretamente para a câmera, não usar o celular nem começar conversa paralela, e tentamos não deixar muito ar rolar porque fica chato.

— Como assim?

— É quando a gente faz muito silêncio — explica Kashvi, e em seguida toca o meu braço. — É só D&D. Jogue como jogava antes e se divirta. Você está pronta.

Eu assinto, com um gesto tenso. Eu não estou *nada* pronta.

— É seu primeiro jogo com a gente — acrescenta Logan, e a expressão quase que é bondosa. — Se não souber bem o que fazer, tranquilo ficar mais quieta no começo até pegar o jeito. A gente vai liderando a interpretação.

Todo mundo concorda. Abro um sorriso nervoso para Sloane, para indicar que estou pronta.

— Três... dois... um... — declara Sloane, e todos esperamos em silêncio.

Então elu se endireita, com ar de mais empolgação do que um segundo antes, e sei que estamos ao vivo.

Fico zonza e me obrigo a manter a expressão agradável e me concentrar em Sloane, para não acabar encarando a câmera sem querer. A ideia é que, na *live*, os espectadores sintam que estão na sala com a gente, vivendo o mesmo jogo, e, se eu chamar atenção para a câmera, ou "quebrar a quarta parede", isso estraga a ilusão. Mais fácil falar do que fazer, visto que eu só quero ajeitar o cabelo e confirmar que não tenho nenhum troço verde grudado nos dentes.

— Boa tarde e boas-vindas à *Unidos, venceremos*. Hoje é a primeira sessão da nossa nova campanha, e mal posso esperar para ver no que esse grupo vai se meter. Especialmente porque temos uma nova jogadora.

Sloane abre um sorriso diabólico.

Capítulo Sete

— Como é a primeira sessão — continua Sloane —, gostamos de começar apresentando os jogadores e os personagens da *party*. Logan, quer começar?

Fecho a cara, mas neutralizo a expressão antes de alguém notar. Ai, vai ser difícil não demonstrar toda emoção que eu estiver sentindo. Não seria melhor dar a volta na mesa em sentido horário, ou algo assim? Logan não está sentado ao lado de Sloane, então não sei por que não foi Mark a começar, mas ninguém mais reage. Logan obviamente sempre lidera essas situações.

— Com certeza. Meu personagem é Adris Starcrown, um elfo ladino carismático.

Ele continua a descrição, quase exatamente igual a quando nos apresentou o personagem, exceto por um pedacinho extra:

— Ele também é incrivelmente charmoso e chegado nas mulheres — diz, com uma piscadela para Kashvi —, então normalmente consegue o que quer na base do charme.

Faço força para não revirar os olhos diante da câmera, mas chega a doer. Ele está fazendo papel de conquistador? Melhor nem tentar se engraçar com minha anã. Ela vai acabar com ele.

Sanjiv se debruça na mesa.

— Eu sou um meio-*orc* druida chamado Lynx...

— E eu, uma meia-elfa guerreira chamada Lasla... — acrescenta Kashvi.

— E somos meios-irmãos — conclui Sanjiv, abrindo um sorrisão. — Nós nos descobrimos há dois anos, quando eu, em busca do meu pai, encontrei Lasla, que seguia as mesmas pistas. Desde então, nos unimos e viajamos juntos, procurando por ele e sobrevivendo com base em nossa esperteza e talento.

— Eu vou jogar com Rolo! — exclama Mark, com a voz mais aguda e fofa do que usa normalmente.

— Porque ele rola o dado horrivelmente mal — acrescenta Logan, com uma gargalhada.

— *E* porque é meu chocolate preferido — continua ele. — Sou um *halfling* guerreiro e vou salvar a campanha toda, como fiz da última vez.

— Seu último personagem uma vez rolou tão mal que nem conseguiu descer as escadas — diz Sanjiv, e Mark bufa.

— Sou muito pequeno, mas também muito poderoso, e tenho muito a provar.

O grupo todo ri antes de se calar, virando-se para mim. Eu me empertigo, nervosa. Fiquei tão distraída com a apresentação dos outros que esqueci que era minha vez.

— E, finalmente, temos nossa nova jogadora — diz Sloane, levantando as sobrancelhas com expectativa.

Sinto um nó na garganta. Será que todo mundo notaria se eu escorregasse na cadeira e me escondesse debaixo da mesa? Eu me obrigo a engolir a saliva e fingir que não estou apavorada.

— Eu me chamo Quinn Norton, e vou jogar como Nasria, uma anã da colina feiticeira. Ela ama o próprio clã, mas precisou deixá-lo para trás quando suas habilidades mágicas se manifestaram, porque não entendia de onde vinham nem como usá-las. Ela não gosta especialmente da própria magia, já que não é algo que parece natural para ela. Está procurando respostas para entender de onde vêm esses poderes e, enquanto isso, espera que a magia possa ser usada para ajudar outras pessoas.

— Parece que Nasria e Adris podem se dar bem, considerando que os dois abandonaram a família e estão sozinhos no mundo — comenta Kashvi, levantando as sobrancelhas.

— Só que ela não gosta da maioria das pessoas — digo, olhando para Logan. — E, especialmente, não gosta nada de elfos.

— E meio-elfos? — pergunta Kashvi.

— Para meio-elfos, ela pode abrir uma exceção. Eles são menos metidos.

Vejo Logan balançar a cabeça, mas não me viro para encará-lo.

— Agora que conhecemos os personagens, é hora de começar. Temos uma *party* empolgante, com personagens interessantes, então vamos ver o que vai acontecer a partir de agora — diz Sloane, debruçando-se na mesa. — Jogadores, começamos com cada um de vocês em uma cela de cadeia individual. Estão cercados por barras de ferro, mas, através delas, conseguem ver uns aos outros. A parede atrás de vocês é feita de tábuas de madeira, e seus pulsos estão amarrados com corda áspera. Vocês estão balançando, e escutam água.

— Estamos em um barco? — diz Sanjiv, imediatamente.

Mark se recosta na cadeira.

— Nunca imaginei que estaria em um barco.

— Aposto que estamos na cadeia do porão do navio — responde Kashvi. — Sabemos o motivo?

Sloane confirma com a cabeça.

— Vocês todos foram acusados de crimes e estão sendo levados à Ilha de Mysteom para julgamento. No entanto, os guardas não são dos mais simpáticos, então se recusaram a elaborar quais foram os crimes de que foram acusados e quem fez a acusação.

— Tem mais alguém nos arredores? — pergunta Logan.

— Tem uma guarda por perto. Ela recebeu a incumbência de garantir que ninguém fuja até vocês chegarem em terra firme.

— Recebeu, foi? Bem, esta abertura claramente é minha — diz Logan, e se estica, com um sorrisinho arrogante. — Eu me estico para a frente e chamo: "Olá, moça bonita!" — fala, com um leve sotaque britânico. — Há muito tempo não vejo alguém tão linda na minha frente. De onde você vem?

— A guarda se vira para você — responde Sloane — e o fulmina com um olhar que derreteria as barras de metal. Ela se aproxima de você e esmurra a grade. — Sloane faz uma voz grave de ameaça: — Cale essa boca, ou eu mesma calo.

— Quero tentar passar entre as barras de ferro — diz Mark, com a voz animada de *halfling* de Rolo.

Sloane balança a cabeça.

— Não vai dar. Você é pequeno, mas as barras são próximas demais para permitir a passagem.

— Será que isso significa que projetaram as celas especialmente para nós? — comenta Kashvi.

— Quero tentar persuadir a guarda — diz Logan, e olha para o resto de nós. — Já escapei de situações muito piores, apenas com meu charme e minha mão leve. Aguentem firme.

Já estou achando Adris irritante, mas admiro Logan por se comprometer ao papel tão rápido.

— Role um teste de persuasão — diz Sloane.

Logan rola os dados com mais teatralidade do que é necessário, e o d20 azul-marinho cai no 2.

Ele joga a cabeça para trás, soltando um gemido, e o resto do grupo faz o mesmo.

— Está bem, Adris — diz Sloane. — Você tenta persuadir a guarda, encostando-se na grade em uma pose provocante para dar seu melhor olhar sedutor. Infelizmente, sua mão escorrega e você acaba tombando para a frente e batendo a cara nas barras de metal.

Todos caímos na gargalhada, até Logan, apesar de estar com o pescoço corado.

— Lá se vai nosso ladino carismático — diz Kashvi. — Por que não tentamos tirar essas amarras? Suponho que eu não tenha nenhuma arma à mão para isso?

— Todas as armas foram tiradas de vocês, e você não as vê por perto.

Todos rolamos testes de destreza para fugir, mas só Sanjiv obtém sucesso.

— Esqueci como é começar no nível 1 outra vez — reclama Kashvi, afundando na cadeira.

— Não, acho que ainda tem um jeito — digo, uma ideia começando a tomar forma na minha mente.

Estava nervosa demais para falar qualquer coisa e estragar o jogo, mas já joguei como druida, então conheço bem as habilidades da classe. Olho para Sanjiv, atrás de Kashvi.

— Lynx, deve ter ratos andando pelo barco. Veja se consegue fazer algum deles roer a corda com que nos amarraram.

— Boa ideia — diz Sanjiv. — Obrigado, Nasria.

Ele rola um dado bom para conseguir fazer exatamente isso e, com as mãos livres, finalmente posso usar magia.

— Vou usar mãos mágicas para tentar roubar a chave da guarda, já que a persuasão não deu tão certo.

— Tomara que seu jeito para os dados seja melhor do que o meu e o de Adris — responde Mark.

Pego meu d20 e balanço com força considerável, para ninguém ver que minhas mãos já estão tremendo sozinhas. Para minha alegria, rolo um 18. Com meus bônus, definitivamente foi suficiente.

Sloane faz um gesto de aprovação.

— Legal, a nova jogadora veio para arrasar. O feitiço tira as chaves do gancho na parede onde ficam guardadas e traz elas flutuando até sua mão.

— Espere — diz Logan. — Ela vai escutar se você abrir a porta para nos soltar.

— Não se preocupem, vou convencer o rato a subir pela perna da guarda. Deve servir de distração.

Sanjiv faz um teste de habilidade.

Sloane pensa por um momento antes de assentir.

— *Ratos! Pragas!*

Sloane grita tão alto que eu pulo da cadeira de susto. Caio na gargalhada, envergonhada, e Kashvi ri comigo, inclinando-se até esbarrar o ombro no meu. Sloane sorri para a gente.

— A guarda morre de medo de ratos desde pequena, quando acordou e encontrou um deles roendo o cabelo dela. Ela grita e se desespera, correndo pela área pequena do porão antes de tropeçar em uma tábua irregular e cair com força no chão.

Todos fazemos uma careta.

— Vocês escutam os passos de outro guarda descendo para ver o que aconteceu — continua Sloane.

— Não precisamos mais fazer silêncio — diz Kashvi. — E eu me recuso a morrer antes de encontrar meu pai.

— Eu corro para destrancar a cela com as chaves e vou correndo até os outros para soltá-los também! — exclamo, sabendo que só temos segundos antes de um guarda furioso aparecer.

— Graças a Deus temos uma feiticeira na *party* — diz Mark. — Agora precisamos encontrar as armas. Não posso enfrentar esses guardas desarmado.

— Nem eu — diz Kashvi.

Sloane nos conduz pela parte seguinte da campanha — uma batalha com a tripulação pelo controle do navio —, e fico tão envolvida que esqueço das câmeras e da transmissão, como Mark disse que aconteceria. Por fim, há um momento de breve pausa enquanto Rolo faz um teste de habilidade para ver se consegue levar o barco até a margem, e eu me recosto para tomar um gole d'água. Estava tão nervosa com o aspecto público que esqueci como amo jogar D&D. Criar personagens, construir histórias, pensar com agilidade quando há um problema para ser resolvido. Adoro a ideia de ser uma pessoa fantástica que pode usar magia ou se transformar em um pássaro. E, acima de tudo, adoro fazer isso com um grupo de amigos.

Todo mundo se empertiga, de olhos brilhando, sorrindo ou fechando a cara, dependendo do último dado. Fiquei tão traumatizada com meu último grupo de D&D que é assustador me permitir confiar em outras pessoas. Só que Kashvi me olha de relance e faz um sinal sutil de joinha. Uma onda de empolgação e esperança me invade. Ela parece muito legal e encorajadora. Olho de soslaio para Logan, que está debatendo com Sanjiv qual guarda atacar primeiro. Até ele é menos irritante agora que engatamos no jogo.

O olhar de Logan encontra o meu.

— Nasria? — chama ele, e o sotaque britânico que usa para Adris me traz de volta à realidade. — Sei que minha aparência pode causar distrações, e talvez possamos remediar esse fato mais tarde, mas é bom prestar mais atenção. Você está prestes a ser atacada.

Fico vermelha por ele me pegar olhando, mas não vou deixar que fique com a última palavra.

— Perdão, Adris. Nunca vi um elfo cair de cara em uma grade. É difícil me impedir de ficar relembrando a cena.

Inclino a cabeça como se fizesse uma reverência e volto a atenção para Sloane.

Talvez Kashvi possa ser uma nova amiga, mas não posso dizer o mesmo para o resto das pessoas sentadas a essa mesa.

Capítulo Oito

A primeira sessão dura duas horas, que é o padrão do grupo, e todos suspiramos de alívio quando desligamos as câmeras.

Sloane bate as mãos na mesa.

— Acho que a sessão foi ótima. Perdemos um pouco do impulso dos espectadores da última vez, mas dá para recuperar.

— Adorei a ideia de começar no navio. Muito maneiro — diz Sanjiv.

— Queria variar, em vez de só se conhecerem na taberna, como de costume.

— Foi mal por Rolo meio que... naufragar com o barco — diz Mark.

Ele rolou tão mal quando tentava manejar o navio que Sloane o descreveu encontrando o único rochedo da área e passando o barco por cima da pedra.

— *Não* está desculpado — responde Kashvi. — Você perdeu todo nosso equipamento. Como eu vou ser a melhor guerreira que este mundo já viu se nem espada tenho?

Mark abaixa a cabeça.

— Se serve de consolo, eu ia naufragar o barco de qualquer jeito, então você já ia perder suas armas — diz Sloane, e todos caímos na gargalhada.

— Clássico — diz Logan, e se espreguiça antes de se levantar. — A gente pode ficar aqui mais um tempo, ou sua família tem compromisso?

Kashvi suspira.

— A gente ficou de visitar minha tia logo que acabasse a sessão. Minha mãe deve estar a instantes de descer aqui para expulsar todo mundo.

— Será que vocês conseguem me deixar em casa no caminho? — pergunto. — Meus pais estão no jogo do Andrew, então fiquei sem carona.

— Normalmente, eu supertoparia, mas meus pais estão com pressa de pegar a estrada porque minha tia mora a uma hora daqui — diz ela, olhando para o resto do grupo. — Alguém mais pode dar uma carona para ela?

— Onde você mora? — pergunta Logan.

— Na zona leste, ali pela rua Chestnut.

Mark, Sloane e Logan se entreolham como se conversassem em silêncio. Tremo de nervosismo. Passamos duas horas nos divertindo juntos, mas, de repente, lembro que ainda sou a pessoa nova do grupo.

— Só eu vou para esses lados — diz Logan, um minuto depois, com a voz nada empolgada. — Eu te levo.

— Não precisa.

Ele levanta as sobrancelhas.

— Você não acabou de dizer que precisa de carona?

— É, mas...

Não posso voluntariar outra pessoa para me levar, especialmente porque estaria pedindo para fazerem o maior desvio só para me fazer um favor. Se eu morasse um pouco mais perto — e se estivesse um pouco mais quente —, eu iria a pé com certeza, em vez de aceitar carona de Logan.

— Sei que você não está muito animada, mas não tem como ficar aqui — resmunga ele, e começa a arrumar as coisas.

O grupo conversa mais um pouco e Kashvi me abraça.

— Estou tão feliz de você jogar com a gente... você foi ótima hoje. Te mando mensagem depois.

— Divirta-se com sua família.

Sei que é bobeira me importar tanto assim, mas estou animada por ela querer me mandar mensagem. Ela ainda não enjoou de mim.

Saio da casa acompanhada de Logan e seguimos a rua até a picape pequena, verde e velha dele. Entro no carro e ajeito a bolsa no colo. É muito desconfortável ficar a sós com ele nesse espaço apertado depois de duas horas de implicância.

— Obrigada pela carona — digo a contragosto depois de ele botar meu endereço no GPS do celular, já que o carro é velho e não tem sistema embutido.

— Não tem de quê.

Passamos vários minutos em silêncio absoluto. Acho que ele não gosta de ouvir o rádio, e eu é que não vou futucar os botões para encher mais o saco dele. Porém, ele segue com essa pose fria e distante, e eu sinto uma vontade irracional de destruí-la. Queria saber exatamente por que ele mudou tanto depois daqueles primeiros dias em que falei com ele. Se é por causa das regras do grupo, então significa que ele gosta de mim; e, nesse caso, ele não seria pelo menos agradável comigo? É mais provável que ele ache que eu não mereço jogar na campanha deles. Ou talvez ele esteja irritado por eu ter mandado melhor do que ele hoje. De qualquer modo, não tem como seguir assim. Preciso conquistar ele de novo, para a campanha ser mais tranquila.

— Você acha que o jogo correu bem hoje? — pergunto, com a voz animada.

— Acho.

— Parece que vai ser legal a campanha. O que será que Sloane preparou pra gente? Elu pega pesado quando mestra?

— Às vezes.

Franzo a testa para a estrada. Sério? Ele vai responder só com frases curtas?

Eu bufo e abraço minha bolsa.

— Por que você começou a desgostar de mim do nada?

Ele se sobressalta e o carro perde velocidade quando ele tira o pé do acelerador.

— Eu... Como assim? Eu gosto de você.

— Bom, você obviamente não gosta que eu jogue D&D. Quando a gente se conheceu, você foi legal, mas agora mal responde minhas perguntas com mais de duas palavras. Você acha que eu estou estragando o jogo?

Ele vira o rosto para mim.

— Não.

— Mas não queria que eu entrasse no grupo... e nem tente negar. Por quê?

Ele dá de ombros e flexiona os dedos no volante.

— Deixa pra lá. Não tem importância.

Meu coração acelera, e não consigo deixar de pensar na regra sobre namoro. Ele não confirmou que o motivo é esse... mas também não negou. Quero saber, mas o pavor absoluto de perguntar diretamente e ele dizer que não, ou rir enojado, é suficiente para passar a vida toda calada sobre o assunto. Enfim, saber a resposta não mudaria nada. Não vou sair desse grupo. Pela primeira vez em meses, tenho amigos, e não vou arriscar isso.

Engulo em seco e tento acalmar meus pensamentos.

— Tem importância para jogar um jogo cooperativo. E para quem age como se fosse o líder da campanha — resmungo. — Aliás, por que isso, hein?

— Os outros sempre me esperam agir. Não fui eu que pedi — diz ele, e me olha de soslaio. — Que foi? Quer ser líder ou algo do tipo?

Não era nada disso que eu estava dizendo.

— Não. Mas talvez eu devesse, já que Adris nem conseguiu salvar a gente da cadeia.

— Nasria não seria boa líder. Você disse que ela odeia todo mundo.

— Ela odeia elfos.

— Bom, que conveniente — responde ele, sarcástico. — Mas o carisma de Adris vai conquistá-la.

— Não se o carisma dele for comparável ao seu.

Ele dá uma fungada.

— Talvez ele não queira conquistá-la, se a personalidade de Nasria for igual à sua.

— Então graças a Deus que decidi dar essa personalidade para ela.

Eu me afundo no banco, frustrada. Esperava que ele fosse simpatizar mais comigo, mas, em vez disso, estamos discutindo outra vez.

Dou uma olhada em Logan, esperando encontrar uma carranca. Em vez disso, ele está... achando graça? Ele está achando isso divertido? Posso jurar que ele está escondendo um sorriso e, *uau*, não é justo que isso transforme seu rosto, e também as emoções turbulentas dentro de mim.

— Falei alguma coisa engraçada?

— Quase tudo que você diz é engraçado.

— Parece um elogio, mas, vindo de você, vou supor que não é.

Dessa vez, ele não segura o sorriso que se abre no rosto.

— Não, foi um elogio, sim.

Fico vermelha e aperto ainda mais a bolsa. Passamos por algumas ruas em silêncio e eu me forço a não olhar para ele, mas Logan não segue a deixa. Tamborila no volante ao dirigir, e não para de me dar umas olhadelas. Por fim, ele pigarreia.

— Estava curioso: tem algum motivo para sua avó ter pedido para a gente tirar aquela foto?

Franzo a testa.

— Hum, porque ela queria uma foto.

— Sei. Mas é que tinha muita gente no estacionamento. Ela poderia ter pedido para qualquer pessoa, mas pediu para a gente. Estava só pensando se tinha um motivo.

Semicerro os olhos diante do que aquela pergunta quer deixar subentendido.

— Você está insinuando que eu pedi para ela parar?

— A possibilidade me ocorreu.

— Ai, meu Deus — digo, fechando os olhos com força. — Tudo aquilo foi ideia dela. Eu não tive nada a ver com isso.

A voz britânica do GPS anuncia: "Você chegou".

Logan para na frente da minha casa, estaciona e se vira para mim.

— Tá bom, se essa é sua resposta, eu acredito.

Porém, a descrença casual no tom dele me irrita.

— Se acha que armei toda uma situação só para ter uma desculpa para falar com você, então você é mesmo a pessoa mais egocêntrica que já conheci — respondo, com mais firmeza do que sinto. — Foi minha avó quem viu você, desesperada por uma foto. Eu estava distraída com os brincos lindos de d20 da Kashvi, nem reparei em você.

Em vez de se irritar, ele se encosta na porta do carro e me olha de cima a baixo.

— Que pena — responde —, porque eu reparei em você.

Um raio de calor me atravessa. Eu o encaro por um segundo, tentando processar as palavras, mas meu coração está batendo rápido demais, e meu cérebro, se arrastando. Ele reparou em mim, o que significa... o quê? Que ficou interessado em mim? Possibilidades para nós dois passam pela minha cabeça, mas não posso agir nem se quisesse. E não quero. Agora já me comprometi com o grupo.

Abro apressada a porta. Estou totalmente desorientada com o fim dessa conversa, e preciso de ar e espaço para me localizar. Dou um passo para descer, esquecendo completamente que estou em uma picape com um degrau — e caio com tudo na calçada. Bato os joelhos na grama e me viro para olhar feio para a picape criminosa.

Logan desce rapidamente e dá a volta.

— Opa, tudo bem aí?

— Sua picape ridícula é muito alta. É impossível de descer.

— Essa picape, na verdade, é bem pequena. Tão pequena que fico até com vergonha de dirigir ela por aí.

— Você não está ajudando, só para você saber.

Afasto a franja do rosto, a vergonha aumentando a cada segundo. Foi *esse* o momento que arranjei para fazer um papelão na frente do Logan? Quero sair de perto dele, sem passar mais um segundo ali. Eu me levanto e me forço a erguer o queixo.

— Estou bem. Não precisa mais ficar.

Dou um passo para trás, sem reparar que deixei a bolsa cair bem ali, e tropeço *de novo*. Dessa vez, caio com mais força ainda. Ai, meu Deus, estou a um segundo de cair no choro de puro constrangimento.

Antes que eu possa me mexer, Logan se agacha na minha frente. Ele franze as sobrancelhas de preocupação e segura minhas mãos. Ele me ajuda a levantar com cuidado e não consigo ignorar o arrepio carregado que percorre meus braços ao sentir os dedos dele na minha pele. Por um momento, fico calada.

— Quinn, o que está acontecendo?

— Nada. Estou bem, só tropecei.

— Tem certeza? Você tem, tipo, labirintite, sei lá?

Minha vergonha absoluta piora ainda mais.

— Não, nada disso.

Ele me olha com tanta preocupação e interesse, com um olhar quase penetrante, e eu procuro uma explicação para dar. Algo que faça mais sentido do que dizer que a presença dele me deixa com as pernas bambas.

— Hum, na real, talvez eu esteja com o ouvido meio esquisito hoje. Tipo o começo de uma otite? — digo, as palavras saindo em uma torrente, apesar de eu nem saber bem o que digo. — Já ouvi falar que isso acaba mexendo com o equilíbrio… sabe, coisa dos fluidos do ouvido?

Fluidos do ouvido? Deixei toda a noção na sarjeta quando tropecei na bolsa.

Ele segura meus ombros, como se para me impedir de cair.

— Parece coisa séria. Eu te acompanho até a porta, mas você devia ligar para o médico quando entrar. Ou quer que eu ligue para minha mãe? Ela é enfermeira.

Se continuarmos conversando, vou acabar parando no pronto-socorro. Dou uma olhada para trás, pego a bolsa e recuo um passo.

— Estou bem, sério. Já melhorei.

Aceno para ele e começo a andar até a porta.

— Tem certeza?

— O único ferido é meu ego.

Ele me observa e assente.

— Tá legal. Mas liga para o médico para não piorar.

Ele volta para a picape e dá a partida, me deixando na porta com o coração a mil, os pensamentos confusos e fluidos duvidosos no ouvido.

Capítulo Nove

Não estou lá tão empolgada diante da possibilidade de passar mais vergonha, especialmente depois da última conversa com Logan, mas aceito que minha avó me busque na escola na segunda-feira.

— Tem certeza de que é seguro ela dirigir? — perguntei à mesa do jantar de ontem, quando estávamos só eu e meus pais, porque Andrew tinha treino até tarde. — Da última vez que ela me levou, fiquei com medo de ela atropelar algum pobre calouro.

— Ela vai dirigir a trinta por hora dentro da cidade — respondeu minha mãe. — É pouca distância, não tem problema.

— Você não entende a importância disso para ela. Vai ser o ponto alto do dia dela — acrescentou meu pai.

— E você não entende a vergonha que eu passo quando ela se estica para fora da janela e grita com gente aleatória.

Papai riu.

— Verdade. Mas pode deixar ela te buscar de vez em quando?

Então aqui estamos nós. Entro no carro da minha avó, que cheira a perfume floral, e ela sorri para mim.

— Como vai? Está com uma cara cansada.

— Vou indo — respondo.

Não quero despejar meus problemas nela, mas estou exausta e estressada. Mudar de escola no meio do ano é difícil. Nenhuma das matérias é exatamente equivalente ao que eu estava estudando antes, então ou estou atrasada, ou repetindo conteúdo. É minha segunda semana aqui, mas ainda estou desorientada no espaço e nas salas — toda vez que viro uma esquina, fico achando que vou voltar para a escola antiga —, e subestimei seriamente a dificuldade de me conectar com as pessoas da minha classe. Ninguém é grosseiro nem nada; é todo mundo só... apático. Parecem olhar através de mim, como se eu nem existisse. Graças a Deus tenho Kashvi, Sloane e D&D, apesar de eu desejar que meus horários batessem melhor com os deles. A gente sequer almoça no mesmo intervalo.

Minha avó torce a boca e me observa.

— Hoje é dia de sorvete.

— Como assim? Está menos de dez graus lá fora.

— Até parece que a temperatura importa. Tem dias que pedem sorvete, e hoje é um dia desses.

Ela dá ré antes de eu colocar o cinto e saímos voando do estacionamento. Trinta por hora, uma ova.

Logo ela para em um comércio local novo para mim. Ainda não conheço bem a cidade. A área interna da loja é toda bonitinha, com piso quadriculado em branco e verde-água, paredes cor-de-rosa e um mural de montanhas de sorvete com rios de calda de morango.

— Qual é seu sabor preferido? — pergunta ela.

— Pêssego — digo, imediatamente. — Mas não estamos na época. Então... chocolate com manteiga de amendoim.

— Igualzinha ao seu pai — diz ela. — O garoto nunca passou por um pote de manteiga de amendoim sem querer comer.

— E você?

Olho para o cardápio acima do balcão. No entanto, meu olhar se detém diretamente em Logan.

Dou um pulo, como se tivesse levado um choque. Ele está atrás do balcão, usando uma camisa polo cor-de-rosa e uma viseira rosa também, as duas peças bordadas com uma casquinha de sorvete. O crachá dele diz: *Logan. Meu sabor preferido é chocomenta!*

Ele me encara de volta até minha avó exclamar:

— O garoto que tirou nossa foto!

Ele sorri para ela.

— Que surpresa. Vieram pedir mais fotos?

— Viemos tomar sorvete. O dia dessa aqui foi difícil.

Ele inclina a cabeça para mim.

— Ah, é?

Sinto o rosto arder e dispenso as palavras da minha avó e a preocupação dele.

— Não, foi tranquilo. Estou só exagerando para ganhar comida de graça.

Logan ri e minha avó me dá um tapinha com a mão esquerda.

— Só você mesmo! — exclama para mim, e se vira para Logan. — Me vê um de *sherbet* de laranja, por favor.

— E eu aceito uma bola de chocolate com manteiga de amendoim no copinho — digo.

Ele assente e começa a servir. É muito esquisito encontrar Logan nesse contexto, mas não é muito justo pensar dessa forma. Não sei nada sobre ele, exceto que estuda na mesma escola que eu e joga D&D. Mesmo assim, nunca esperaria encontrá-lo de viseira rosa, servindo sorvete.

Minha avó insiste em pagar e aponta para Logan.

— Você devia tirar um tempo de intervalo e sentar aqui com a gente.

— Ah, hum... — diz ele, olhando ao redor, desconfortável. — Eu acabei de chegar. Não posso...

— Licença? — minha avó chama o homem trabalhando nos fundos, que é nitidamente o gerente. — Pode dar uns minutinhos de intervalo para esse rapaz? Ele é um amigo querido, e eu adoraria conversar um pouco com ele.

— Vó! — sibilo em voz baixa.

O calor da minha vergonha vai transformar meu sorvete em sopa. Não é à toa que Andrew nunca quer andar com a nossa avó. Ele tem mais senso de autopreservação do que eu.

— Ah, então... — diz o gerente.

Minha avó abre um sorrisinho acanhado. Aposto que ela era charmosa (talvez a melhor descrição seja ardilosa) na época dela.

— Está tranquilo, certamente dá para liberar ele por alguns minutinhos. Eu adoro o sorvete daqui. É o melhor da região!

O homem dá de ombros.

— Tá, pode ser. Está liberado, Logan.

Logan me olha de relance e nos acompanha até uma mesinha no canto.

— Que tal? — pergunta ela, triunfante.

— A senhora é milagrosa — sussurra Logan. — O sr. Avery é muito rígido com o horário de almoço e de intervalo.

— Sempre levei jeito para lidar com os homens. Nas circunstâncias corretas, bastava vinte minutos cravados para ter um homem comendo na palma da minha mão — diz, e levanta a sobrancelha para mim. — Às vezes, literalmente.

Engasgo com o sorvete e abaixo o olhar para a mesa, por não querer ver a expressão (provavelmente horrorizada) de Logan. Ele ocupou mais dos meus pensamentos nos últimos dias do que eu gostaria de admitir, mas não era assim que imaginava reencontrá-lo. O momento da picape não para de se repetir na minha memória. Será que ele também estava pensando em mim?

— Então, você melhorou? — pergunta Logan.

— Do quê? — pergunta minha avó.

— Da otite. A Quinn mal estava conseguindo ficar em pé.

— Otite! — exclama minha avó, e abaixa a colher. — Por que você não me contou que ficou doente?

O rubor sobe pelo meu pescoço e rosto. Eu estava torcendo para ele ter esquecido disso.

— Não, vó, tá tudo bem. Não estou doente — digo, e olho para Logan. — Foi alarme falso. Já estou bem.

Ele inclina a cabeça.

— Alarme falso, foi? — pergunta, levantando o canto da boca em um sorriso. — Interessante.

Fico ainda mais vermelha. É possível que ele tenha percebido que eu menti na cara dura da última vez que nos vimos.

Minha avó grita e acena para alguém do outro lado do salão.

— Cheryl!

Ela se vira para a gente e acrescenta:

— É minha cabeleireira. Já volto.

Ela sai às pressas e ficamos nós dois, em silêncio. Claro que minha avó imediatamente encontrou uma pessoa conhecida e me abandonou. Remexo no sorvete, sem jeito.

— Está gostoso? — pergunta Logan.

— Está, com bastante amendoim.

Lambo a colher e o olhar dele acompanha o movimento. Meu coração acelera em resposta. Não estou nem remotamente preparada para ficar a sós com Logan hoje, especialmente sem saber se ele quer me beijar, me expulsar do D&D, ou as duas coisas. Procuro um tema neutro para a conversa.

— Então, hum, você trabalha aqui direto?

— Só em alguns dias da semana… normalmente quinta e domingo, e pego uns turnos extras quando precisam de mim. Meus pais precisam de ajuda em casa, mas também querem que eu trabalhe. Meu pai acha que eu passo tempo demais enfurnado.

— Devo perguntar o que você faz enfurnado no quarto sozinho a noite toda, ou melhor nem saber?

A gargalhada dele ecoa alto no espaço pequeno.

— Na real, fico em um barracão que converti em um espaço para mim, e não no quarto. Normalmente estou trabalhando em campanhas de D&D ou lendo.

— Aham, acredito — digo, e como uma colherada. — Por que está trabalhando em campanhas? Você mestra outro grupo?

— Não, mas gosto de pensar em novos personagens e narrativas.

— Parece intimidante. Não sei como Sloane aguenta.
— Eu tenho alguns cadernos com ideias, mas precisam de mais desenvolvimento. Por enquanto, está tudo bem genérico.
— Cadernos? No plural? Por que é que não ouvi falar disso no grupo?

Ele dá de ombros.
— Eu não falo muito disso.
— Mas... está falando agora.
— É — diz ele, mexendo no guardanapo em cima da mesa. — Você parece ter esse efeito em mim.

Bem nessa hora, minha avó volta à mesa, o que me faz levar um susto.
— O que eu perdi? — pergunta. — Tudo tranquilo?
— Tudo.

Minha avó aponta o dedo para nós dois.
— Vocês agora são amigos?
— A gente joga D&D juntos — respondo, rápido, antes de ela inventar alguma coisa.
— Sempre achei que parecia divertido. Pena que nunca me envolvi. Quando eu era mais nova, todo mundo dizia que era bruxaria e coisa do demônio, mas eu sabia que era besteira. Vocês estão se divertindo no jogo?

Eu e Logan nos entreolhamos e viramos a cara.
— Uhum — respondo. — Está sendo legal.

Logan continua a brincar com o guardanapo.
— Estou vendo. Parece *muito* legal.

O sarcasmo da minha avó é mais espesso que o sorvete, e juro que ela é mais esperta do que a maioria das pessoas que conheço. O corpo dela pode estar começando a falhar, mas a cabeça definitivamente não está.

— O que mais você faz, quando não está jogando com minha neta nem servindo essa delícia de sorvete?
— Hum... Lição de casa, infelizmente. Também ajudo na fazenda da família e no negócio do meu pai, quando ele precisa.
— Ele tem um negócio aqui? Qual é o nome dele?
— Chuck Weber. Ele é meio que faz-tudo. Consertos, recolhimento de lixo e...

— *Chuck?* Ah, não precisa dizer mais nada! — responde ela. — Já perdi a conta de quantas vezes ele foi lá em casa para impedir os canos e a fiação de apodrecerem. Você é filho do Chuck?

— Sou — responde ele, coçando o pescoço.

Minha avó não está tentando modular a voz, então o salão inteiro deve escutar a conversa.

— Nossa, que coisa — diz ela, abanando a cabeça, impressionada. — E você não faz nenhuma outra atividade extracurricular? Esporte, música, nada disso?

Ele dá de ombros, tímido.

— Não, só D&D mesmo.

— Então você e Quinn têm isso em comum. Os pais dela não conseguem que ela faça mais nada.

Eu e Logan nos entreolhamos, trocando um momento de reconhecimento. Talvez a gente tenha mais em comum do que pensávamos. Pode ser outra explicação para ele parecer tão protetor com relação ao jogo e inseguro quanto a me aceitar como jogadora. Talvez não tenha nada a ver com a regra do namoro — talvez ele só quisesse que sua atividade preferida corresse bem.

— Eu acho bom seguir sua paixão nessa vida — continua vovó. — Se concentrar no que traz felicidade.

Eu assinto e me concentro é no sorvete, que me traz uma felicidade simples, especialmente porque cada colherada serve de desculpa para não falar.

— Aposto que, servindo tanto sorvete e ajudando seu pai, você deve ser bem forte — prossegue minha avó.

Eu faço uma careta. Essa conversa está ficando mais desconfortável a cada nanossegundo. Seria mentira dizer que não notei a mesma coisa, mas de jeito nenhum que vou desviar o olhar desse sorvete.

— Acho que sim? — responde Logan.

— Perfeito. Pode dizer ao Chuck que a cliente predileta dele, Barbara, precisa da sua ajuda para tirar umas caixas do sótão.

Eu levanto a cabeça abruptamente.

— Como é que é? — exclamo, e me viro para Logan. — Não precisa fazer isso, não. Eu posso ajudar, e meu pai e Andrew podem dar uma força para ajeitar as coisas que você precisa mudar de lugar.

— Que nada. Andrew vive ocupado, e seu pai não é tão jovem quanto você imagina. Ele anda com dor nas costas, mesmo que não queira admitir.

Ela se aproxima de Logan e insiste:

— Você pode, não pode?

— Ah... hum... devo poder, sim. Se a senhora precisar.

— Preciso, sim. Você é um anjo. Com um pai igual ao seu, sei que você será de grande ajuda — diz ela, com um sorrisão, e eu sei que está aprontando alguma. — E você também precisa ir, meu bem.

Ela dá um tapinha na minha mão.

Eu me encolho ao entender. Ela está tentando juntar nós dois. Só *pode* estar de brincadeira.

Logan pega o celular e olha a hora.

— Melhor eu voltar a trabalhar. Estou sentindo o olhar do sr. Avery me fulminar.

— Apareça na quarta-feira. Desmarcaram o *pickleball*.

— Pode deixar — diz ele, e olha para mim. — A gente se vê lá, Quinn?

— Hum, acho que sim.

Espero ele voltar para trás do balcão e virar as costas antes de encarar minha avó.

— O *que* você está fazendo? Por que acabou de convidar ele para ir na sua casa?

— Por você, óbvio — diz ela, e toma uma colherada de sorvete, com um ar de satisfação imensa. — Esse sorvete é ótimo mesmo.

— Por *mim*? Não estou precisando de desculpa para encontrar Logan.

— Talvez esteja, talvez não.

Eu a encaro, irritada, mas ela continua:

— Ele parece um menino simpático... muito melhor do que aqueles grosseirões do estacionamento. E a melhor qualidade é que ele gosta de você. Notei no segundo em que você entrou na loja.

— Não quero namorar Logan. Ele é imprevisível demais. Uma hora, parece gostar de mim, mas no minuto seguinte não quer me ver nem pintada de ouro. Não que eu tenha pensado muito nesse assunto.

— Ah, não, claro que não — diz ela, ajustando o lenço de seda estampado de rosas. — Se não gostar dele, tudo bem. Podem arrumar umas caixas, e pronto. Só achei que um namorado poderia ser boa ideia, já que você é nova na escola e ainda está conhecendo as pessoas. Tem alguma coisa nele que me lembra seu avô, sabia? Ele ficava tão nervoso comigo que passou dois meses me evitando até eu encurralar ele no corredor e convidá-lo para o cinema.

Eu bufo. Ela e meu avô não têm nada a ver com a minha situação com Logan. E agora vou acabar trancada com ele no sótão empoeirado da minha avó.

— E por que você pediu logo para ele carregar caixas? Nunca ouvi você falar do sótão.

— Sei o que seus pais andam tramando. Eles falaram comigo sobre eu me mudar.

Eu estava com medo de puxar esse assunto.

— Ah. Então... você vai? Está começando a arrumar a mudança?

— De jeito nenhum. Morei nessa casa por um quarto de século e só saio de lá no meu caixão.

Arregalo os olhos diante daquela imagem horrível.

— Mas entendo o argumento do seu pai para eu diminuir a bagunça. Eu não devia deixar tanta tralha para vocês arrumarem quando eu morrer, então achei melhor começar a reorganizar a vida, jogar umas coisas fora. E agora você e Logan podem me ajudar.

Sorte a minha. Enfio outra colherada de sorvete na boca para não responder. Entre o papo de caixão e armar encontros indesejados para mim, minha avó sabe mesmo melhorar o humor de uma neta ao fim de um longo dia.

Capítulo Dez

Paro na porta da minha avó na quarta-feira depois da aula e avalio a casa. Ela mora na parte mais antiga da cidade, a área perto do tribunal e da estação ferroviária que não tem uso desde o começo do século passado. Todas as casas vitorianas da rua têm mais de um século e são imensas, lindas... e estão caindo aos pedaços. A da minha avó é especial, com uma varanda enorme que dá a volta na casa inteira, vitral colorido na sala e até um *torreão*. Fiquei muito empolgada da primeira vez que vi, quando era pequena, até descobrir que lá dentro não era como o castelo da Cinderela — era apenas uma sala curva. Ainda assim, a casa tem um toque fantástico desde que ela pintou de verde e roxo anos atrás.

Minha avó não responde ao meu chamado quando entro, então vou direto para o jardim de inverno. O cômodo fica bem iluminado durante a tarde inteira, e é o espaço predileto dela na casa, e o meu também (exceto pela torre). Encontro ela ali com um pincel na mão, escutando um álbum dos Beatles. Na frente dela está uma tela enorme, na qual ela joga tinta.

— Oi — digo, baixinho, para não dar um susto nela e levar uma pincelada na roupa.

Ela se vira, empunhando o pincel como uma espada.

— Ah, Quinn! Perdi a noção do tempo.

Ela gesticula para que eu me aproxime. Os móveis de vime branco foram afastados para abrir espaço para a pintura. Vovó vive experimentando passatempos novos. Não consigo nem lembrar de tudo que ela tentou ao longo dos anos — bordado, cerâmica, vitral, arranjo floral —, mas nada dura muito tempo.

— Não sabia que você pintava.

— Eu também não sabia. Mas vi um TikTok e não pareceu tão difícil, então pensei em experimentar.

— Você tem TikTok?

— Por que não teria? Não faço vídeos, porque não gosto de ver meu pescoço na câmera, mas encontro todo tipo de coisa divertida por lá.

Uma campainha altíssima toca, interrompendo a conversa. Minha avó indica a porta com a cabeça, com um sorriso de satisfação.

— Abre para mim, meu bem?

Eu estava convencida de que Logan não apareceria, de que certamente arranjaria uma desculpa para furar. Fala sério, *eu* procuro desculpa, e ela é minha avó. Mas, quando abro a porta, ali está ele.

Só de olhar, meu coração acelera, o traidor. Ele está usando o gorro de crochê de Sloane. Imaginei que fosse jogar no fundo do armário, especialmente porque é grande e os pontos estão meio tortos. Porém, em vez de ficar bobo, o gorro nele é um charme. Como imaginei, a cor azul-acinzentada combina perfeitamente com seus olhos, e a posição do gorro permite que algumas mechas de cabelo escapem pela testa.

Ele entra e tira o casaco, revelando a roupa de costume: uma camisa de flanela aberta por cima de uma camiseta. Essa é vermelha e preta, e parece aconchegante como um cobertor. Aposto que a flanela é macia. Meus dedos tremem de vontade de tocar nele, e eu quero me dar um pontapé.

— Oi, Quinn.

— Você lembrou de vir.

— Claro que lembrei — diz ele, inclinando a cabeça. — Estava esperando que não?

Por sorte, minha avó aparece e me poupa de responder.

— Aí está ele! — exclama ela.

— É um prazer ajudar.

Ele entrega um saco de papel para ela, que eu não notei antes.

— Você trouxe sorvete para mim? — vibra ela, alegre, ao olhar o que tem ali dentro. — Que cavalheiro!

— Trouxe para mim também?

— Desculpa, mas eu só trago sorvete para quem fica feliz em me ver — responde ele, baixinho. — Não achei que você fosse ficar feliz, e parece que minhas suspeitas foram confirmadas.

— Bem, deixe eu mostrar a entrada do sótão — diz minha avó, e nos leva pela casa.

Logan anda devagar, observando todos os cômodos por onde passamos. Tem muita coisa para ver. Meu avô morreu antes de eu nascer e, desde então, minha avó viajou pela Europa, pela Ásia e pela África do Sul, normalmente sozinha. Meus pais nunca entenderam bem onde é que ela arruma o dinheiro para isso, mas minha avó leva jeito para fazer amizade com gente que tem quartos de hóspedes para abrigá-la. Agora, a casa dela é repleta de lembrancinhas. Se meus pais a convencerem a se mudar para um lugar menor, vai ser uma tarefa hercúlea arrumar a mudança.

Infelizmente, reparo que os movimentos da minha avó estão mesmo mais lentos e hesitantes do que quando a visitávamos nos anos anteriores. E a quantidade alta de tralha aumenta as chances de ela tropeçar e cair. Ela sobe a escada, apertando com força o corrimão. Esse é um dos maiores problemas do meu pai com a casa: minha avó precisa subir e descer escada o dia todo, para ir aos quartos ou ao banheiro. Além do mais, tem que descer para o porão para lavar roupa ou pegar alguma coisa no freezer. A casa é linda, mas foi feita para pessoas mais jovens.

— Sua casa é incrível — diz Logan, como se lesse meus pensamentos. — De onde a senhora tirou isso tudo?

— De todo canto. Nada vale muito, mas eu me divirto colecionando tudo. Henry, meu falecido marido, me chamava de dragão, porque eu adorava acumular tesouros.

— Errado ele não estava — digo, a voz débil.

— As caixas estão todas ali — diz ela, apontando uma escada dobrável que desce do sótão. — Faz muito tempo que não subo, então não sei o que vão encontrar por lá, mas podem começar descendo as coisas que forem de valor.

— De valor? — repete Logan, apreensivo.

— Deve ter lojas de antiguidades ou brechós que queiram comprar alguma coisa. É só separar o que parecer valer algo. E é melhor se comportarem aí em cima. Mas, se não se comportarem, ninguém vai ficar sabendo, porque eu não consigo subir essa escada.

Ela levanta as sobrancelhas com uma expressão sugestiva, e meu rosto arde.

Logan enfia as mãos no bolso depois de minha avó voltar em segurança para o térreo.

— Sua avó é uma figura.

— Nem me fale — resmungo. — Melhor a gente começar, senão vamos levar a noite toda.

Deixo Logan subir primeiro porque estou de saia comprida, como de costume, e de jeito nenhum vou deixá-lo ficar me vendo subir lá de baixo. Ele me espera de braços cruzados. A postura só faz o peitoral e os braços dele se destacarem, o que me distrai. Eu adoraria passar a tarde sem me fazer de trouxa, mas não sei se é possível.

O sótão está empoeirado e desorganizado. Dou uma volta devagar, tentando entender a zona. O telhado da casa é inclinado, então só dá para ficar em pé no meio do cômodo. Caixas foram empurradas para os cantos, misturadas com decorações velhas de Natal e Halloween, luminárias e mesinhas.

Logan diz o que estou pensando:

— Vai ser impossível.

— Será que tem alguma coisa aqui de valor mesmo?

— Não tenho a menor ideia — diz ele, e levanta uma aba da caixa mais próxima com cautela. — Essa daqui parece estar cheia de pratos.

— Bom, temos que começar por algum lugar. Vamos ver se alguma coisa aí dá para vender.

— Assim, tem gente que vende até a própria saliva.

Faço uma cara de nojo.

— Não sei como você sabe disso nem quero saber. Só procure as coisas que estiverem com uma aparência mais intacta. E talvez seja bom a gente dar uma arrumada também.

— Tá, pode ser.

Trabalhamos separados, revirando caixas e empurrando-as para áreas diferentes do sótão. Estou dolorosamente atenta ao fato de Logan estar muito perto de mim e acompanho todos os seus movimentos de canto de olho. Não quero prestar atenção nele, mas não consigo me conter. Como minha avó comentou, estamos inteiramente a sós aqui e, da última vez que conversamos sozinhos, ele insinuou que gosta de mim. Ou, pelo menos, que gostava de mim antes, e eu não sei o que fazer com essa informação.

Logan tampa duas caixas, faz uma pilha e as carrega tranquilamente para o canto. Talvez fossem caixas muito leves, mas tenho quase certeza de que vi as palavras *livros de receita* em uma delas. Viro a cara e foco o olhar em uma caixa de colchas. Chega de ficar olhando o que não devo.

— Opa, olha essa caixa aqui — diz ele, um minuto depois. — O que acha desses azulejos?

Relutante, eu me debruço atrás dele. É uma caixa de azulejos quadrados com estampas azuis e brancas, pintadas à mão. Pego alguns, todos de cores semelhantes, mas desenhos diferentes. Claramente são artesanais.

Procuro uma etiqueta na caixa.

— Azulejos portugueses — leio.

— Legal — diz Logan. — Será que são de Portugal mesmo?

— Devem ser. Aposto que muitas dessas caixas são de coisas que ela trouxe de viagem — digo, olhando para o azulejo. — Isso deve vender bem. Vamos descer com eles, definitivamente.

Logan suspira.

— Claro que é a caixa mais pesada que precisa descer a escadinha frágil do sótão. — Ele pega a caixa e leva para perto da escada, antes de abrir a seguinte. — Hum, essa também pode ser boa. Tem gente interessada em renda?

— Provavelmente, se for importada.

Ele empurra a caixa, e eu pego o primeiro pedaço de pano. Estava esperando algo grande e retangular, tipo uma toalha de mesa, mas não é nada disso. Parece um retalho de renda. Estico na frente do rosto.

— Hum, o que você acha...

A resposta me ocorre tarde demais, e me viro automaticamente para Logan. Ele está de olhos arregalados e queixo caído.

— Ai, meu *Deus*! — grito, atirando o pedaço de pano o mais longe que consigo.

Não é um retalho delicado de renda artesanal de algum vilarejo europeu.

É a lingerie da minha avó.

— Aaaah! — grito outra vez, sacudindo as mãos como se as tivesse mergulhado em ácido.

Logan esfrega a mão na boca.

— Não acredito que você...

— Nem uma palavra — interrompo, apontando para ele. — *Nunca*. Vamos levar isso para o túmulo.

Apoio as mãos nos joelhos e respiro fundo.

— *Vovó* — sussurro, horrorizada.

Vou ficar traumatizada para sempre.

— Crianças? Escutei gritos? — pergunta minha avó lá de baixo.

Eu suspiro.

— Tudo bem — digo. — É que eu vi... um camundongo.

— Um camundongo! Achei que tínhamos finalmente controlado essa praga. Logan, vou precisar que seu pai venha trazer mais ratoeiras.

— Hum... — diz Logan, andando até a escada. — Na verdade, acho que não foi um camundongo, não. Quinn achou que tinha visto um bicho e levou um susto. Ela é muito sensível.

Olho para ele, irritada.

— Foi alarme falso — digo para ela.

— Fiquem de olho mesmo assim — responde minha avó. — E tem bolo aqui embaixo para quando vocês acabarem.

Logan se vira para mim, sorrindo.

— Outro alarme falso... parece que acontecem muito perto de mim. Falando nisso, você chegou a descobrir por que ficou tão desequilibrada naquele dia?

O brilho de implicância nos olhos dele faz meu coração acelerar.

— Não descobri, não, mas estou perfeitamente equilibrada agora, muito obrigada.

Felizmente, ele não insiste, e trabalhamos em silêncio por mais um tempo antes de ele perguntar como foi meu dia. Faço uma careta ao lembrar.

— Estou vivendo um dia de cada vez — digo. — Mudar de escola no meio do ano não é fácil.

— Nunca imaginaria — diz ele, puxando outra caixa. — Deve ser difícil deixar seus amigos para trás assim.

Sinto um peso com aquele lembrete. Eu balanço a cabeça.

— Na verdade, essa provavelmente foi a melhor parte da mudança.

— Deixar seus amigos para trás? — pergunta ele, incrédulo.

— Acho que "ex-amigos" é a melhor palavra para descrever a situação.

Logan está ajoelhado, revirando outra caixa, mas se vira para mim ao ouvir isso.

— Era com eles que você jogava D&D?

— Isso. Foi uma perda dupla: sem amigos e sem grupo para jogar. Então fico feliz de estar em Laurelburg, apesar dos pesares.

Imagino que ele peça mais detalhes, ou que fique desconfortável por saber que meu último grupo de D&D basicamente me deserdou. Não é o tipo de coisa que inspira confiança em alguém que acabou de entrar no seu jogo — especialmente para quem não estava lá muito empolgado para incluir essa pessoa para começo de conversa. Porém, Logan só franze a testa, com ar compreensivo.

— Que horror. Seja lá o que aconteceu, aposto que foi culpa deles.

Dou uma risada, surpresa.

— Muita lealdade da sua parte, considerando que você mal me conhece.

— Eu te conheço, sim. Você gosta de doces, da cor verde e de D&D.

Eu afasto uma caixa (só de lençóis velhos) e pego a próxima.

— Resumiu bem.

— E você ama sua avó. A ponto de passar a tarde revirando as roupas íntimas dela com um garoto de quem você mal gosta, só porque ela pediu.

Eu olho para Logan.

— E ela obviamente te ama — continua ele —, então você deve ser uma pessoa ótima, porque acho que ela não se impressiona fácil. Então, é, se eles não mantiveram sua amizade, acho que diz mais sobre eles do que sobre você.

Dou as costas para a caixa para observá-lo. Observar de verdade, como não me permiti fazer antes. A expressão dele está vulnerável, sem um toque de sarcasmo ou ironia. Ele afasta o cabelo da testa e se inclina levemente para a frente, sustentando meu olhar. Não há desafio naqueles olhos, e sinto vontade de contar tudo que aconteceu com Caden, Paige e o resto do pessoal. Seria legal contar a história para alguém sem medo de julgamento. Porém, preciso entender muito mais de Logan para confiar a ele essa informação.

— Logan, por que você veio hoje? — pergunto, abraçando os joelhos e apoiando meu queixo neles. — E nem adianta falar da minha avó. Por que você veio *de verdade*? Porque eu não te entendo. Você foi tão simpático quando a gente se conheceu, aí eu entrei para o jogo e você virou outra pessoa.

— É porque eu não queria que você entrasse no grupo.

O olhar dele fica tão intenso que parece um raio congelante, me paralisando. Ele engole em seco, o gogó subindo e descendo.

— Estava com esperança de você mudar de ideia — continua —, e, quando não mudou, decidi que a única opção era eu me manter frio e distante.

— Por quê? — sussurro.

— Porque nosso grupo tem regras.

Meu coração dispara.

— Você não mantém distância de Kashvi nem de mais ninguém.

— É que não preciso fazer isso com eles — diz ele, respirando fundo e descendo o olhar para minha boca. — Mas preciso ficar longe de você.

As palavras dele parecem incendiar meus pensamentos, espalhando-os como cinzas em um acampamento. Demoro um momento para responder.

— Mas você está aqui.

— É — diz ele, dando de ombros. — Desculpa por ter agido daquele jeito. Sei que eu não deveria estar aqui, mas é difícil *sempre* seguir as regras. Eu queria ver você. A sós.

Eu perco o fôlego. A experiência dita que isso está fadado ao fracasso. Na última vez que saí com alguém do meu grupo de D&D, foi um desastre tão tremendo que ainda estou juntando os cacos — e o grupo sequer tinha regras proibindo o namoro, como o meu novo grupo. Nada de bom pode vir de passar tempo a sós com Logan... mas isso não me impede de querer engatinhar pelo piso empoeirado e encostar a boca na dele, só para ver como reagimos.

Ele inclina a cabeça de leve, e uma mecha de cabelo cai no rosto. Talvez não seja só eu que estou pensando nisso.

Um estrondo reverbera lá de baixo, seguido por um grito da minha avó. Nós dois estouramos a bolha que nos cercava e levantamos em um pulo.

— *Vó?* — grito, descendo a escada com tanta velocidade que quase caio. — Tudo bem aí?

Ela demora a responder. Meu corpo, já tenso pela conversa com Logan, está tremendo. Corro até o térreo, seguida de perto por Logan, e encontro minha avó ajoelhada na cozinha.

Não vejo sangue, e ela visivelmente está alerta, mas ainda sinto um nó na barriga e fico com medo de vomitar. Eu me forço a respirar fundo e levo a mão ao ombro dela com cuidado. É então que vejo um prato estilhaçado no chão.

— O que aconteceu? — pergunta Logan, ficando do outro lado dela.

Nós dois a seguramos pelos cotovelos e a ajudamos a sentar em uma das cadeiras no canto alemão da cozinha. Com ajuda, ela vai sem dificuldade, felizmente.

— Tropecei, mas estou bem — diz ela, rápido. — Não me machuquei.

— Você sabe se bateu a cabeça quando caiu?

Eu me agacho diante dela, procurando algum sinal de lesão mais grave. Não sou especialista, mas ela não parece estar atordoada e está conversando normalmente, o que me parece positivo.

Ela me enxota.

— Não sou frágil como o prato. Já falei que está tudo bem — diz, abanando a cabeça para os estilhaços da louça.

— Que tristeza. Comprei em Quioto, anos atrás. Ia usar para servir o bolo.

— Talvez a gente devesse levar você no médico, por via das dúvidas? Ou posso ligar para o papai?

Olho para Logan em busca de validação, e ele concorda com a cabeça. A expressão severa da minha avó me detém.

— Nem pensar. Não preciso que mais ninguém fique fazendo estardalhaço para cima de mim. O que vocês *podem* fazer é limpar esse prato e cortar umas fatias de bolo para lancharmos.

Logan está com a testa franzida, preocupado e talvez frustrado, e eu me sinto igual. Esse é o medo dos meus pais: que minha avó caísse e se recusasse a pedir ajuda. Eles vão surtar quando eu contar. Parece que hoje demos sorte, mas o medo do futuro faz meu coração continuar acelerado.

Logan leva a mão ao meu ombro, me arrancando do pensamento.

— Vou pegar louça e talheres — sussurra ele.

A voz dele é mais tranquilizadora do que deveria. Na verdade, eu mal conheço Logan, mas isso não me impede de ficar emocionada por ele se preocupar com minha avó, e por gostar de mim a ponto de não suportar mais manter a distância. Não faço ideia de aonde isso vai levar, mas seria mentira dizer que não agradeço a presença dele agora.

Minha avó pigarreia, e volto a atenção para ela.

— Falei que eu tinha um bom pressentimento sobre ele — sussurra.

E, se o brilho de malícia em seus olhos servir de diagnóstico, ela já está ótima.

Capítulo Onze

—Pronta? — pergunta minha mãe na sexta-feira depois da aula.

Faço que sim, animada, e arrasto minha mochila escada abaixo. Kashvi me convidou para dormir na casa dela antes do jogo de sábado. Meus pais não queriam que eu fosse direto de carro da escola, porque acabaria ficando com o carro até o fim do dia de sábado, então precisei voltar para casa para buscar minhas coisas antes de ir para lá. Estou meio nervosa, já que eu e Kashvi não passamos muito tempo juntas só nós duas, mas também estou empolgada para conhecê-la melhor.

Mamãe olha de onde está sentada no sofá, abraçada ao meu pai. Fico surpresa ao ver que Andrew também está na sala. Ele está jogando no Switch, então não é lá a companhia de maior qualidade, mas ele não costuma ocupar nenhuma área comum da sala.

— Estou tão feliz de você e Andrew terem se adaptado tão facilmente à escola nova — diz minha mãe, sorrindo para a gente, e meu pai também me dá um sorriso rápido, distraído da revista que está lendo.

"Facilmente" é um exagero, mas as coisas estão melhorando. Mesmo que eu não veja o pessoal do D&D tanto na escola, eu e Kashvi começamos a conversar mais por mensagem, e eles me colocaram no grupo de mensagens da campanha. Não falamos de nada importante, mas ver os outros reclamarem da escola e fazer piada me dá uma sensação de maior proximidade. É legal ter com quem trocar mensagem. E tem Logan, claro, mas ninguém mais sabe... *disso*, o que quer que seja.

— Quinn, obrigado de novo por ajudar a vovó com o sótão — diz meu pai. — Falei com ela hoje cedo, e ela está se sentindo bem depois do tombo.

— Que bom que eu estava lá quando aconteceu.

— É exatamente por isso que ela não devia mais morar sozinha — diz minha mãe.

— Boa sorte — respondo. — Ela já me disse que não se muda por nada. Só sai de lá morta.

Andrew levanta a cabeça.

— Mórbida, né?

— Ela disse a mesma coisa para nós dois — concorda meu pai. — Não quero brigar com ela, especialmente porque acabamos de chegar, mas fico preocupado. Fico com o celular sempre por perto, com medo de receber uma ligação horrível.

Sinto um aperto no peito. Nunca ouvi meu pai dizer nada tão pesado sobre minha avó. É fácil esquecer a idade dela quando ela está tagarelando, comprando sorvete e armando encontros esquisitos no sótão para mim. Não quero ficar lembrando que ela está envelhecendo.

Minha mãe deve sentir a mesma coisa, porque balança a cabeça e se endireita.

— Já deu desse assunto. Barbara mencionou que o garoto que foi ajudar é bonitinho!

— Como é que é? — pergunta meu pai, me olhando. — Não soube de nada disso. Era um garoto que estava ajudando?

Eu reviro os olhos.

— Era um garoto, sim, e ele não é bonitinho.

É uma mentira daquelas, mas vou insistir nela enquanto respirar.

— Qual é a dele? — pergunta minha mãe, os olhos brilhando, bem-humorados. — É só um amigo, ou...

— Espera aí, não sei se você precisa *socializar* tanto assim. Andrew, você conhece esse garoto? — pergunta meu pai. — O que acha dele?

Meu irmão leva um segundo para olhar, provavelmente porque estava tentando pausar o jogo.

— Oi?

Típico do Andrew.

Meu pai revira os olhos e repete a pergunta.

Andrew franze a testa.

— Qual é o nome dele?

— Logan Weber — resmungo.

Como é que essa conversa desandou tanto?

Ele balança a cabeça.

— Não conheço. Mas você já está namorando? Como é que sabe que ele não é um escroto que nem o último?

Não consigo decidir se preciso engolir um grito ou agradecer a Andrew por se preocupar com o que acontece comigo. Não sabia que ele dava a mínima atenção para minha vida romântica. Eu me sento no braço do sofá.

— Primeiro, você também está saindo com umas meninas, então nem vem me passar sermão — digo para Andrew. — E, segundo, eu *não* estou namorando Logan. Ele é do meu grupo de D&D — explico, e olho para minha mãe. — É proibido namorar, lembra?

Quando aceitei participar, contei a ela mais sobre o grupo e também sobre as regras. Precisava confirmar que ela e meu pai aceitariam que eu passasse toda tarde de sábado fora de casa, então expliquei a seriedade com que levavam o jogo.

— Lembro, sim. Que grupo de adolescentes faz uma regra *contra* namoro?

— Um grupo de nerds — responde Andrew, de imediato.

Ele já voltou ao jogo.

— O grupo mais inteligente que já conheci — defende meu pai.

Eu coço os olhos com tanta força que vejo estrelas. Graças a Deus Kashvi me convidou para dormir lá, porque não aguentaria uma noite toda com esses três.

— A gente tem outros interesses sem ser namorar. Tipo derrotar observadores e dragões vermelhos.

— Viu? — diz Andrew. — Nerds.

— Podemos ir logo, *por favor*?

Lanço um olhar de irritação para Andrew, que nem repara. Minha mãe se levanta, obviamente disfarçando um sorriso, e eu levo a mochila para o carro. Prefiro o gelo da garagem a meu irmão, sempre.

Kashvi está esperando na porta quando minha mãe para o carro. Ela me convida para entrar, e vamos direto para o quarto.

— Tomara que você não se incomode — diz ela —, mas pensei que a gente podia dormir aqui. Sei que o quarto é pequeno, mas, se a gente dormir na sala, Sanjiv vai querer passar a noite toda conversando. Eu amo meu irmão, mas queria uma noite de meninas.

Largo a mochila ao passar pelo quarto.

— Está ótimo.

O quarto é pequeno, mas ela pintou as paredes de roxo e cobriu a maior parte delas com quadros de cortiça e pôsteres de desenhos. Ela já preparou um colchão inflável de solteiro no chão, com lençol fofo e florido. Minha parte preferida é o lustre, em forma de nuvem. Ela tem um controle remoto que muda a cor da lâmpada e vai apertando até a nuvem ficar cor-de-rosa.

— Você recebe muita gente?

— Nunca. Quando eu era mais nova, tinha algumas amigas que vinham dormir aqui, mas mal falo com elas hoje em dia. E Sloane não curte muito festa do pijama. Então é legal alguém vir aqui de novo. Parece até que estou de novo no fundamental!

— Espero que de um jeito bom — respondo, andando pelo quarto. — Meu fundamental foi complicado.

— Verdade, mas a gente pode aproveitar as melhores partes. Filmes, pipoca... separei até os meus esmaltes. Sou uma ótima manicure.

Ela sorri e aponta para a mesa, onde estão enfileirados meia dúzia de esmaltes.

Sinto um nó na barriga. O grande sonho de Paige depois de sair da escola era virar manicure e abrir o próprio salão. Ela era obcecada por unhas — a gente passava horas vendo vídeos que ensinavam técnicas diferentes, e Paige experimentava em mim. Ela era muito artística e fazia uns estilos muito legais. Minhas preferidas provavelmente foram as unhas com sóis e luas em 3D que ela criou para combinar com uma das minhas blusas prediletas. Se eu voltar bastante no meu *feed*, metade das minhas fotos é das minhas unhas. Agora, não pinto mais por conta própria.

Desvio o olhar do esmalte para uma pilha de fichas das aulas avançadas de Kashvi e vejo um porta-retrato com uma foto do grupo de D&D. Eu aponto.

— Ah, vocês estão tão fofos.

Ela para ao meu lado.

— Foi de uns dois anos atrás.

Sloane tinha o cabelo mais comprido, e o rosto de Mark ainda era arredondado de um jeito infantil. O cabelo de Kashvi estava liso, e Logan também parecia mais novo, mas tão bonito quanto é agora. Sinto um frio na barriga quando a memória do sótão volta à superfície.

— Fiquei curiosa para saber o que fez vocês decidirem a regra do namoro no grupo. Desculpa perguntar, mas aconteceu alguma briga ou ficou um climão entre vocês?

— Foi por minha causa — diz ela, com uma careta. — Eu gostava de um cara, o Wyatt, e a gente começou a namorar, então chamei ele para participar do grupo de D&D. Achei que seria mais uma atividade para a gente fazer juntos, e todo mundo gostava bastante dele. Só que o namoro ficou sério, e ele surtou total — conta, revirando os olhos. — Ele terminou comigo por *mensagem*! Depois disso, ficou impossível jogar com ele toda semana. Isso sem falar do Sanjiv... Ele queria acabar com o Wyatt. A coisa ficou feia quando a gente precisou expulsar meu ex, e, depois, ficou decidido que seria proibido namorar dentro do grupo.

— Faz sentido — digo, com o cuidado de não olhar para as fotos, na esperança de ela não interpretar minha expressão.

Preciso admitir meu alívio por não ter nada a ver com Logan, mas a experiência lembra a minha, então simpatizo com o ocorrido.

— Que pena mesmo que isso aconteceu — digo, e me viro para ela. — Garotos podem ser horríveis.

— Horríveis mesmo, sério. Mas esses não — diz ela, apontando para a foto. — Dei a maior sorte com esse grupo.

Ouvindo Kashvi, qualquer ideia de contar o que está acontecendo com Logan desaparece. Não quero que minha inclusão no grupo provoque drama ou problemas. E nem está claro o que Logan quer de mim. Ele disse que foi à casa da minha avó para me ver a sós, mas e agora? Ele não mandou mensagem e disse que era má ideia ir para lá. Talvez ele não queira mais nada mesmo. Não disse para namorarmos em segredo, nem nada. A experiência me ensinou que garotos são muito inconstantes.

O que eu *deveria* fazer é pensar nas minhas amizades. Ver o grupo todo junto, com os penteados antigos e sorrisos bobos enquanto se abraçam, me lembra de como sou nova aqui. Quero ficar à vontade assim com eles — quero pensar neles como amigos, sem ter medo de não me encaixar. Quero ficar tão próxima deles que nunca pensarei de novo no meu antigo grupo.

Deixamos as fotos para trás e descemos para cumprimentar Sanjiv e os pais de Kashvi, que estão todos na cozinha. A mãe dela aponta para as caixas de pizza na bancada.

— Para o jantar. Não tenho energia para cozinhar, e não tem comida sobrando para todo mundo.

Sanjiv entrega pratos para nós e pega uma fatia.

— O que vocês vão fazer hoje? A gente pode ver *BattleBots*.

— O que é isso?

— Sanjiv e eu assistimos juntos há muito tempo — diz Kashvi, e dá de ombros. — Basicamente, são times que constroem robôs e aí os colocam para brigar.

— É muito violento e muito divertido — explica Sanjiv. — Foi por isso que me interessei por robótica.

— Mas eu ainda espero que você faça mais com esse talento do que construir robôs de rinha — diz o pai deles, revirando os olhos.

É a primeira vez que me encontro com ele. Ele é tranquilo e uma fofura, com o suéter colorido bem anos 1980 esticado por cima de uma barriga arredondada.

— Não tem nenhuma conquista maior do que seu robô aparecer em um reality — argumenta Sanjiv. — Que tal? Quer ver um episódio, Quinn?

É simpático ele me convidar para participar de uma coisa especial que claramente compartilha com Kashvi, mas ela balança a cabeça na mesma hora.

— Eu estava a fim de ficar só com a Quinn hoje, pode ser?

— Claro, de boa, imaginei. Vou jogar *Baldur's Gate* com o Logan, então.

— Ele está vindo para cá? — pergunto, sobressaltada.

Não estou pronta para ver ele hoje, mesmo que já esteja pensando nele.

Sanjiv inclina a cabeça, confuso.

— Não... A gente joga online.

— Ah, tá. Óbvio.

Nós duas servimos o prato e pegamos bebida.

— Manda um oi nosso para o Logan — diz Kashvi, animada, antes de subir.

Ela fecha a porta e se encosta nela depois.

— Meus pais não deixam a gente trancar a porta, mas tomara que a gente escute os dois se aproximando.

Ela senta no tapete na frente da cama, e eu a imito.

— Gostei da sua família. E agradeça por seu irmão não ter nada a ver com o meu.

— Você jura que conheceu o Sanjiv? — pergunta Kashvi.

Dou uma risada.

— Ele tem seus momentos.

Ela assente com um gesto enfático.

— Mas vocês obviamente se dão bem, caso contrário não jogariam D&D juntos.

Ela dá de ombros.

— Ele é um dos meus melhores amigos no mundo... mas também me deixa louca. E seu irmão, como é?

— Ele é... popular? É bizarro a gente ser tão diferente.

Dou uma mordida na pizza e percebo que posso ter dado margem para outra interpretação.

— Não estou dizendo que você não é popular — explico. — Só que eu não sou!

Ela ri.

— Tranquilo. Não sou popular mesmo, nem quero ser.

— Pois é. A gente chegou faz três semanas, e ele já arranjou um grupo de amigos gigantesco. Vive sendo convidado para eventos, e já chegou a sair com umas garotas diferentes... Uma doideira.

— Ah, acho que garotos têm mais facilidade para arranjar encontros. Sanjiv nunca parece ter dificuldade — diz ela, e levanta uma sobrancelha. — Você já se interessou por alguém na escola?

Para meu horror, Logan imediatamente me vem à mente. Empoeirado no sótão, sorrindo por cima de caixas de tralhas, dizendo que precisa manter distância de mim. Enfio os pensamentos em um armário minúsculo no fundo da cabeça e tranco a porta a sete chaves.

— Hum, eu mal conheço o pessoal da escola. E minha última experiência romântica não foi nada divertida, então não estou muito empolgada para tentar de novo.

Ela apoia os cotovelos nos joelhos, esquecendo a pizza.

— Ah, o que aconteceu?

Em outro contexto, talvez temesse que ela só quisesse uma boa fofoca suculenta, mas Kashvi parece sinceramente interessada. E é justo eu compartilhar, já que ela me contou do Wyatt.

— Mais drama de D&D e namoro — digo, balançando a cabeça, e mexo no tapete felpudo em vez de olhar para ela. — Nosso grupo estava jogando junto há mais de um ano, e era muito divertido. A campanha não era nada parecida com a nossa de agora… era bem menos séria. Para os outros, a graça às vezes era mais conversar, comer e… flertar, em vez de jogar.

Olho para cima, rápido, e Kashvi faz que sim com a cabeça, mas não diz nada.

— Caden era o Mestre, ele era engraçado, meio bonitinho, e, depois de um tempo, começou a dar em cima de mim durante os jogos. Parecia inofensivo… achei que não fosse nada.

Fico um pouco enjoada de contar isso depois de passar tanto tempo tentando enterrar lembranças do que aconteceu, mas agora já falei demais para voltar atrás. É quase mais difícil pensar na época em que eu me divertia do que no desastre do final. Quando penso em como eles se voltaram contra mim, o horror me faz agradecer pela distância do grupo. Só que lembrar das melhores partes também me faz recordar tudo que eu perdi.

— Não era inofensivo, imagino? — pergunta Kashvi.

A curiosidade da expressão dela se transformou em preocupação.

— Caden me chamou para sair, e eu aceitei, porque ele era meu amigo e achei que podia rolar algo a mais entre nós dois. Eu nunca tive um namorado antes. No começo, era tudo empolgante — digo, e me encolho. — Mas, assim que a gente ficou a sós, eu soube que não ia dar certo. A gente era do tipo que funcionava melhor em grupo. Quando sobrávamos só nós dois, não tinha muito a dizer, e ficava tudo meio sem jeito, forçado. E o beijo... — continuo, com um calafrio. — Ele *não* beijava bem. Em suma, nosso destino era continuar em um relacionamento platônico.

Kashvi cobre o rosto com as mãos, abafando a risada constrangida.

— Imagino que essa revelação não tenha levado a nada de bom.

— Ai, meu Deus, foi um pavor. Quando eu falei para ele que achava que a gente funcionava melhor como amigos, ele ficou chocado. Parece que saiu do primeiro encontro com uma impressão muito diferente. Depois, me acusou de fazer doce. Eu não tinha feito nada disso de propósito, mas ele ficou tão puto que voltou o grupo todo contra mim. Especialmente minha melhor amiga, Paige.

Kashvi passa a mão pelo cabelo, deixando os cachos caírem por todos os lados, e me olha, com pena.

— Que droga, Quinn. Sinto muito.

— Obrigada. Acho que a gente passou por poucas e boas, né? Caden já foi tarde, porque ele revelou quem era e foi bom me livrar dele logo. E nem perder o grupo de D&D foi a pior parte. Ruim mesmo foi perder Paige.

Tenho que parar um segundo para engolir em seco e confirmar que não vou começar a chorar. Ela ter me dado as costas sem nem pensar duas vezes... Não sei se algum dia vai parar de doer.

— Achei que fôssemos muito próximas, mas pelo visto não era verdade — digo.

— Ela gostava do Caden, né?

Dou uma risada, surpresa.

— Nossa, você descobriu bem mais rápido do que eu. Descobri que ela já estava com ciúme em segredo por ele se interessar por mim, mas aí, quando eu *rejeitei* ele... Ela sentiu que eu estava rejeitando ela também — digo, e suspiro. — Acho que ela ficou mais abalada do que ele. Ela decidiu que ele era o garoto inocente com um coração de ouro partido, e eu era o demônio em pessoa. No fim, deu tudo certo, porque ela acabou ficando com ele. Acho que nada une mais as pessoas do que ódio compartilhado.

Ficamos em silêncio. Brinco com as unhas em vez de avaliar a expressão de Kashvi, com medo de ter compartilhado coisa demais. Queria ser sincera, mas é muito trauma de amizade para desenrolar, sendo que sequer acabamos a primeira fatia de pizza.

Kashvi se levanta de um pulo e estica a mão para me ajudar a me levantar.

— Caden é um escroto e Paige pior *ainda*, então graças a Deus eles não estão mais na sua vida. Agora você é do nosso grupo, e somos um bilhão de vezes melhores — diz ela, sorrindo. — Acho que, entre a sua história e a minha, merecemos sobremesa e um filme. Né?

— Com certeza. Plano perfeito.

Subimos na cama com a pizza e um saco de bombom, e ela abre a Netflix no notebook. Eu afundo na montanha de almofadas, mais relaxada do que esperava. Nada de olhar para trás, de me preocupar com o que rolou com meus antigos amigos. É hora de coisa muito melhor.

Capítulo Doze

Acordo às dez e meia da manhã de sábado, quando a mãe de Kashvi esmurra a porta com tanta força que até meus pais devem acordar lá na casa deles. Acho que a família dela não costuma dormir até tarde. Ficamos acordadas até as duas da manhã, mas valeu muito a pena. Vimos comédias românticas e até um episódio de *BattleBots* com Sanjiv, antes de ficar trocando histórias no escuro.

Kashvi toma banho primeiro e, enquanto espero, olho para as bijuterias na mesa dela. Não paro de olhar para os brincos de dado que ela usava no dia em que a conheci. Quando ela volta, mostro os brincos.

— Foi você quem fez esses?

Ela balança a cabeça.

— Não, comprei na internet, mas sempre achei que seria divertido tentar fazer um par.

— É? Porque eu estava olhando e pensando em tudo que dá para fazer com dados além de jogar. Aposto que dá para fazer umas coisas bem legais.

— Eu já vi umas pulseiras na internet.

— Isso! — exclamo, revirando minha mochila até achar meus dados. — Eu tenho um monte de dados que nunca uso no jogo. Acho meio inadequado sacrificá-los, mas, no geral, eles acabam só largados no fundo de uma bolsa.

Levanto um d4, que giro entre os dedos.

— Tem alguma ideia de como furar isso aqui? — pergunto.

Kashvi passa a mão no cabelo molhado, amassando para enfatizar os cachos.

— Não sei, até agora eu só comprei dados pré-furados, mas posso perguntar para o Sanjiv.

Ela bota a cabeça para fora do quarto e chama o irmão no corredor. Para minha surpresa, ele vem saltitando, em questão de segundos. Se eu tentasse chamar Andrew assim, a resposta seria silêncio ou palavrões.

— Que foi? — pergunta ele.

Ela mostra um dado.

— Você tem alguma ferramenta que consiga fazer um furinho pequeno no centro disso aqui?

— Estão tentando zoar com o Mark? Porque isso só seria maldade. Ele já sofre demais com os dados.

— Não — diz ela, e revira os olhos. — Estamos fazendo bijuteria.

Ele nos encara, incrédulo.

— Se quiserem estragar dados perfeitamente bons, acho que não posso impedir vocês. Um segundo.

Ele volta pouco depois com uma broca minúscula. Ele pega o dado e começa a remexer. Em questão de minutos, devolve o dado com um sorrisinho metido.

— Prontinho.

— Por que você tem essas ferramentas? — pergunto.

— Para robótica.

Kashvi me entrega o dado e eu dou uma olhada. O furo é pequeno o suficiente para não estragar a aparência do dado, mas largo o bastante para passar elástico ou arame. Acho que pode dar certo.

Ela esfrega as mãos.

— Tá, agora estou animada mesmo. Quer ver quanto a gente consegue fazer antes do jogo?

— Quero. E que tal a gente mandar mensagem para Sloane, ver se elu quer chegar mais cedo? Não sei se curte fazer bijuteria, mas talvez queira ficar fazendo crochê enquanto fazemos isso.

— Perfeito.

No fim, Sloane tem *muito* interesse, e formamos um grupinho de quatro ao redor da mesa na sala de jantar. Montamos uma espécie de linha de montagem, em que Sanjiv fura os dados, eu passo o elástico por eles e pelas miçangas, e Kashvi amarra e cola um pouquinho para dar mais segurança. Sloane faz um cachecol de crochê enquanto opina nas cores das bijuterias. Quando terminamos, já temos sete pulseiras, três pares de brincos de dados e um colar. Nós nos afastamos para admirar o trabalho.

— Por mim, parece bem profissional — diz Kashvi, e aproxima uma das peças do lustre de latão para inspecionar.

— Eu usaria tudo — respondo.

— Não sei se isso é um aval muito criterioso — diz Sloane, apontando para os meus braços e meu pescoço.

Tá, eu posso estar usando meia dúzia de pulseiras de ametista e quartzo rosa, além de dois colares de miçanga compridos, mas isso só indica que sou o público-alvo dos nossos negócios.

— O que vocês vão fazer com isso tudo? — pergunta Sanjiv. — Porque, se forem vender, quero parte do lucro.

Eu e Kashvi nos entreolhamos e damos de ombros.

— A gente pode tentar vender — diz Kashvi. — Paguei bem mais pelos brincos do que o custo de fazer um novo.

— Então... vamos nessa? — pergunto. — Vamos tentar vender nossas bijus?

— Provavelmente vai ser a maior trabalheira, sem lucro à vista.

Sanjiv levanta a minibroca.

— E a gente ainda tem que negociar minha parte.

Ainda assim, estamos todos olhando ao redor da mesa com sorrisos animados. Mais e mais, eles parecem amigos, em vez de pessoas que eu encontro duas vezes por semana quando finjo ser uma anã. Amigos de *verdade*, que querem curtir antes de jogar, falar de encontros horríveis, fazer besteiras artesanais juntos. Não estou nem aí se vamos ganhar dinheiro com isso.

Mark chega alguns minutos depois e fica ao mesmo tempo horrorizado e intrigado quando explicamos nosso novo empreendimento.

— Vocês estão *furando* dados?!

Ele pega um d20 que não chegamos a usar. Rola o dado na mesa, e cai no 19.

— Eita, na real, talvez seja uma boa ideia — comenta. — Vou ver se experimento isso também.

A porta da casa se abre e fecha outra vez. Logan entra, e meu coração dispara, apesar do meu esforço de me manter relaxada. Procuro no rosto dele algum sinal de que algo mudou entre a gente, mas ele parece igual ao último jogo.

— Caramba, o que tá rolando aqui?

Kashvi mostra uma das pulseiras.

— Estamos começando um novo negócio.

— Que aventura. Mas é melhor a gente ir se ajeitar lá embaixo, né?

Olhamos a hora no celular — são quase duas da tarde. Ficamos tão distraídos que perdemos a noção do tempo.

— Estou com um bom pressentimento para hoje — diz Mark quando nos instalamos ao redor da mesa de jogo. — Acho que meus dados vão ser excelentes.

Ele finge sacudir os dados na mão e acrescenta:

— O truque está no pulso.

— Quer experimentar com meus dados? Tenho um monte... e sem nenhum furo, prometo.

Mostro algumas bolsinhas. Depois de certa dúvida, decidi usar os azuis iridescentes hoje.

— Não! — exclama ele, e faz uma cruz com os dedos, como se eu estivesse oferecendo uma granada em vez de dados novos. — Dá azar. Eu escolho meus dados com cuidado.

— Mas...

Eu olho ao redor, exasperada. Kashvi dá de ombros e Sanjiv balança a cabeça, disfarçando o gesto.

— Nem vale tentar discutir com ele. Melhor aceitar e deixar por isso mesmo — diz Logan.

Ele me olha por um segundo, mas é difícil interpretar. Qual Logan apareceu para jogar hoje? O irritante do último jogo, ou o que cochichou comigo no sótão da minha avó?

Eu lembro a mim mesma que isso não faz diferença. Quando o jogo começar, tenho que direcionar toda minha atenção para a campanha, e não para um garoto. Quando Sloane nos chama, estou pronta.

— Boas-vindas a todos à nova *live* da nossa campanha — diz Sloane para a câmera. — Como devem lembrar, os jogadores se meteram em uma situação complicada semana passada, quando distraíram tanto a tripulação do navio que a embarcação naufragou e eles caíram no mar.

— E perdemos as armas — acrescenta Kashvi, triste.

— Pois é, que tristeza — diz Sloane, que não parece nada triste com o ocorrido. — Mas vocês atingiram a primeira *milestone**, e agora subiram para o nível 2, então todo mundo ganhou mais HP e uma nova habilidade. O jogo continua com todos naufragados na praia. Um a um, vocês acordam, encharcados e desorientados.

— Algum membro da tripulação também chegou à praia? — pergunta Logan.

— Três vieram parar aqui com vocês, mas ainda não acordaram.

Nós nos entreolhamos.

— Temos que nos afastar o máximo deles — diz Sanjiv, e aponta para Kashvi. — Não podemos ser capturados de novo de jeito nenhum, precisamos encontrar nosso pai.

---

* *Milestone*, ou objetivo de experiência, é um momento significativo da história que, ao ser alcançado, indica a evolução dos personagens e melhoria de atributos. [N.E.]

— Mas eu quero minhas armas. Quem sabe elas também vieram parar na praia? — argumenta Kashvi.

— Eu deveria acompanhar vocês! — diz Mark, usando a voz aguda de Rolo. — E se ele também for meu pai?

Kashvi e Sanjiv franzem a testa ao mesmo tempo.

— Por que... teríamos o mesmo pai? — pergunta a personagem de Kashvi. — Não nos conhecemos, e não temos nenhuma semelhança. Você é...

— *Halfling*. Mas, que eu esteja vendo, você é meio-*orc*, e você, meio-elfa. Eu sou *halfling*, mas também posso ser meio outra coisa... não estão vendo? Podemos ser todos parentes! Todos irmãos!

— Seriam só meios-irmãos — respondo como Nasria.

Logan abre um sorriso. Ele volta a atenção para mim por um momento, antes de desviar outra vez. Ou está se esforçando muito para não interagir comigo durante o jogo, ou sou eu que estou atenta demais a ele, e por isso tenho essa impressão.

Ele pigarreia.

— Por mais comovente que seja essa reunião de família...

— Mas a gente não é da mesma família... — argumenta Sanjiv.

— ... acho melhor decidirmos nosso plano. Concordo com Lynx. Não acho sábio ficarmos aqui esperando a tripulação acordar. Precisamos procurar o vilarejo mais próximo, comer alguma coisa e perguntar aos locais sobre o navio e seus donos.

— Mas, no momento, estamos em vantagem — argumento. — Devemos aproveitar para obter informações da tripulação antes de partirmos. Quero saber por que fomos capturados nesse barco, e a tripulação saberá mais sobre o assunto do que quem mora nesse vilarejo.

Espero que Logan discuta imediatamente. Em vez disso, ele dá de ombros, ainda evitando me olhar. Como estamos sentados frente a frente, ele precisa se virar em um ângulo esquisito, voltado para Sloane e o resto do grupo.

— Se for o que o grupo quiser. Só vou argumentar que estamos no nível 2 e desarmados.

— Eu não saio daqui sem minhas armas — insiste Kashvi, decidida. — São de fabricação élfica e não têm preço.

Sanjiv revira os olhos.

— Tudo tem preço. Especialmente quando acabarmos voltando para a cadeia.

— Então usaremos minhas armas sem preço para subornar os guardas por nossa liberdade.

— Enquanto o grupo discute, um dos membros da tripulação se mexe e geme — intervém Sloane, e imita o som.

— Vamos acabar com eles! — exclama Mark. — Esperem só para ver como eu corto e bato rápido!

Tudo em Mark muda quando ele faz papel de Rolo. Normalmente, ele parece um cara bem relaxado, que passa uma *vibe* de bicho-preguiça. Porém, como Rolo, praticamente saltita na cadeira de tanta animação.

— Tudo bem, eu prefiro evitar confronto, mas concordo com minha meia-irmã... e com meu possível meio-irmão — diz Sanjiv. — Vou conjurar um bônus de habilidade para todos nós, para procurarmos equipamento.

Há um lampejo de frustração na expressão de Sloane quando o dado de Kashvi resulta em um número bom.

— Ok, Lasla, você vê o baú de armas. No entanto, está bem distante na praia, e as ondas estão puxando o baú de volta para o mar. Considerando a distância, nenhum de vocês chegará a tempo.

— Então precisamos partir antes de a tripulação despertar — diz Logan.

Kashvi e Mark resmungam, mas eu estou ocupada folheando o manual.

— Espere aí — digo. — Quero usar minha nova magia de movimento para chegar ao baú antes dos outros jogadores.

Sloane me encara, e vejo as emoções conflitantes em sua expressão. Elu nitidamente tinha outro plano para a campanha, mas também sabe que não estou errada. Eu provavelmente deveria deixar para lá, mas ainda sinto que tenho que provar meu valor para o grupo. Quero recuperar essas armas para Kashvi.

— Uma anã da colina vai correr mais rápido do que nós pela praia? — pergunta Logan, com a voz arrogante do personagem. — Nunca ouvi falar em anão nenhum que fosse rápido assim.

— Não é porque você é desajeitado que eu também sou.

Os outros dão risada, e eu continuo olhando para Sloane. Depois de um momento, elu abana a cabeça.

— Está bem, sim, você usa a magia para disparar tão rápido pela praia que chuta areia na cara do resto do grupo. Você chega ao baú e consegue puxar ele da água.

— Lasla corre atrás de Nasria como se visse o amor da vida dela — diz Kashvi. — Minhas espadas! Meus bebês, meus *amores*.

Ela faz mímica de abraçar as espadas inexistentes. Adoro a dedicação à personagem.

— Eu sou seu irmão, Lasla — diz Sanjiv —, e nunca fui abraçado assim.

— Você é meu *meio*-irmão, e não brilha como o sol quando é polido — diz ela, e esfrega as mãos. — Agora que recuperamos as armas, que tal interrogarmos alguns marinheiros sobre suas intenções?

— Nesse momento, vocês todos escutam gritos vindos da mata. Uma dúzia de homens, de uniformes combinando e embainhando espadas, chega à praia — diz Sloane, e então faz uma voz mais grave para imitar um soldado. — Vocês aí! Parados, em nome do rei Thalun!

— Bom, isso não correu conforme o planejado — resmunga Kashvi quando desligamos.

— Não conforme o *seu* planejado — responde Logan, olhando de soslaio para Sloane. — Acho que foi exatamente o que Sloane planejou.

Elu sorri e dá de ombros, fingindo inocência.

— Não tenho nada a declarar.

Acabou que Logan/Adris *talvez* estivesse correto em relação a fugir enquanto ainda era tempo. Nosso grupo lutou com afinco, mas não foi páreo para os soldados. Agora fomos presos *de novo* e levados ao palácio do rei para o julgamento. Quando a sessão acabou, eu já estava tremendo de culpa, porque fui eu quem sugeri interrogar a tripulação. Além do mais, fui contra as vontades de Sloane para recuperar nosso equipamento. Não culparia ninguém por se irritar, mas todo mundo parece levar surpreendentemente na boa.

— Lembra daquele 20 natural que eu rolei logo antes de me pegarem? — comenta Kashvi, com um sorriso satisfeito. — Uma porrada, e mandei aquele soldado para o fundo do mar.

— Ei, não esquece de mim — diz Mark. — Guerreiros *halfling* não estão para brincadeira.

— Seu personagem é tão esquisito — comenta Sanjiv.

— Ninguém assiste à *live* para ver personagens chatos.
Ele dá de ombros.

— Todo mundo tem que voltar para casa, ou vocês podem ficar mais um tempo aqui? — pergunta Sanjiv. — A gente não tem compromisso hoje, e sobrou pizza na geladeira.

Olho ao redor para ver o que os outros acham. Pessoalmente, adoraria ficar mais um tempo aqui. Sei que, se voltar para casa agora, vão me colocar para arrumar, pintar ou limpar. Meus pais não criaram um plano quando chegamos, então ainda tem muita coisa para resolver em casa, apesar de já fazer três semanas que nos mudamos.

— Eu posso ficar — respondo.

— Quem sabe a gente faz uma lista de lojas por aqui em que talvez dê para vender nossas coisas? — sugere Kashvi.

— Também posso ficar — diz Sloane.

— Eu tenho que ir nessa, mas fica para a próxima — diz Mark.

— Eu também — responde Logan. — Meu pai quer que eu vá ajudar em umas tarefas em casa.

Todos subimos juntos, em parte para levar Mark e Logan até a porta, em parte porque queremos fuçar a cozinha atrás de mais comida. Os pais de Kashvi são uns santos por deixarem tantos adolescentes andarem pela casa deles todo final de semana. Os outros entram em um debate sobre pipoca de manteiga ou de cheddar, e eu reparo que Logan está hesitando na entrada. Preciso deixar ele em paz, mas é mais difícil do que deveria ser.

— Que pena que seu pai precisa que você trabalhe hoje.

Ele olha para os sapatos e de volta para mim, com um sorriso pesaroso.

— Não conta para ninguém, mas eu inventei essa desculpa. De qualquer jeito, quando eu chegar, ele vai arranjar alguma coisa para eu fazer na fazenda.

— Você inventou? — pergunto, franzindo a testa. — Por quê?

— Bom, sabe, as regras. Mesmo que às vezes eu derrape e não obedeça.

Eu balanço a cabeça, sem palavras. Ele está inventando desculpas para fugir de mim?

— Não precisa fazer isso. São seus amigos... Pode ficar e curtir com eles, se quiser.

Ele recua um passo.

— Está tranquilo, Quinn, sério. Não se preocupa. Eu ando com eles na escola todo dia, e você, não.

— Mas...

— É só por uma tarde.

Ele toca a pulseira que estou usando, uma das de dados que fizemos hoje, e passa o dedo na parte interna do meu pulso. Perco o fôlego, e ele afasta a mão.

— As pulseiras foram uma boa ideia — comenta.

Então, ele se vira e vai embora.

Capítulo Treze

Na terça à noite, estou no quarto, tentando estudar sem muito afinco para a prova de pré-cálculo de amanhã, quando minha mãe bate na porta.

— Ei, estava arrumando uma caixa de roupas e encontrei uma sua. Juro que tentamos separar tudo quando arrumamos, mas não paro de encontrar os maiores absurdos nessas caixas.

Não me surpreende — logo antes de nos mudarmos, já estávamos jogando qualquer coisa onde tivesse espaço. Fecho o notebook e volto o olhar para minha mãe. Ela joga na cama uma blusa de moletom cor-de-rosa e dá de ombros.

— Não reconheci, mas é *cropped*, então sei que não é minha — diz, rindo. — O jantar já está quase pronto.

Ela sai do quarto, e meu olhar fica fixo na blusa. Moletom rosa-choque curtinho também não faz muito meu estilo — sempre foi a cara de Paige. Eu a vi usar essa blusa inúmeras vezes, e não me orgulha o prazer amargo que sinto por saber que ela nunca vai ter essa roupa de volta. Mais do que isso, porém, uma onda de tristeza insuportável me envolve, como um cobertor pesado e sufocante.

Tenho tantas lembranças ligadas a essa peça de roupa: nós duas rindo, tomando *smoothies*, experimentando roupas, aprendendo danças do TikTok na minha sala. O que mais lembro é das risadas. E odeio ter perdido isso tudo por causa de um garoto que não merecia nenhuma das duas. Às vezes, imagino o que diria para ela se a visse novamente: *Ele não te merece, e nunca me mereceu.* Ou talvez só perguntasse: *Valeu a pena?*

Mas não estou pronta para saber a resposta.

Crio coragem, pego a blusa e jogo em uma sacola com todas as outras lembranças em que não quero pensar. Está cheia de fotos e objetos que não aguento olhar, mas também não consigo jogar fora. Sinto que estaria jogando fora anos da minha vida. Só que, até aí, essa também é a sensação de ter perdido minha amiga.

Sei que minha mãe vai voltar se eu não aparecer para jantar, então me obrigo a descer mesmo que não esteja a fim de conversar com ninguém. Eu me sirvo de lasanha e salada e sento à mesa.

— Acho que a casa está ficando bem mais arrumada — diz meu pai, animado, e exibe o prato para a gente. — Dá para comer em pratos de verdade e guardar no lugar certo depois de lavar.

Minha mãe bota a mão na cintura e olha ao redor.

— Eu diria que ainda temos trabalho pela frente.

É verdade que tem menos caixas à vista do que na semana passada, mas quadros e fotos ainda estão encostados nas paredes porque não tivemos tempo de pendurar, e pilhas de tralha se esparramam por todos os cômodos, deixadas de lado quando cansamos de organizar.

— Então, me contem como anda a escola — diz meu pai, para mim e para Andrew.

Ai, ele está naquele humor exageradamente atencioso.

Como sempre, Andrew dá de ombros, sem parar de mastigar.

— Não tem o que contar. É escola.

— Você gosta dos seus professores? — insiste meu pai.

Ano passado, quando fez 15 anos, Andrew decidiu que não falaria mais com ninguém além dos amigos. Sinto como se soubesse mais da vida dos personagens fictícios no nosso jogo de D&D do que da vida dele.

— Não muito, são professores. Mas dava para ser pior.

Ele enfia outra garfada de lasanha na boca.

Nossos pais se entreolham com um sorrisinho.

— Agradeço a explicação. E você, Quinn?

— Está tudo bem.

Minha resposta já está na ponta da língua. Preciso dar detalhes, mas apenas o suficiente para satisfazê-lo sem que pense em mais perguntas.

— Gosto muito da minha professora de inglês. Ela é jovem, e ainda não foi inteiramente esmagada pelo sistema.

Minha mãe toma um gole de água e me olha.

— Você tem pensado em como se envolver mais na escola? Tipo algum clube extracurricular, talvez até um esporte? Já está tarde para os esportes de inverno, mas que tal softball ou tênis, para a primavera?

Eu balanço a cabeça, exasperada.

— Você sabe que não curto esportes.

— Mas você nem experimentou — argumenta ela. — Não tem como saber sem tentar.

— Acho que meu desinteresse absoluto é um bom indício.

Falo com mais secura do que pretendia, e até Andrew me lança um olhar rápido antes de desviar o rosto.

— Mãe, não dá só para começar um esporte assim do nada no ensino médio — acrescenta Andrew. — Especialmente para gente que nem a Quinn.

Eu remexo minha salada em vez de dar uma resposta sarcástica. Sei que eu deveria ficar agradecida por Andrew me defender, mas ele leva muito jeito para me apoiar e me ofender ao mesmo tempo.

Minha mãe levanta as mãos em sinal de rendição.

— Ok, tá bom, só queria saber. É uma boa hora para fazer amizades e se envolver mais. Só isso.

— O D&D está indo bem — respondo. — A gente teve mais seguidores na última *live* do que na anterior.

— Ainda não entendo bem como isso funciona. Você e esses amigos jogam D&D, gravam e botam na internet? — pergunta meu pai, parecendo cético.

— As pessoas entram para ver a gente jogar ao vivo.

Meu pai balança a cabeça.

— Mas... por quê?

Andrew ri com a comida na boca, e eu afundo na cadeira.

— Porque é divertido e interessante, e a pessoa que mestra a campanha tem ideias legais. Caso não saiba, D&D é uma coisa muito popular.

— Claro, é, sim — diz meu pai, rápido, e pede socorro para minha mãe com o olhar. — Já existia quando eu estava na escola.

— Tem gente do mundo todo assistindo.

Tá, temos três espectadores alemães, mas *mesmo assim*.

— Bom, talvez a gente deva começar a assistir também, então — diz minha mãe, perseverante. — Qual é o nome? Como funciona?

Dá para ver, pelos olhos arregalados e sua expressão, que está se esforçando muito para me apoiar. E acho que não é justo me irritar, já que não gosto quando eles apoiam os interesses de Andrew e nunca os meus, mas a ideia dos meus pais debruçados no notebook velho para ver minha *live* é o maior mico. A mera possibilidade tira a graça toda do jogo. O único jeito de eu me divertir jogando é me convencer de que todo mundo que assiste é um desconhecido sem rosto com quem nunca terei que interagir na vida real. No entanto, se eu me recusar a dar as informações, eles provavelmente vão começar a desconfiar do que exatamente estou transmitindo para o povo.

Engulo um suspiro e explico como entrar na *live* e como fazer para assistir às sessões antigas. Aí tenho que escrever as instruções, porque eles ficam muito confusos. Quando termino, Andrew já acabou de comer. Ele se recosta na cadeira e balança a cabeça.

— Ainda não acredito que tem gente que vê vocês batendo papo no porão de alguém.

— Pelo menos é mais interessante do que ver gente correndo no campo tentando chutar uma bola — respondo.

— Parou, parou — diz meu pai. — Vamos tentar não estragar o jantar com vocês dois se alfinetando. Falando em futebol, quando é seu próximo jogo, Andrew?

— Sexta.

— Sabe o que seria legal? — pergunta minha mãe, e já tenho certeza de que vai ser o oposto de legal. — Se a gente fosse para o jogo do Andrew, em família — sugere, e se vira para mim. — Você não tem compromisso na sexta. Vamos todos juntos para torcer. Depois, a gente pode sair para tomar um sorvete.

Agora sou eu rindo para a lasanha. De jeito nenhum que Andrew vai sair para tomar sorvete com os pais e a irmã mais velha tosca sendo que tem um monte de amigos maneiros. Eu queria ter uma boa desculpa, mas não tenho motivo para não ir. Só não estou a fim.

— Tá...

— Você podia ficar um pouco mais entusiasmada para torcer pelo seu irmão. O que ele faz é bem incrível.

Ele faz esportes e amigos, e é o sucesso absoluto do ensino médio, ao contrário de mim, a otária que fica jogando com os amigos nerds no porão. Só que a ideia de passar horas sentada vendo Andrew jogar me dá vontade de me encolher em posição fetal. Uma coisa, contudo, poderia tornar a situação mais tolerável.

— Posso levar uma amiga? — pergunto.

— Para isso, você teria que *ter* amigos — resmunga Andrew.

Minha mãe franze a testa.

— Bom, não seria um programa em família se você levar alguém, mas eu adoro a ideia de conhecer sua amiga nova.

— Quem você quer levar? — pergunta Andrew.

— Kashvi Anand.

Os olhos dele brilham.

— Ah, não, esquece. Você definitivamente deveria levar ela para ver o jogo.

— Como é que você conhece a Kashvi?

— Ela ajuda no laboratório de biologia da sra. Carmichael, tipo de monitora. Acho que ela é bem inteligente — diz ele, e dá de ombros. — Ela é legal. Fico chocado de ela ser sua amiga.

Se nossos pais não estivessem aqui, eu jogaria o resto da comida na cabeça dele.

— Ela *é* legal. E sabe o que mais ela é? Jogadora de D&D no meu grupo — digo, levantando as sobrancelhas. — E agora, vai dizer o quê?

— Nada. Nunca falei que D&D era idiota. Só você que é.

— Andrew — diz minha mãe, e suspira.

— Não vou convidar Kashvi se você for babaca assim.

— Mas aí você também não vai poder ter a companhia dela — diz ele, e sorri, sabendo que me pegou no pulo. — Ou quem sabe eu mesmo convide ela.

Argh, não acredito que meu irmãozinho nojento está a fim da Kashvi.

Eu mordo o lábio, na dúvida. Quero recusar o convite só para irritar Andrew, mas também não quero me castigar. Esse jogo de futebol vai ser infinitamente mais legal com ela.

— *Tá bom*, eu convido — digo, e aponto para ele. — Mas pode ficar bem longe de nós duas. Fiz amizade com ela faz pouco tempo, e ela vai perder todo o respeito por mim se souber que somos parentes.

Capítulo Catorze

— Acho que nunca vi um jogo de futebol em quadra coberta — comenta Kashvi enquanto andamos pela arquibancada estreita de metal que se estende por um dos lados do complexo esportivo onde vai acontecer a partida de Andrew.

Como é a última semana de fevereiro em Ohio, faz frio demais para jogar em campo aberto. O lugar é imenso e, além dos pais de todo mundo, não há muitos torcedores.

— Fico tão feliz por você ter vindo — sussurro. — Eu sofreria horrores sozinha.

Nós nos sentamos, e meu pai se estica para a frente para falar comigo e com Kashvi.

— Que divertido!

A gente faz que sim por educação, apesar de nada de divertido ter acontecido até agora.

— Obrigada por me deixarem vir hoje — diz Kashvi.

— Claro — responde minha mãe. — Estamos muito felizes de nossos filhos fazerem amizade aqui. Agradecemos muito por você ter acolhido Quinn no seu grupo.

O jeito dela de falar é levemente ofensivo, como se eu fosse um caso trágico que precisa de salvação, mas minha mãe não está de todo errada. Se Kashvi não tivesse me convidado para jogar quando nos conhecemos, nem sei o que eu estaria fazendo.

— Qual é o número do seu irmão? — pergunta Kashvi.

— Não faço a menor ideia — sussurro. — Mas o time dele é o de verde. É só comemorar quando rolar gol e deve servir.

— Vai, Andrew! — berra meu pai, se levantando, como se fosse a Copa do Mundo em vez de um jogo com pouquíssima torcida em uma cidadezinha do interior.

Andrew se vira e acena para o meu pai, discreto. Vejo que ele é o camisa 11 — bom saber. Ele nota Kashvi e se empertiga todo, acenando com mais entusiasmo.

Ela arregala os olhos e vira para trás, achando que ele está acenando para outra pessoa. Quando percebe que não é o caso, ela acena de volta, hesitante.

— Bom, acho que agora a gente sabe o número dele — diz.

Começa o jogo, e a gente passa o primeiro tempo torcendo educadamente para Andrew e conversando com meus pais. Eles parecem determinados a incluir Kashvi ao máximo, ou seja, ficam fazendo um milhão de perguntas. É vergonhoso, mas também aprendo coisas sobre a família dela que nunca me ocorreu perguntar.

O time de Andrew marca outro gol e Kashvi dá um pulo para comemorar, como meus pais. Eu me levanto antes de minha mãe brigar comigo por não torcer direito.

— Nossa, foi boa essa jogada — diz Kashvi, e dá um gritinho.

— Pois é.

— Seu irmão deve ser bom mesmo, para jogar de atacante.

Observo o rosto dela de perfil. Como ela sabe em que posição ele joga? *Eu* não sei, e olha que vi um monte de jogos ao longo dos anos. Acompanho o olhar dela no campo e tento prestar atenção de verdade. Ainda me parece ser um bando de garotos correndo que nem barata tonta, mas Andrew se destaca dos outros, de fato. Aposto que ano que vem ele vai entrar para o time interescolar.

Andrew chuta ao gol, mas outro jogador defende. Kashvi grunhe e volta a sentar.

— Não sabia que você curtia futebol assim.

Ela dá de ombros.

— Meu pai é fanático. Cresci vendo na televisão.

Quando começa o segundo tempo, já estou achando difícil me concentrar no jogo. Especialmente porque o time de Andrew está ganhando de 5 a 0. Kashvi me oferece um saquinho de amendoim que minha mãe trouxe.

— Você vem ver muitos jogos? — pergunta ela. — Esse aqui...

— É um tédio?

Ela ri.

— Eu ia dizer que estão ganhando de lavada, mas pode ser.

Meu celular vibra e, quando pego, vejo uma mensagem de Logan. Não é no grupo, só para mim. Meu coração vai parar na boca.

Logan:

Estava arrumando meus dados e achei que você pudesse fazer alguma coisa com esses.

Ele manda a foto de um conjunto de sete dados verdes com purpurina. Sinto um calor no peito e dou uma risadinha ao mesmo tempo.

Que dados brilhantes esses aí, hein?

Foram para um personagem, melhor nem perguntar.

Olho para a foto, tentando interpretar o que aquilo significa. Ele deixou claro que saiu cedo da casa da Kashvi por minha causa, mas agora resolveu mandar mensagem? Mas mensagem é bem diferente de conviver pessoalmente. Ou, quem sabe, talvez ele realmente só não queira mais os dados.

— São bonitos — comenta Kashvi, olhando a foto no meu celular.

Eu levo um susto e me endireito na cadeira.

— Logan mandou. Parece que ele quer me dar.

— Quer? — pergunta Kashvi, franzindo a testa. — Ele sempre foi bizarramente protetor com os dados. Quase tão ruim quanto o Mark.

— Ele reparou as pulseiras que a gente fez, ou melhor, nossas pulseiras *sensacionais* — digo, balançando as pulseiras no meu braço para enfatizar —, e deve ter decidido ajudar a causa.

— Ah... bom, legal, porque são dados lindos mesmo — diz ela, e olha o celular. — Fico surpresa só de ele não ter mandado a foto para nós duas.

Alguma coisa passa pela expressão dela. Talvez seja surpresa. Ou será que é ciúme? De imediato, a mágoa por perder Paige surge. Até antes do meu péssimo e infame encontro com Caden, Paige sempre se irritava se eu conversasse demais com ele durante as sessões, ou tivesse conversas e piadas internas com os outros que não a envolvessem. Na época, não me incomodava. Eu quase me sentia especial, como se Paige me considerasse tão boa amiga que não podia me compartilhar com ninguém. Claro que, em retrospecto, vejo que era completamente unilateral. Ela ficava à vontade para conversar e flertar sem me incluir; só eu que não podia fazer o mesmo. Até que saí com Caden e deu no que deu.

Olho para a quadra e sento em cima das mãos para conter a agitação. Será que Kashvi é assim também? Talvez eu devesse tomar mais cuidado com o que falo para ela. Eu gosto muito dela — quero que tenhamos o tipo de amizade que permite contar qualquer coisa sem receio de ser julgada —, mas também estou com medo. Não sei se já chegamos a esse ponto.

Meu celular vibra, mas nem olho, para o caso de ser outra mensagem de Logan.

— Mark mandou mensagem no grupo — diz Kashvi, mostrando o celular. — Ele vai jantar na lanchonete onde Sloane trabalha. Seria legal você aparecer. Será que seus pais deixariam a gente ir para lá depois do jogo?

— Talvez?

Meus pais normalmente não gostam que a gente volte tarde para casa, mas uma lanchonete de cidade pequena não deve causar nenhuma preocupação.

— Ei, mãe?

Encosto no braço dela para chamar a atenção — ela está tão vidrada no jogo que nem sei se me escuta.

— Hum?

— Tudo bem se eu e Kashvi formos encontrar nossos amigos depois do jogo?

Ela leva um segundo para processar as palavras, mas enfim franze a testa e se vira para mim.

— Onde?

— Na lanchonete Elm — responde Kashvi. — Sloane, do nosso grupo, trabalha lá, e é um lugar tão tranquilo que a gente praticamente usa como biblioteca, para fazer lição de casa.

Na minha opinião, ela está exagerando um pouco, mas minha mãe relaxa.

— Parece divertido para v...

— *Isso!* Vai, Andrew! — grita meu pai ao lado dela.

Minha mãe volta a atenção para o jogo, e Kashvi faz sinal de joinha para mim.

— Vou mandar mensagem para o grupo, para ver quem vai. Sanjiv vai topar, com certeza. Ele nunca recusa um convite nem comida.

— Mandou bem. Você é craque com pais.

— Meus pais são superprotetores, então tenho experiência — responde ela. — Por que você acha que os jogos são sempre lá em casa?

Dou uma risada e aplaudo Andrew, mesmo sem entender o que está acontecendo no jogo. Apesar da preocupação de antes, estou feliz de ter convidado Kashvi para vir comigo. O melhor jeito de estreitar a amizade é fazer esse tipo de coisa. E agora tenho a oportunidade de encontrar o resto do grupo fora do jogo também. Todo mundo, menos Logan, já que ele certamente vai inventar uma desculpa para me evitar.

Tento não pensar nele, mas meu autocontrole está fracassando rapidamente quando o assunto é Logan. Queria ser amiga dele de verdade, mas, para isso acontecer, preciso bloquear qualquer *outro* pensamento sobre ele. É difícil esquecer como meu coração acelerou quando ele tocou meu braço depois do jogo de sábado, ou a tentação de beijá-lo naquele momento no sótão. Não é assim que amigos pensam e agem uns com os outros.

Minha mãe dá um pulo do meu lado e, do outro, Kashvi grita. Estou tão desligada que não tenho noção do que acontece ao meu redor. Eu me levanto e comemoro, sem entender o motivo.

— O que aconteceu? — pergunto para Kashvi.

— Seu irmão marcou outro gol com um minuto de jogo faltando — diz ela, e abre um sorrisinho para mim. — Você não gosta de futebol mesmo, né?

— Acho que não.

Melhor concordar do que explicar no que estava pensando.

Depois do jogo, Kashvi nos leva para a lanchonete. Enfio as mãos nos bolsos para esquentar e olho a fachada. Não é o lugar mais bonito que já vi. O prédio amarelo tem uma marquise de metal enferrujada, e o estacionamento vazio está tão acabado que é difícil não passar por um buraco. Até a placa de ABERTO pisca, como se a lanchonete não soubesse quanto tempo ainda vai aguentar. Eu levanto a sobrancelha para Kashvi.

Ela me dá o braço.

— Sei que a cara não é boa, mas não julgue as aparências. Julgue, sim, as panquecas.

Ela me puxa pela porta de vidro para um salão capenga de bancos largos de vinil amarelo, além das banquetas enfileiradas no balcão. Um homem mais velho está sentado nos fundos, debruçado em um pratão de comida, com um jornal aberto. Mark acena de uma das mesas. O cabelo comprido está preso em um rabo de cavalo, e ele usa uma camiseta de uma banda de metal japonesa, Ningen Isu. Ele está concentrado no notebook.

Aponto o computador e sento no banco ao lado de Kashvi.

— Espera aí, vocês estudam *mesmo* aqui? Achei que você tivesse inventado isso para convencer meus pais.

— Só quando estou sozinho — diz ele, e guarda o notebook na mochila. — Como foi o jogo?

— Foi um jogo — respondo, e dou de ombros.

— O time do irmão dela é tão bom que não foi nem emocionante.

O sino tilinta na porta.

— Finalmente! Vocês se atrasaram — grita Mark.

Ele está de frente para a porta, então tenho que me virar para ver quem é. Passo o olhar direto por Sanjiv e me detenho em Logan.

Ele veio.

Meu coração dá um pulo. Eu tinha certeza de que ele arranjaria uma desculpa para não aparecer. Ele me olha, e um calor me invade. Ele está tão bonito agora quanto estava no sótão, quando me disse que precisava manter distância — conselho que claramente esqueceu de seguir hoje. Está corado de frio, e o cabelo cai no rosto quando ele tira o gorro de crochê de Sloane. Adoro que ele esteja usando a peça direto.

Sanjiv senta ao meu lado, e eu fico entre os gêmeos, enquanto Logan senta do outro lado da mesa, ao lado de Mark.

— Oi, pessoal — diz, e olha ao redor da mesa, me encarando por um momento antes de se virar para Kashvi. — Que inesperado.

— Percebi que a gente não tinha apresentado o lugar para Quinn — diz Kashvi. — Não dava para continuar assim.

— Você gosta de panquecas? — pergunta Sanjiv.

Olho ao redor do grupo, pressentindo que a pergunta pode ser importante.

— Com certeza. Panquecas, waffles, rabanada... tudo ótimo.

— Açúcar e carboidrato — comenta Logan, quase só para si.

— Mas waffles e panquecas nem se comparam — diz Sanjiv. — E rabanada pertence a outra categoria.

— Ela não sabe. Ainda não provou as panquecas — explica Mark, quase como se desse uma desculpa em meu nome por minha falta de educação.

— Você vai pedir panquecas — declara Sanjiv, severo.

— Além do mais, o cozinheiro gosta de Sloane, então sempre inclui panquecas extras no nosso pedido.

— Já fizemos elu prometer tratar o cozinheiro bem para sempre, porque eu me recuso a voltar a comer uma pilha de três panquecas agora que me acostumei com cinco — diz Mark.

A porta vai-e-vem da cozinha se abre e Sloane sai, trazendo copos d'água. Não sei por que imaginei que poderia estar de touca ou vestindo avental branco, mas está igual a sempre. Calça jeans escura e rasgada, camiseta cinza e chapéu listrado de arco-íris. Para minha surpresa, também está usando um dos colares de d20 que eu e Kashvi fizemos antes do último jogo. Demos de presente para elu, mas Sloane não costuma usar bijuteria.

— Veio todo mundo! — anuncia Sloane, distribuindo os copos. — Estou vendo que você foi seduzida pelo lado sombrio da força, Quinn.

— E eu fui informada, sem discussão, que vou querer as panquecas.

— Não tem erro — diz Sloane, e olha ao redor da mesa. — Igual para todo mundo?

Todos concordam.

— Você não tem que ficar direto lá nos fundos, né? — pergunta Kashvi.

Sloane dá uma olhada para o restaurante vazio.

— Não, já, já eu volto. Mas tenho que arrumar os talheres enquanto isso, então vocês vão ter que me ajudar.

Elu volta momentos depois com uma pilha enorme de guardanapos de papel e uma bandeja de talheres.

— Tá, é só pegar um guardanapo e enrolar em volta da faca e no garfo, dobrando as pontas — explica Sloane, enquanto demonstra. — Não precisa ser perfeito, só não pode lamber os talheres.

Todos pegamos guardanapos e começamos o trabalho.

— Ei, vocês ficaram sabendo do evento que a livraria de gibi de Zanesville vai organizar domingo que vem? — pergunta Sanjiv.

Todos fazemos que não.

— Eles vão chamar uns escritores e artistas de gibi importantes e fazer um evento completo. Concurso de fantasia, autógrafos, lojinhas, torneios, *food trucks*. Que tal? Vamos tentar ir?

— Com certeza — diz Mark, imediatamente.

Logan e Sloane concordam com entusiasmo, e suponho que Kashvi já tenha topado, visto que foi Sanjiv quem fez o convite.

Não consigo abrir a boca. Zanesville fica a vinte minutos de onde eu morava. Será que Caden iria a um evento desse tipo? E Paige iria com ele? A mera possibilidade de dar de cara com os dois chega a me deixar enjoada.

— Quinn? — pergunta Sanjiv. — Topa?

Mordo a bochecha. Não tenho como saber se Caden e Paige irão, mas não lembro de Caden gostar de quadrinhos. Talvez seja paranoia.

Sloane e Mark insistem com gestos encorajadores, e Kashvi balança meu braço.

— Vai ser tão legal!

— Você devia vir com a gente — diz Logan, baixinho.

Sou incapaz de discutir com eles todos. Eu não *deveria* me preocupar com isso. Não quero viver para sempre escondida dos meus ex-amigos.

— Vamos, sim — anuncio, sorrindo.

— Irado! Talvez meus pais me emprestem a van — diz Mark. — Aí dá pra gente ir junto.

Um sino toca na cozinha.

— Pronto! — chama o cozinheiro da janelinha.

— Passem para cá — diz Sloane, pegando os talheres. — Dá para melhorar a técnica, mas agradeço o esforço.

Arregalo os olhos quando Sloane traz meu prato para a mesa, segundos depois. É uma pilha imensa de panquecas. Não vou conseguir comer isso tudo de jeito nenhum.

Mark abre um sorrisinho esperto.

— Você vai ver só.

Todo mundo começa a comer sem dizer uma palavra, e faz silêncio na mesa enquanto enchemos as panquecas de manteiga e melado. Levo à boca a primeira garfada. É *gloriosa*. Estou no paraíso das panquecas, saltitando em nuvens macias de panqueca. Se eu fosse menor, arrumaria uma cama de panquecas para dormir e acordaria para mastigá-las de café da manhã. Eu solto um gemido de êxtase.

O resto da mesa ri e, quando abro os olhos, os cinco estão me encarando e sorrindo.

— Ela duvidou da gente — diz Mark para o grupo.

— E vai ser a última vez que faz isso na vida — diz Sanjiv.

— Como isso pode ser tão gostoso? — pergunto para Sloane.

Elu dá de ombros e puxa uma cadeira para sentar à cabeceira da mesa.

— Nem adianta olhar para mim, não sou eu que faço.

— Meu Deus do céu, vou passar a vida toda comendo só isso. Toda refeição, bem aqui. Panquecas.

— Eu já tentei — diz Logan —, e não recomendo. Quase tive que matar aula de tanta dor de barriga.

— Para mim, só tem vantagem.

Dou uma olhadinha nele, mas contato visual é má ideia. Melhor olhar fixamente para minha nova coisa predileta do mundo.

Não nos demoramos muito depois de lamber os pratos. Pagamos, com todos contribuindo para a gorjeta de Sloane, e seguimos para o estacionamento.

Kashvi, Sanjiv e Mark acabam parando na porta, terminando uma discussão sobre a prova de história, mas vou andando até o carro de Kashvi.

— Quinn.

Sinceramente, é um problema o quanto a voz dele me afeta. Eu me viro e Logan levanta um dedo.

— Um segundinho — diz ele. Abre a porta da picape, pega alguma coisa lá dentro e traz para mim. — Acho que você vai ter mais uso para eles do que eu.

Ele estende um saco plástico cheio de dados.

Pego o saco e levanto para enxergar melhor na luz fraca do estacionamento. Está estufado de dados de todo tipo — a maioria é de cores primárias e simples, mas vejo outras variantes, além dos purpurinados da foto.

Eu balanço a cabeça.

— Não precisa me dar tudo isso. É muita generosidade, mas a gente pode só comprar dados na internet para fazer as bijuterias.

— É, mas eu não tenho usado esses, e eles andam pesando na mochila.

— Está interessado em uma parcela do lucro, igual ao Sanjiv? — pergunto, porque não sei como responder.

— Da próxima vez, você paga as panquecas.

— Justo.

Eu sorrio, tímida. Honestamente, não faço ideia de como agir com Logan, mas também não quero que ele vá embora.

— São daqui as panquecas que você mencionou antes? — pergunto.

A expressão dele se ilumina.

— Você lembra? É daqui, sim. Agora estraguei o segredo.

Uma lufada de vento sopra, jogando cabelo na minha cara e me causando um calafrio.

— Você deveria estar de chapéu — diz Logan, apontando para o bolso do casaco onde eu enfiei o meu.

Puxo o chapéu, mas é difícil colocar na cabeça, já que estou segurando os dados.

— Pode deixar.

Espero que ele pegue o saco de dados, mas, em vez disso, pega o chapéu verde e chega mais perto. Com cuidado, o coloca na minha cabeça e puxa na testa, colando a franja nos meus olhos e fazendo a parte de trás ficar no meio da cabeça. Dou uma risada, e ele abre um sorriso de desculpas.

— Foi mal, é mais difícil do que imaginei.

— Deixa que eu faço — digo, e entrego os dados para ele antes de sacudir o cabelo e vestir o chapéu, cobrindo bem as orelhas. — E agora, como está?

Ele inclina a cabeça e sua expressão derrete até meus ossos.

— Perfeito — sussurra.

— É?

— É — diz ele, e pigarreia. — Sloane faz bons chapéus, hein?

Retribuo o olhar dele. Alguma coisa na escuridão faz com que seja mais fácil olhar para ele.

— Os melhores.

— Pronta para ir? — chama Kashvi, chegando no carro pelo lado do motorista.

— Pronta — digo, me recompondo, e pego os dados de volta. — Olha o que o Logan trouxe.

Ela arregala os olhos.

— Caramba. Generoso.

— É minha contribuição para o projeto.

— Você é sempre um cavalheiro — diz ela, antes de me olhar rapidamente. — Ele está tentando faturar uma parcela do nosso lucro.

— Foi o que eu falei! — exclamo.

Logan grunhe e joga as mãos ao alto.

— Tento fazer uma gentileza, e dá nisso. Vou para casa mesmo!

— Foi mal, Logan! — exclama Kashvi, quando ele se vira. — Vamos mandar nosso agente ligar para o seu agente!

Entro no carro, sorrindo, mas o peso dos dados no meu colo é mais leve do que o dos meus pensamentos. Quero mais do que está acontecendo entre Logan e eu, mesmo que não deva.

Capítulo Quinze

Eu sequer bato na porta de Kashvi quando chego para o jogo de sábado. Faz poucas semanas que venho, mas está começando a me parecer uma segunda casa. Empurro a porta — com as mãos cheias de apetrechos de bijuteria para fazermos depois do jogo — e cumprimento a mãe de Kashvi antes de descer para o porão.

O resto do grupo já chegou e comemora quando me vê.

— Eba, você chegou! — exclama Kashvi. — A gente estava falando de fantasias... Sanjiv teve a ideia perfeita.

— Foi uma ideia conjunta — diz ele.

Ideias para o concurso de fantasias no evento de domingo ocuparam o grupo de mensagens desde que saímos da lanchonete ontem, e continuaram em debate constante desde que acordei. Rapidamente decidimos que queríamos fantasias de grupo em vez de individuais, o que para mim está ótimo, já que não tenho ideia nenhuma. Fico chocada por saber que talvez já tenha surgido um conceito, porque esse grupo é muito exigente. Às dez da manhã, já tinham descartado todos os personagens de video game e super-heróis.

— Tá bom — diz Kashvi, espalmando as mãos como se prestes a anunciar uma grande notícia. — Você conhece *Caverna do dragão*, o desenho de D&D dos anos oitenta?

Olho ao redor da sala, confusa. Não entendo de desenho animado atual, muito menos de décadas antes de eu nascer.

— Relaxa — diz Mark —, eu também não conhecia, é a maior velharia.

— Isso não é desculpa. Todo mundo deveria conhecer nosso passado — diz Sloane, com seriedade.

— Aqui, olha só — diz Kashvi, e mostra o celular, aberto em uma imagem do desenho animado.

Tem uma *party* de seis pessoas vestidas vagamente de magos, bárbaros e guerreiros. Tem até um bebê unicórnio.

— Não seria legal cada um escolher um personagem e a gente ir combinando? Seria muito meta nosso grupo ir como a *party* original do desenho!

— Eu gostaria de argumentar que ninguém vai entender a ideia. Vamos parecer seis pessoas usando fantasias fantásticas aleatórias — diz Logan.

— O júri vai ser um monte de velho e vai entender a referência. Só isso que importa — argumenta Sanjiv. — É perfeito, dá para o grupo todo se fantasiar, sem ninguém ficar de fora.

— Eu já escolhi o menininho bárbaro — diz Sloane. — Tenho um unicórnio de pelúcia que posso levar para completar a fantasia.

Dou uma olhada na imagem. Sem esse personagem, sobram três personagens homens e duas mulheres... o que combina perfeitamente com o grupo. Só tem um problema.

Eu aponto as duas mulheres.

— São essas as nossas fantasias? Está um gelo lá fora!

Uma das personagens usa uma túnica curtíssima com botas altas até as coxas, e a outra está basicamente de biquíni de pele.

Kashvi faz uma careta.

— Pois é, é bem machista. Claro que as mulheres usam as fantasias mais absurdas. Se quiser, eu posso ser a Diana — diz, e aponta a de biquíni. — Se meus pais me deixarem sair de casa desse jeito.

— Mas é a personagem que você queria?

— Quer dizer, eu estava de olho na ladina, mas tanto faz. Ou a gente pode esquecer essa ideia e escolher outra roupa.

— Pode mudar a fantasia — diz Mark. — A gente não vai se importar.

— Você vai ficar gata de qualquer jeito, Quinn — diz Sanjiv.

Kashvi dá um tapa no ombro dele.

— Ecaaa, não chama ela de gata!

Ele joga os braços para o alto.

— Estava tentando dar apoio. Fala sério, menti?

Ele olha ao redor, em busca de confirmação, e meus olhos desobedientes se voltam imediatamente para Logan, mesmo que meu cérebro esteja gritando: *Não olhe para ele!*

Ele já está olhando para mim, com as pupilas escuras e o gogó subindo e descendo. Eu fico vermelha diante da expressão dele. Se essa é a reação dele à mera ideia da fantasia, seria melhor eu escolher a personagem que usa a capa esvoaçante comprida. Porém… Mordo o lábio e olho para a imagem de Diana. Não vou ficar andando por uma loja de quadrinhos só de biquíni, mas aposto que *dá* para eu adaptar. Tenho umas peças que funcionariam, e talvez tenha alguma coisa no sótão da minha avó.

Mesmo com alterações, ainda seria totalmente fora da minha zona de conforto. Esse tipo de fantasia chama atenção. Normalmente não estou nesse pique, mas, se estiver acompanhada do resto da *party*, pode ser divertido. Talvez até me empodere.

— Na real, adoro a ideia — digo para os outros. — Vou ser a Diana, sim.

— Tem certeza? — pergunta Kashvi. — Não quero que você sinta pressão só por ser nova no grupo.

O fato de ela se preocupar com isso só faz eu me sentir melhor.

Eu sorrio, passando confiança.

— Certeza absoluta.

Começamos a sessão na hora marcada, para não perder nenhum espectador impaciente, e Sloane usa a voz grave para lembrar de onde paramos, capturados no palácio.

— Vocês cinco são levados a um salão do trono, acorrentados. O teto alto se ergue e o mosaico elaborado nas paredes representa a história de um homem corajoso que derrotou todos os inimigos em seu caminho — conta Sloane.

— Sou eu? — pergunta Rolo, animado.

Todos rimos e reviramos os olhos.

— Não, Rolo, não é. A arte representa o rei Thalun, sentado no trono sobre a plataforma elevada diante de vocês. Quando os guardas os levam até ele, o rei se levanta e olha de cima com uma expressão arrogante. As roupas dele são majestosas, mas o rosto está abatido, e ele tem olheiras escuras — continua Sloane, e pigarreia, ajustando a voz para o personagem: — Vejo que meus guardas finalmente os trouxeram para mim, apesar da dificuldade. Não esperava tanta resistência de vocês.

Eu olho ao redor do grupo. É nítido que alguém precisa falar em nome do grupo. Para minha surpresa, os outros olham para mim. Tudo bem que fui eu que recuperei o equipamento da última vez, mas também sou eu o motivo de termos vindo parar no palácio.

Espero mais um segundo, mas, quando fica nítido que ninguém vai dizer nada, eu me empertigo e me dirijo a Sloane:

— Senhor...

— Majestade.

Então vai ser assim. Não comecei bem.

— Majestade, requisitamos saber o motivo pelo qual nos fez prisioneiros. Não fizemos mal algum ao seu reino e desejamos apenas a liberdade para prosseguir com nossas respectivas empreitadas.

— É verdade que nem todos me fizeram mal. Mas um de vocês, sim, e está sob meu serviço — diz Sloane, virando-se para Logan. — Adris Starcrown, ladino e ladrão conhecido, há muitos anos você roubou um pingente que me era muito precioso. Você já escapou de minhas garras antes, mas agora pagará por seus crimes.

Arregalo os olhos, assim como o resto do grupo.

— E... se me permite perguntar — continuo —, por que o resto de nós foi trazido até aqui?

— Mandei capturar você porque preciso de um usuário de magia, e o fato de você ser anã me será ainda mais útil — responde Sloane, e desvia o foco para os gêmeos, e também para Mark. — Quanto a vocês dois, não reconhecem seu próprio pai?

Nós todos arquejamos em surpresa e nos entreolhamos, animados. Às vezes eu *realmente* amo D&D.

— Papai?! — exclama Rolo, e todos caímos na gargalhada.

Sloane tenta manter a expressão séria, mas vejo que também está querendo rir.

— Majestade — corrige Sloane.

— Sem querer ser grosseira, *Majestade* — diz Lasla/Kashvi, em um tom que não tem nada de cortês —, mas, se somos mesmo seus filhos, por que precisou nos capturar e acorrentar? Estávamos procurando pelo senhor, e teríamos vindo de bom grado.

— Porque aprendi que não posso confiar em ninguém neste mundo, nem mesmo em meus próprios filhos. Ouvi falar que vocês estavam à minha procura, mas muitos querem apenas minha riqueza e o que eu posso oferecer a eles.

Sloane está fazendo o papel de rei tão bem que mal reparo em sua voz. Escuto apenas o tom grave e arrogante do rei Thalun e o imagino erguido à nossa frente, franzindo as sobrancelhas grossas em desconfiança.

— Está aberto a oferecer algo para nós? Porque eu adoraria um colchão de verdade e uma refeição quente esta noite — pede Lynx/Sanjiv.

— Eu aceito o ouro — acrescenta Rolo. — Estou acostumado a dormir no chão.

— A única coisa que estou preparado a oferecer é uma proposta. Tenho um inimigo mortal, e preciso que se livrem dele.

Nós nos empertigamos na cadeira. Só participei de algumas campanhas, mas está claro que estamos prestes a receber nossa primeira grande missão.

— Que inimigo é esse? — pergunto.

— Um dragão. Ele tem flagelado meu reino e matado meus soldados, e não pode continuar assim.

Nós todos nos entreolhamos, preocupados. Matar um dragão é uma missão de D&D bem clichê, mas nem por isso é fácil. Estamos só no nível 2. Não tem a menor chance de matar um dragão sem obtermos mais experiência.

— Mas certamente não espera que derrotemos um dragão que nem os seus soldados conseguiram derrotar — diz Adris/Logan.

— Por isso escolhi vocês cinco. Cada um possui talentos particulares que lhes dão valor além de um soldado qualquer, e meus filhos devem estar ansiosos para se provar para mim. Se puderem matar esse dragão, receberão ricas recompensas.

— Nos permita um momento para debater, papaizinho querido — diz Rolo, e todos damos risadinhas.

— Não o irritem ainda mais — adverte Logan. — Ele já está nos enviando para uma missão fadada ao fracasso.

— Devemos tentar negociar com ele? — pergunta Sanjiv. — Ou usar nosso parentesco como filhos para fazê-lo amolecer um pouco? Ele não pode querer mandar os filhos para a morte certa.

Kashvi olha para Sloane.

— Quantos outros soldados estão neste salão, conosco e com o rei?

— Apenas dois, um de cada lado do rei — responde Sloane.

— Sugiro tentarmos nos soltar dessas correntes e atacá-los — diz Kashvi. — Pode ser nossa melhor oportunidade.

— De jeito nenhum — respondo. — Já tentamos isso, e sabemos no que vai dar. Podem estar só dois aqui, mas provavelmente há todo um batalhão nos esperando do outro lado da porta. Acho que devemos aceitar o pedido dele.

— *Aceitar?* — pergunta Logan. — Mas Nasria não confia em nada nem ninguém.

Não deixo de notar que Logan e o personagem dele estão interagindo mais comigo nessa sessão. Preciso admitir que deixa o jogo mais divertido.

— É verdade que eu não confio nem um pouco no rei — respondo. — Mas, se aceitarmos, ele terá de nos soltar para perseguir o dragão, e assim podemos decidir o que fazer de verdade.

Mark faz um sinal de aprovação.

— Sorrateira.

— Faz sentido — responde Sanjiv.

Logan se vira para mim.

— Esperava que você fosse tentar negociar sua própria liberdade com ele, já que não está em dívida como eu.

— Isso seria exagero, até para mim. Você é um membro do grupo.

Ele inclina a cabeça e abre um sorrisinho.

— Quer dizer que está começando a confiar em mim?

— Eu... ainda não sei — digo, e um raio de adrenalina me atravessa diante de sua expressão. — Estou, possivelmente, começando a cogitar confiar em você.

— Bom saber que fiz um pouquinho de progresso, então — diz ele, com o olhar caloroso, sem nenhum indício de sarcasmo. — Que fique registrado, eu confiaria minha vida a você.

Eu solto um gritinho engasgado antes de conseguir me conter. Ele levanta a sobrancelha e volta o foco para o resto do grupo.

Tentar entender Logan já é difícil quando estamos só nós dois, mas é impossível aqui nessa mesa. Sei que não devo confiar em nada que ele diz ou faz aqui, porque não é ele, e sim Adris, um personagem que ele criou especialmente para ser carismático. Só que ainda é *ele* no papel, certo? Então, se desdenhar de mim, é só porque nossos personagens não se bicam? Se der em cima de mim, é apenas o personagem que fala as palavras? Cada vez mais, entendo a importância de manter o romance longe dessa campanha. Torna tudo mil vezes mais confuso.

Aceitamos a missão do rei e somos liberados para começar a perseguir o dragão, embora todos concordemos que não seremos páreo para ele. Voltamos pelo bosque denso, onde damos de cara com um *wyvern**. Rolo perde tanto HP que quase acabamos perdendo *ele*, mas, no fim da sessão, estamos todos vivos, o que já é alguma coisa.

Esfrego os olhos e me largo na cadeira quando as câmeras são desligadas. Foi ao mesmo tempo emocionante e exaustivo.

— Sessão legal — diz Sloane, rindo. — Parece que o chat tem um novo personagem predileto.

— Falei que Rolo ia fazer sucesso. Todo mundo curte um pobre coitado — diz Mark, enchendo o peito.

— Não é você, apesar de também te amarem. Deixaram alguns comentários preocupados quando você quase morreu. Não, é que não conseguem parar de falar da nossa anã feiticeira.

Eu pestanejo e me endireito, olhando de um lado para o outro.

— Como assim? De mim?

— Tem um espectador pedindo para eu trazer outro *wyvern* semana que vem, só para ver você acabar com ele.

— *Não* dê ouvidos — diz Sanjiv, exausto. — Quase morremos nessa. Não sei como você espera que a gente enfrente um dragão.

— Dá para identificar quem são as pessoas no chat? — pergunto.

---

* Réptil alado de duas patas semelhante a um dragão. [N.E.]

Sloane inspeciona a tela e balança a cabeça.

— Não dá, não. Quer dizer, meus pais veem todos as *lives*, mas eu sei o nome de usuário deles. E tem uns amigos da escola que entram também. Mas, fora isso, não reconheço ninguém — diz, aproximando-se um pouco mais da tela. — Na real, parece que você também tem um fã, Kashvi.

— Todo mundo gosta de uma garota com espada — diz ela. — Mas que bom que o chat não está cheio de gente chata. E pensar que houve dúvida sobre acrescentar Quinn ao grupo — comenta, levantando a sobrancelha para Logan. — Agora ela é nossa estrela.

Ele levanta as mãos, na defensiva.

— Admito tranquilamente que me equivoquei. Agora não imagino o jogo sem Quinn ou Nasria.

Há uma intimidade nos olhos dele que me deixa agitada. Eu me ocupo empilhando os manuais, porque só de olhar para minha cara o grupo todo vai saber que o que sinto por Logan rapidamente está deixando de ser platônico.

— Que bom — continua Sloane —, porque os espectadores adoram especialmente ouvir os personagens de vocês brigarem. E paquerarem.

Os outros parecem meio desconfortáveis com a ideia, mas Logan só dá uma risada.

— Então acho que só nos resta continuar a fazer isso.

Capítulo Dezesseis

Sinto um emaranhado de empolgação e nervosismo quando minha mãe me deixa na casa do Mark no domingo seguinte. É o dia do evento, e vamos todos fazer a viagem de uma hora juntos na van dele. Mal posso esperar para passar o dia curtindo com o pessoal, batendo papo, comendo coisas gostosas enquanto estamos fantasiados. Por outro lado, um dia todo com o grupo é um dia todo com Logan, o que acrescenta uma nova camada de complicação.

Felizmente, Kashvi e Sanjiv já estão na garagem de Mark quando chego e me distraem desses pensamentos idiotas e confusos.

— Quinn, com todo o respeito, mas é *o quê*?! — exclama Kashvi, assim que me vê. — Sua fantasia é de outro mundo!

Olho para baixo com um sorriso tímido. Foi difícil dar um jeito na fantasia de "Diana, a Acrobata" para um clima de menos de dez graus. A roupa original basicamente era um biquíni felpudo marrom e botas de cano alto com detalhes dourados. Não é lá muito adequado para o inverno. Além do mais, meus pais acabariam tendo um aneurisma. Então encontrei uma minissaia marrom no brechó e vesti por cima de meia-calça grossa e botas que já tinha. Na parte de cima, tive que ser mais criativa. Acabei escolhendo um *cropped* marrom de manga comprida, com um cinto dourado e acessórios do sótão da minha avó. É uma versão... *abstrata* do original — mais "quem sabe, sabe" do que a fantasia fiel do resto do pessoal —, mas fiz meu melhor. E, mesmo com todas as alterações, ainda estou de *cropped* e minissaia no frio congelante.

— Obrigada, eu me esforcei — digo, e dou de ombros. — Não queria decepcionar o grupo. Você está muito maneira. Adorei como a túnica fica em você!

Kashvi não tinha nenhuma roupa que combinasse com "Sheila, a Ladra", mas eu emprestei um vestido roxo estampado que é razoavelmente parecido. É mais comprido do que a túnica do desenho, mas a cor é parecida, e fica ótimo com a capa azul.

Sanjiv se aproxima de Kashvi para inspecionar minha fantasia. Ele vai de "Hank, o Guarda", o líder do grupo, mas, sinceramente, está meio ridículo de legging verde e túnica. Pelo menos o arco é impressionante. Ele faz um aceno de aprovação.

— Nossa, Quinn, mandou bem.

— Melhor tirar o olho dela, senão o cajado do Mark vai acabar enfiado em um lugar bem desagradável daqui a um segundo — ameaça Kashvi.

Sanjiv volta a olhar para a van.

— Foi mal.

— Tranquilo — digo, rindo, embora fique ruborizada.

Eu devia ter insistido para ser o mago, para ficar inteiramente coberta por uma capa verde esvoaçante. Em vez disso, esse papel ficou para Mark. Tomara que a quantidade de tecido não atrapalhe a direção.

Mark sai da van nesse momento e me encara por um segundo antes de virar para os outros:

— Tive que dar uma arrumada nas tralhas e nos brinquedos, mas acho que agora cabe todo mundo.

Sloane chega depois, no papel de "Bobby, o Bárbaro". Está uma gracinha de fantasia completa, com um capacete com chifres e o unicórnio de pelúcia debaixo do braço.

Eu bato palmas.

— Ficou perfeito!

— O capacete não para de cair, mas, fora isso, acho que deu certo. Vocês também estão ótimos.

— Melhor darem um bom prêmio para fantasia em grupo — diz Sanjiv. — Isso deu mais trabalho do que qualquer fantasia que já usei no Halloween.

Mark, Sanjiv e Kashvi estão discutindo a playlist para a viagem quando Logan estaciona a picape na frente da casa. Eu me esforço para conter minha expressão. *Ele é apenas outro amigo*, tento lembrar. *Não importa o que ele estiver vestindo nem o que vai achar da minha fantasia. É tudo pela diversão, e talvez para ganhar coisas de graça.*

Infelizmente, meu corpo não obedece aos pensamentos calmos e racionais. Meu coração dispara quando o vejo. Eu me enganei: era *ele* quem deveria ser o mago, em vez do cavaleiro, porque como é que vou conseguir não passar o dia todo olhando para ele? A fantasia fica agarrada em todos os músculos dele, desenhando o corpo de um jeito que não aparece quando está de calça jeans e blusa larga. A brisa fustiga a capa vermelha e comprida atrás dele, e o efeito me faz querer pedir meus sais, como uma mocinha dos filmes de época. É só uma fantasia — e nem da melhor qualidade —, mas não consigo parar de olhar quando ele caminha na nossa direção.

Meu olhar encontra o de Logan e ele tropeça no meio-fio. Ele cai ajoelhado, a capa embolada na bota.

— Ah! — exclamo, correndo para ajudar, mas ele se levanta de um pulo desajeitado.

— Tudo bem!

O rosto dele está adoravelmente corado. Ele se demora olhando para mim.

— Problemas com fluidos do ouvido? — questiono.

— Talvez.

A maior parte do grupo está distraída com a conversa para reparar na cena, mas acho que Sloane não se engana.

— Bela capa — comenta Sloane. — Mas cuidado para não ficar tropeçando.

Logan abana a cabeça, parecendo inteiramente envergonhado.

— Valeu. Bom saber que não fui só eu que caprichei.

— Eu levo tudo a sério quando o assunto é D&D — responde Sloane.

Por que escuto um alerta por trás dessas palavras? Deve ser meu nervosismo que faz tudo parecer mais grave do que é. Sloane se junta ao resto na garagem, e Logan chega mais perto de mim.

— Você vai passar frio — comenta, em voz baixa.

Ele me olha de cima a baixo e, com esse calor percorrendo as minhas veias, não vou passar frio nunca.

Eu puxo um pouco a meia-calça.

— É mais quente do que você imagina. A meia parece fina, mas é forrada de lã.

Ele engole em seco.

— Ah. Esperto. — A voz dele soa rouca.

— Estamos prontos? — pergunta Mark. — O espaço deve ser suficiente, mas vocês vão ter que brigar pelos lugares. O banco de trás às vezes deixa o pessoal enjoado.

— Eu vou na frente! — grita Sloane, e corre para a porta.

— Tá, mas então eu e Kashvi temos que ficar no meio — diz Sanjiv. — Nós dois costumamos enjoar.

Kashvi faz uma careta.

— Já passamos por umas viagens de carro terríveis.

Meu coração bate forte, compreendendo. Acho que sobra...

— Ok, eu e Quinn vamos atrás — diz Logan. — Ou você também enjoa?

— Não, por mim é tranquilo.

— Eu também. Bom... — diz ele, e indica a van. — Primeiro as damas, acho.

Entro e me instalo no banco dos fundos, agradecida ao notar que tem espaço entre nossos bancos. A viagem já vai ser difícil sem eu precisar passar uma hora toda grudada em Logan.

Os outros também entram, e Mark bota para tocar uma música de indie rock, alta o bastante para dificultar a conversa.

— Como anda o artesanato? — pergunta Logan quando pegamos a estrada.

— Não tivemos muito tempo para fazer mais coisas até agora, mas está sendo divertido. Obrigada de novo pelos dados. Talvez tenha ganhado das panquecas como minha parte predileta da ida à lanchonete.

— Não pode dizer isso para mais ninguém. Vão achar que é blasfêmia sequer questionar.

— Para ser justa, eu *sei* que amo dados coloridos e fazer bijuteria, mas só provei as panquecas uma vez. Tenho que voltar mais vezes à lanchonete... sabe, para conferir se a qualidade é consistente.

— Em nome da ciência?

— Exatamente.

— Bom, seria um prazer participar da experiência, só me avisar quando for outra vez. Isso me dá outra desculpa para ir te encontrar.

Eu me viro para ele.

— Está procurando desculpas?

— Sempre. Eu não quero nunca evitar você, Quinn. Mas às vezes sinto que é necessário, por nós dois.

A estrada é perfeitamente reta, mas sinto um frio na barriga como se tivéssemos descido uma ladeira íngreme. Não sei responder, e agradeço por Sanjiv aproveitar o momento para gritar o pedido por outra música.

— Como andam aquelas campanhas que você mencionou na sorveteria? — pergunto. — Ainda está escrevendo?

— Tô. Vai indo.

Ele está nitidamente desconfortável, mas, por algum motivo, isso só o torna mais fofo.

— Me conta sobre elas?

— É que... — diz ele, olhando pela janela antes de se virar para mim. — Minhas ideias não são muito criativas.

— Duvido. Você provavelmente está sendo muito exigente — digo, e me aproximo um pouco. — Prometo que não vou julgar.

Ele semicerra os olhos, como se desconfiasse que vou fazer exatamente o contrário, mas acaba cedendo.

— Eu vejo muitos filmes com meus pais, e meu pai especialmente adora thrillers. Uns meses atrás, ele botou *A identidade Bourne* e fiquei pensando que seria muito legal mostrar um jogo com esse clima. Sabe, com a sensação de que a missão da *party* não é chegar a um objetivo específico, e sim fugir antes de morrer.

— É interessante a ideia de uma campanha de thriller. Mas escapar parece ser o objetivo da maioria dos encontros de um jogo... igual fizemos no navio.

— Verdade. Mas queria que fosse menos óbvio, com mais suspense.

— Então... — digo, pensando um momento. — Uma história em que a *party* saiba que corre perigo, mas não de onde vem o perigo?

Ele arregala os olhos.

— Isso. Exatamente! Em vez de dar de cara com um monstro e precisar entrar num confronto para matar, quero que os jogadores se sintam seguros até perceberem que estão sendo atacados, um por um. Provavelmente pareço o Mestre mais cruel do mundo.

— Que nada. Se o jogo for divertido, as pessoas vão amar. Já decidiu os detalhes?

— Pouca coisa — diz ele, coçando o pescoço. — Eu penso muito, mas minhas ideias costumam ser bem circulares. Mas talvez algo em que o grupo está sendo perseguido? Tipo por um assassino?

Eu faço um gesto encorajador antes de ele se questionar, e Logan começa a falar mais rápido. Ele pode não ter resolvido tudo, mas o que pensou já parece incrível. Imagino como os outros iriam surtar se ele mestrasse esse jogo com nosso grupo.

— Se eu conseguir estruturar tudo, queria botar na internet para outros jogadores aproveitarem — diz ele. — Seria muito maneiro saber que desconhecidos jogam com meus módulos.

— Com certeza. Mas seria ainda mais legal *a gente* jogar — digo, com um olhar significativo. — A gente pode tentar depois da campanha atual. Sei que os outros também topariam. E você daria um descanso para Sloane.

— Sei lá. Precisa de muito mais ajuste até lá. E é tanta pressão saber que vai ter gente assistindo e julgando — diz ele, e me olha em silêncio por um segundo. — Mas obrigado por curtir. Você é a primeira pessoa para quem contei isso, então que bom que não odiou.

Eu inclino a cabeça.

— Claro que não odiei. Obrigada por me contar.

— Tenho mais anotações lá em casa. Posso te mostrar um dia desses na lanchonete, com panquecas. Ou… — diz, e hesita, mexendo a mandíbula. — Quem sabe você dá um pulo lá em casa. Se estiver interessada.

Eu faço que sim. Estou interessada… mais do que quero admitir.

Nesse momento, Mark coloca "Bohemian Rhapsody" para tocar no último volume, então (por lei) somos todos obrigados a cantar junto a plenos pulmões. Mesmo sem falar com ele, continuo inteiramente atenta à presença de Logan a centímetros de mim. Parece que meu corpo inteiro se conectou ao dele, reparando as menores mudanças que mais ninguém veria. O leve ajuste de posição que traz o joelho dele para mais perto do meu, a mão apoiada ao meu lado no banco. O que aconteceria se eu descansasse a mão ali do lado e roçasse na dele de leve? Ou se entrelaçasse nossos dedos, como se não fosse completamente bizarro ficarmos de mãos dadas? Ele se afastaria como se eu o tivesse queimado? Ou apertaria minha mão e sussurraria: *Graças a Deus. Estava esperando você fazer isso.*

Parece que volto à vida quando finalmente desço da van sob a luz brilhante do sol de março. Fico surpresa com a aglomeração ao redor da loja de gibis, que é relativamente pequena. Não chega a ser uma multidão, mas o estacionamento está quase lotado, e ainda tem gente chegando. Dou uma olhada, mas não vejo Caden, Paige, nem nenhum carro conhecido.

Respiro fundo e organizo meus pensamentos. Nada de ficar obcecada por ex-amigos nem por um garoto proibido. Hoje é dia de focar a amizade.

Dou o braço para Kashvi.

— Isso é muito legal!

— A gente ainda nem fez nada — ri ela.

— Eu sei. Mas é divertido sair com vocês.

O festival é um evento que vai durar o dia todo, incluindo painéis com roteiristas e ilustradores de quadrinhos, sessões de autógrafos, sorteios e até um concurso de desenho, em que as pessoas recebem instruções para desenhar a melhor capa em três minutos. Eu definitivamente não vou fazer *isso*, mas assistimos ao primeiro painel. Quando vamos até a mesa de autógrafos depois, o roteirista grisalho se recosta na cadeira, de queixo caído, e aponta para nosso grupo, animado.

— Caramba, é Hank, o Guarda? — pergunta, apontando para Sanjiv. — E Bobby, e Sheila, e até Presto! Tem o grupo todo! — diz, e dá uma cotovelada no ilustrador ao lado dele, que está autografando. — Viu só isso?

O ilustrador entrega o gibi autografado para o garoto na fila e olha para nós.

— Pegaram referências raiz *mesmo*, hein? Impressionante.

— É um dos meus desenhos preferidos… tenho tantas boas lembranças — diz o roteirista. — Amei a atenção ao detalhe. — Ele aponta para o unicórnio de Sloane.

— A gente joga D&D, então pareceu apropriado — explica elu.

— Alguém aí é fã de gibi, ou vocês só vieram para acabar com todo mundo com essas fantasias em grupo? — pergunta o outro homem, rindo.

— Principalmente a última parte, mas a gente até que gosta de quadrinhos — brinca Sanjiv.

— Melhor ir se inscrever no concurso logo, então.

Seguimos o conselho dele, entramos na fila para nos inscrever no concurso de fantasias, e depois tiramos a foto do grupo. Um painel de juízes vai comparar todas as fotos antes de anunciar os vencedores à tarde. Depois, seguimos para dar uma volta. A loja é maior do que eu imaginava, com vários andares, e acabamos nos separando. Os garotos vão se acotovelando pelas fileiras e mais fileiras de gibis, enquanto Sloane e Kashvi se distraem com a seleção modesta de histórias de D&D.

Por todo canto, clientes me olham. Muitas pessoas estão usando fantasias, mas em geral é dos clássicos: Homem-Aranha, Batman, alguns Vingadores, e um monte de personagens de *Star Wars*. Sem o resto do grupo ao meu redor, provavelmente nem está claro que estou fantasiada, já que não tenho capa, chapéu de mago ou unicórnio para acompanhar.

O subsolo contém uns quinhentos Funko Pops, para minha tremenda alegria. Estou tão distraída com a coleção que é tarde demais quando reparo que alguém apareceu na minha visão periférica.

— Nossa, que roupa.

Meu sangue gela. Paige está à minha esquerda, de cabeça inclinada e olhos semicerrados. Não consigo respirar nem me impedir de me virar para ela. Não a vejo desde o último dia antes das férias de Natal, quando ela e Makayla passaram direto por mim no corredor da escola, como se eu mal existisse.

Ela está *igualzinha*. Reconheço as leggings do nosso dia de compras anual de volta às aulas. Ela estava preocupada que não vestiriam bem, e fui eu que argumentei que deixavam a bunda dela ótima. Ela prendeu o cabelo loiro no rabo de sempre, está de unhas compridas e coloridas e com os brincos que usa direto — coraçõezinhos que ganhou do avô antes de ele falecer. E como é que eu não reconheceria o moletom que ela está vestindo?

É do Caden.

Eu me forço a respirar e manter o olhar fixo nela, apesar do desespero para virar nos calcanhares para o caso de Caden estar por perto. Não quero que Paige repare como estou panicada só de encontrá-la.

— É parte de uma fantasia em grupo — explico.

Minhas palavras soam defensivas, e ela levanta o canto da boca em um sorrisinho.

— Que tipo de grupo fez você usar uma sainha dessas?

— Meu novo grupo de D&D... viemos de personagens clássicos do desenho.

Ela ri, sem humor.

— Você já se infiltrou em um grupo novo?

— Não me infiltrei em lugar nenhum. Uma amiga me convidou para participar de um grupo extremamente divertido, que faz *lives*, e todo mundo foi muito acolhedor.

— Ah, então você ainda não começou a estragar tudo? É mais esperto mesmo esperar uns meses, para eles não desconfiarem de nada — diz ela, tamborilando o dedo no queixo. — Será que eles já começaram a enxergar quem você é de verdade, ou preciso relatar os detalhes que você pode ter esquecido de mencionar?

As palavras dela me arrancam da paralisia. Cruzo os braços para não mostrar que estou tremendo.

— Eu não fiz nada além de dizer para Caden que preferia que continuássemos como amigos. Foram vocês que destruíram o grupo, sem precisar da minha ajuda.

— Quinn, pode parar de fingir que você é a vítima. Você brincou com ele quando era divertido e depois acabou com ele. Todo mundo viu. Você só ficou brava porque a gente jogou a verdade na sua cara.

Fico boquiaberta, com os olhos ardendo de lágrimas. Como é que um dia chamei Paige de melhor amiga? Em retrospecto, eu deveria saber quem ela era, com base em seus julgamentos rápidos e seu sarcasmo cortante. Só que ela nunca dirigia a crueldade para mim, então eu relevava. Ou, pior, achava que era tudo engraçado.

Eu me viro e vou embora. Não há nada que eu possa fazer para ela mudar de ideia ou melhorar a situação, mas eu me recuso a chorar na frente dela.

Capítulo Dezessete

Subo a escada correndo e encontro um canto onde eu possa me recompor. Analiso cada pessoa que aparece e não vejo Caden em lugar nenhum, mas duvido de que Paige tenha vindo sozinha. Abaixo o queixo e fecho os olhos com força. Onde foram parar todas as palavras que eu tinha preparado cuidadosamente para ela? A blusa rosa-choque que eu jogaria na cara dela, e o ácido "você nunca me mereceu"? No entanto, nenhum ensaio mental me preparou para a dor de vê-la pessoalmente. Eu imaginei que ela fosse ficar impressionada com minha fantasia maneira — em vez disso, foi só mais um exemplo de como eu fico provocando. E eu só fiquei paralisada e engoli tudo antes de fugir como uma covarde.

Lágrimas ameaçam cair, e eu fecho os olhos com força, querendo contê-las. Nada de chororô. Acabou. Preciso é pensar no que fazer agora. Não posso ficar aqui, já que corro o risco de Paige subir a qualquer momento e trombar comigo outra vez, e não posso me esconder no banheiro, já que fica no andar de baixo, onde ela está. Tem um *food truck* de queijo-quente lá fora. É a desculpa perfeita para sair da loja.

Encontro Kashvi e Sloane no canto, olhando miniaturas para D&D.

— Ei, vou sair para comprar um lanche. Encontro vocês daqui a pouco.

Saio às pressas antes de me perguntarem qualquer coisa e tomo o cuidado de dar uma olhada lá fora para conferir se não reconheço ninguém. Quando confirmo que a barra está limpa, consigo respirar com mais tranquilidade e pedir um queijo-quente com tomate e bacon. Infelizmente, já tem umas seis pessoas esperando pedidos, o que não é um bom sinal de rapidez. Esfrego os braços, tentando me esquentar. Pelo menos o frio me distrai dos pensamentos ansiosos.

Um cara vestido de Aranha de Ferro vem até mim, com uma expressão mais maliciosa do que simpática. Ele não é velho, mas com certeza já é adulto.

— Bonita essa fantasia. É de que personagem?

— Diana, a Acrobata — murmuro.

— Não conheço, mas adoraria conhecer você.

Eu sinto um calafrio e recuo um passo. É a última coisa de que preciso agora.

— Não, obrigada.

— Tem certeza? Você deve estar com frio... a gente pode entrar e esperar a comida juntos.

Outra pessoa chega perto de mim e eu dou um pulo, com medo de ser algum amigo desse cara, antes de reparar que é Logan.

— Oi — diz ele, franzindo as sobrancelhas. — Tudo bem aí?

— Está demorando uma *vida*.

Espero que ele entenda o desespero na minha voz.

O homem nojento olha para Logan.

— Você está com esse cara?

Logan olha para mim, como se pedisse permissão, e eu imediatamente me apoio nele. Ele chega mais perto e me abraça pelo ombro, puxando-me para perto dele. A capa cobre minhas costas, e é como se ele me colocasse em um casulo.

— Ela tá comigo, sim. O que você tem com isso?

O cara tensiona a mandíbula, mas Logan só me puxa para mais perto. Sei que não preciso de homem nenhum para cuidar de mim, mas fico tão agradecida pela presença de Logan que praticamente derreto no abraço.

— Não tenho nada com isso — diz o cara, e me olha com nojo antes de voltar para os amigos.

— Nossa. Não esperava encontrar esse tipo de tarado em um evento de gibi — sussurra Logan, e tira o braço do meu ombro.

— Acredite, eles estão por todo canto. Desculpa colocar você nessa posição.

— Nem vem, nada de se desculpar. Você não devia ter que lidar com caras desse tipo. Eu enxotaria ele com prazer se ele não fosse embora sozinho. Mesmo ele sendo mais velho que eu.

— Você sairia ganhando — digo com um sorriso de verdade.

Tudo que aconteceu nos últimos quinze minutos parece menos angustiante agora que Logan chegou.

— Ah, é? — pergunta ele, retribuindo o sorriso. — A armadura me dá um bônus? Porque tenho que admitir... esse tanquinho é feito de plástico.

Dou uma risada e esfrego os braços de novo. *Food trucks* são menos divertidos quando precisamos ficar na fila da comida em pleno inverno.

— Você está tremendo, Quinn.

— Eu sei. Não pensei tanto na parte prática da fantasia.

— Bom, a gente meio que botou pressão. Aqui... — diz ele, remexendo no pescoço até tirar a capa. — Veste isso. Não é ótimo, mas deve ajudar a proteger do vento.

Em vez de me entregar a capa, ele próprio me embrulha, ajeitando o tecido até cobrir meus ombros e prendendo no meu pescoço.

Sossega o facho, repito para mim mesma, e praticamente pulo na comida quando chamam meu nome. Um minuto depois, chamam Logan. Tem um estacionamento pequeno nos fundos da loja, onde colocaram algumas mesas de piquenique perto dos aquecedores. Não é o lugar mais confortável para uma refeição, especialmente considerando que é perto da lixeira, mas o aquecedor me impede de congelar e o queijo-quente é a combinação perfeita de crocante e derretido.

Damos algumas mordidas em silêncio confortável. É legal ficar aqui com Logan e me recompor sem sentir que preciso forçar assunto para mantê-lo entretido. Depois de um tempo, ele abre o cronograma do evento no celular.

— Está se divertindo? — pergunto.

— Tô, sim — diz ele, e olha feio para alguma coisa atrás de mim. — Mas seria mais legal se estivesse menos cheio.

— Por quê?

Ele resmunga, mais em grunhido do que em palavras:

— Tem mais caras olhando para você. Não me surpreende, já que você parece ter saído diretamente dos sonhos deles.

Engasgo com o sanduíche. Olho para trás e o choque do que vejo faz o pedaço sair voando da minha boca. Eu reconheço Caden tão fácil quanto reconheceria minha mãe, mesmo que só o veja de perfil. Dou uma tossida e bato no peito, e me levanto com um pulo. Outro cara que não reconheço olha para mim, e eu me viro para Logan.

— Tenho que ir.

— Como assim? — pergunta Logan, levantando-se comigo. — Por quê?

— Tenho que ir. Não posso ficar aqui.

Jogo o resto do sanduíche no lixo e saio correndo pelo estacionamento. Não tenho nenhum pensamento além de *fugir*. Acho que Caden ainda não me notou, mas não tenho certeza. Vejo uma escada que desce ao subsolo da loja, parcialmente encoberta por um contentor de lixo grande. Desço alguns degraus até ficar escondida.

Logan para na altura da rua, de olhos arregalados de preocupação. Ele cruza os braços.

— Quinn, o que está rolando? Você está se escondendo de alguém?

— Só... — digo, fazendo sinal pra ele descer. — Não fique aí chamando atenção.

Ele olha ao redor, confuso, e se aproxima mais de mim. Fica apertado, porque o espaço só tem a largura da porta. Dou um passo para trás para abrir espaço e fecho os olhos de tanta vergonha.

— Por que a gente está escondido perto dessa porta suja?

Eu fungo e apoio a cabeça nas mãos. Por que Caden e Paige precisavam vir hoje? Ela provavelmente já contou para ele da nossa conversa. Eles riram juntos e mandaram mensagem para os outros para comentar, a menos que Travis e Makayla também estejam aqui.

Logan me segura pelo cotovelo.

— Tá, não sei o que está acontecendo, mas é esquisito e a gente devia ir embora.

Eu me afasto.

— Não posso ver ele agora.

— Ver *quem*?

— Caden, um dos meus ex-amigos da outra escola.

— Ele está aqui?

Logan parece prestes a subir a escada para procurar.

Puxo ele de volta.

— Não chame atenção para nós dois. A última coisa de que preciso hoje é ouvir a opinião dele sobre esta fantasia, depois de já ter esbarrado em Paige.

— O que ele poderia dizer além de que você está linda?

A expressão de Logan é confusa, quase ingênua. Eu esfrego os olhos.

— Ele poderia dizer muita coisa, Logan. Ele já acha que fico provocando de propósito, então me ver andando por aí com *esta* roupa definitivamente suscitaria mais comentários sobre eu ter encorajado o que ele sentia por mim antes de destruir ele e o grupo — digo, e esfrego as mãos nas coxas. — Eu não devia ter vestido esta fantasia ridícula. É justa demais. Chama atenção como se eu estivesse andando com um farol.

— Não, para com isso — diz Logan, se aproximando para segurar meus braços. — Me escuta. Não sei qual é o problema desse cara, mas o problema é *dele*. Não é seu. Você não tem que mudar de roupa nem o que diz ou faz por causa dele. Você não está fazendo nada de errado.

— E você diria a mesma coisa se eu te beijasse e depois dissesse que não estava interessada?

Meu olhar colide com o dele, desafio e medo misturados dentro de mim.

— *Sim* — diz ele, me fitando. — Você não me deve nada, Quinn. Nem agora, nem nunca.

Faço força para conter as lágrimas.

— Não devia ser você a ficar se escondendo atrás da lixeira.

As palavras dele me fazem tremer. Eu tenho feito tanto esforço para esquecer tudo e começar do zero, mas não dá para esquecer. E não quero marchar até Caden e mandar ele se ferrar. Não quero nunca mais interagir com nenhum deles.

Em vez de dizer isso, só dou um passo na direção da porta.

— Tá bom. — A voz de Logan é um mero sussurro. Ele me embrulha mais com a capa, como se fosse uma coberta em que pudesse me aconchegar. — Tudo bem. A gente faz o que você quiser.

— Sei que eu pareço a maior otária, escondida assim atrás da lixeira. Você não precisa ficar aqui comigo.

Ele bufa.

— Não vou te deixar sozinha. O único lugar em que quero estar é aqui com você.

— Logan... você não devia dizer essas coisas — digo, balançando a cabeça. — E as regras do grupo? E você dizendo que não devia ficar perto de mim? Não consigo entender o que está rolando com a gente.

— Nem eu.

Olho para o céu e solto um suspiro frustrado.

— Pior ainda.

— Acredite em mim, eu sei o que quero. Mas também sei que não posso.

O calor da expressão dele me sobressalta.

— Isso vai dar encrenca — sussurro.

O olhar dele fica mais escuro quando ele se aproxima de um passo.

— Às vezes, encrenca é bom. Aceito toda encrenca que você quiser me proporcionar.

O fogo sobe pelas minhas costas, espalhando-se por todos os nervos do corpo.

Ele leva a mão ao meu rosto, passa os dedos pelo meu cabelo.

— Você nem imagina há quanto tempo quero fazer isso.

Não consigo me conter. Encosto o rosto na mão dele. O toque é tão bom — confortável, relaxante e certo —, mas meu coração vibra de expectativa e medo do que isso pode significar.

— Sei que fui escroto quando você estava pensando em entrar no grupo e peço desculpas por isso — continua ele. — Achei que, se eu fosse mal-educado, você decidiria que não valeria a pena entrar no jogo. O que, admito, foi um plano muito egoísta. Quando ficou óbvio que não daria certo, tentei te ignorar. Tentei me afastar. Mas te ignorar é praticamente impossível. — Ele desce os dedos da minha bochecha para o meu pescoço. — Você é viciante, Quinn. Falo com você por um minuto, e fico com vontade de conversar por uma hora. Toco você por um segundo... — Ele levanta a outra mão, posicionando-me perfeitamente para um beijo. — E sei que vou querer mais.

Eu me derreto nas mãos dele. Estou a segundos de subir na ponta dos pés, beijar Logan e acabar com esse sofrimento que cresce em mim. Porém, uma voz fraquinha de autopreservação grita no fundo do meu cérebro. A pior experiência da minha vida aconteceu porque eu me envolvi com alguém que era meu colega de jogo. Perdi minha melhor amiga. Perdi todo meu grupo de amigos. A culpa não foi minha, e não devia ter acontecido dessa forma, mas isso não muda o fato de que *aconteceu*. E, talvez, se eu nunca tivesse saído com Caden, tudo agora seria diferente. Não quero repetir o mesmo erro.

— Logan... — digo, e recuo, coçando os olhos como se desse para esfregar o cérebro até ganhar bom senso. — Não sei.

Ele me solta.

— Tudo bem. Eu estava sendo sincero: você não me deve nada. Mas eu prometo que nunca te trataria como ele tratou. Você merece muito mais.

— Não é só isso. Essas coisas podem estragar amizades. E grupos de D&D. Você mesmo falou quando eu entrei, existe um motivo para a regra que proíbe o namoro no grupo. Causa muita confusão. Você ama participar desse grupo, e eu também. Adoro andar com o pessoal, é um grupo tão próximo, e fico muito agradecida por terem me incluído. Não posso mentir para eles.

— É, verdade. Eu disse isso mesmo. Também não quero fazer nada que estrague o grupo.

Ele pode estar concordando comigo, mas ainda assim não desvia o olhar da minha boca.

— Amigos não se olham assim — digo, engolindo em seco. — Nem se tocam assim.

— Sei muito bem — responde ele, recuando um passo e cruzando as mãos atrás das costas. — Você nem imagina quanto autocontrole tive que desenvolver depois que nos conhecemos.

— Acho que imagino, sim. E você parece determinado a derrubar a camada fina de autocontrole que me resta.

— Fina? — pergunta ele, esperançoso.

— Mais fina do que as páginas vagabundas dos gibis que você comprou.

Ele se inclina para a frente, mas se afasta em seguida. Devemos estar parecendo bêbados, cambaleando assim.

— Mas estamos decididos? — sussurro.

— Decididos. Totalmente platônicos. E só.

Concordo com a cabeça.

— E, por curiosidade mórbida, o que aconteceria se esse seu autocontrole fraquejasse agora há pouco?

— Eu teria te empurrado contra essa porta e te beijado até o sol se pôr e eu ser sua única fonte de calor.

— Ah — digo, tentando engolir em seco. — Que, hum, bom saber.

— Logan? — chama Kashvi lá de cima. — *Quinn?*

Eu volto à realidade no susto. Cacete, tinha esquecido que outras pessoas estavam por perto. Pela expressão zonza de Logan, aposto que não fui só eu.

Culpa me invade quando subimos a escada. Foi por pouco. E se Kashvi nos encontrasse assim escondidos? Ou fazendo qualquer coisa além de conversar?

— Quinn, você... Ah! Oi!

Kashvi se aproxima correndo. Ela olha de nós dois para a portinha de onde viemos. Franze a testa e sei que está com a cabeça a mil, tentando entender o que podíamos estar fazendo ali juntos.

— Oi! — respondo, acenando com entusiasmo demais. — Estava sentindo sua falta.

— Estava procurando vocês por todo lado. O que...

Olho ao redor, mas Caden não está por aí, graças a Deus.

— O pessoal do meu antigo grupo apareceu aqui, aqueles que mencionei. Não queria falar com ninguém, então, bom, eu fugi e me escondi — digo, inundada por outra onda de vergonha. — Não foi meu melhor momento, mas Logan fez a gentileza de se esconder comigo.

A confusão e a preocupação desaparecem do rosto dela.

— Está de zoeira? Eles estão *aqui?* — pergunta ela, girando para olhar ao redor. — Me mostra que eu vou lá xingar eles!

— Era o que eu queria fazer — resmunga Logan.

— Eles já foram... Não se preocupa. Já tive a melhor vingança: vocês aqui comigo.

Kashvi, Logan, o grupo todo... eles são tão legais. Não posso perdê-los. Mesmo que, para isso, nunca possa ficar com ele.

Capítulo Dezoito

Rashvi estava à nossa procura porque ganhamos o concurso de fantasias. O prêmio inclui broches de vencedores combinando, muitas fotos para as redes sociais da loja e cupons para compras. Já fizemos basicamente tudo que tínhamos para fazer, então, depois disso, vamos embora. Estou preparada para sofrer na viagem de volta ao lado de Logan, mas ele chama Sanjiv para sentar no fundo para ver os quadrinhos, então vou ao lado de Kashvi. Fico ao mesmo tempo aliviada e decepcionada. Sou a maior hipócrita, mas quero passar todo segundo possível com Logan.

Sugiro que a gente escute meu podcast de D&D preferido — *Mestre Sorridente* — em vez de ficar todo mundo brigando para escolher a música, e logo o carro inteiro está rindo de Stephanie e da campanha absurda que ela montou. Fico feliz de gostarem tanto quanto eu do podcast, mas é difícil me concentrar sabendo que Logan está atrás de mim. As palavras dele ecoam pela minha memória.

"Eu teria te empurrado contra essa porta e te beijado até o sol se pôr e eu ser sua única fonte de calor."

Como é possível formular um pensamento lógico enquanto essa frase ressoa na cabeça?

— Alguém a fim de continuar por aqui? — pergunta Mark, quando voltamos à casa dele. — Uma pizza congelada e uma partida de *Catan*?

— Eu topo — responde Sanjiv, que sempre topa tudo.

Sloane e Logan fazem que não.

— Trabalho — explica Sloane. — Mas apareçam se quiserem panquecas.

— Idem — diz Logan. — Preciso fechar a sorveteria hoje.

— Quem é que toma sorvete no meio do inverno? — pergunta Sanjiv.

— Você ficaria chocado ao ver a quantidade de gente — diz Logan, revirando os olhos.

Outra lufada de ar frio acerta minhas costas e eu tenho um calafrio.

— Foi mal, quero ir para casa e vestir uma roupa macia e quentinha.

— Eu te levo — diz Logan, de imediato.

Meu coração dá um pulo. Parece ao mesmo tempo a melhor e a pior decisão do mundo.

— Você acabou de dizer que tem que trabalhar — argumento. — É contramão para você.

— Você não mora longe da loja.

Alguém mais sente o calor nas palavras dele? Parece que estão queimando minha pele.

— Também posso te dar carona, se você quiser — oferece Kashvi.

— Se não for incômodo — respondo para ela.

Dou um sorrisinho para Logan — com cuidado para não o olhar diretamente por muito tempo — e me despeço do resto do grupo.

Eu e Kashvi passamos os primeiros minutos do trajeto discutindo os acontecimentos do dia, focando as nossas fantasias prediletas dos outros clientes. A minha provavelmente foi da menina loira vestida como uma barda toda colorida, incluindo um alaúde.

— Como você está se sentindo depois daquele encontro desagradável? — pergunta Kashvi. — Deve ter sido horrível ver seus ex-amigos do nada.

Eu me encolho um pouco no assento.

— É, foi, sim. Graças a Deus, nem falei com Caden. Mas não deu para evitar Paige.

— Ela pediu desculpas?

— Muito pelo contrário.

Eu me repreendo de novo por perder a oportunidade de dizer tudo que gostaria. Podia ter falado como fico grata por ela não estar mais na minha vida. Que foi como cortar fora uma lesão que me apodrecia por dentro. Que nada mudou sem ela, só fiquei mais feliz. Por outro lado, visto que eu acabei quase sem ar no canto depois de poucos minutos de conversa, ela obviamente ainda me afeta.

— Eu queria ter estado lá — diz Kashvi, quase rosnando. — Teria dito para ela que amiga egoísta e falsa ela é. Mas pelo menos Logan te deu apoio moral.

— Hum, é.

Meu coração acelera. Pois é, Logan estava *definitivamente* disposto a me dar todo o apoio que eu quisesse.

Na minha lembrança, ele leva a mão ao meu rosto outra vez, e eu imagino como seria se eu tivesse me aproximado e o beijado. Talvez o beijo fosse ruim, e eu tivesse colocado tudo em risco à toa. Talvez eu o beijasse e percebesse que não existia nada entre a gente, como aconteceu com Caden. Porém, eu nunca fiquei tão abalada na presença de Caden como acontece com Logan. Também não gostava muito de conversar com ele longe do resto do grupo, mas eu passaria horas falando com Logan sobre campanhas de D&D, ou qualquer outro assunto, com o maior prazer.

— Foi legal ele te dar isso — diz Kashvi, puxando a capa que cobre o assento.

Sinto um nó de culpa no estômago. Tenho que parar de pensar nele.

— Não foi nada... é que fiquei com frio na fila da comida.

— É a cara do Logan. Tão gentil quanto é bonito.

Kashvi levanta a sobrancelha para mim quando estaciona na frente da minha casa. Ai, meu Deus, minhas emoções devem ser tão óbvias que estão escritas na minha testa para todo mundo ler.

Eu desço do carro em um pulo, agitada.

— Valeu pela carona. Eu te convidaria para entrar, mas meus pais estão raspando papel de parede no corredor e está uma zona.

— Tranquilo, também estou pronta para vestir um pijama e me enroscar debaixo de uns três cobertores. Mas hoje foi legal!

— Super. Até mais.

Espero ela seguir dirigindo e respiro fundo. Bom, *acho* que ela não desconfiou de nada. Nada sério. Agora só preciso garantir que continue assim... eternamente... e vai ficar tudo bem. Facinho.

Pego o celular, perguntando-me se devia mandar mensagem para Logan dizendo que ainda estou com a capa ou se é procurar sarna para me coçar, e vejo que ele já me mandou mensagem.

Queria que você tivesse me deixado te levar em casa.

Jogo a cabeça para trás e solto um gemido. Por mais que queira enfiar o celular na bolsa, esquecer Logan e mandar ele parar de me procurar... eu também gostaria que ele tivesse me trazido até aqui.

— Por que você está aí gemendo?

Eu me viro e vejo que Andrew está do lado de fora da casa, com um saco de lixo na mão. Ele está de calça de moletom e uma camiseta de futebol velha, manchada de tinta. Parece que perdi um dia de trabalho árduo.

— E que roupa é *essa*?

A expressão dele é um misto de choque e nojo ao ver minha fantasia curta.

— Todo mundo foi fantasiado. Para de me espionar.

— Você está vestida de Kardashian ou algo do tipo?

Eu solto um grunhido.

— Esquece, não importa.

— Era Kashvi no carro?

— Era. Por quê?

— Você devia ter convidado ela para entrar.

Ele olha para a rua, apesar de ela já ter ido embora.

— Qual é a sua com a Kashvi, hein? — pergunto, com um tom mais acusador do que pretendia, mas é que estou no meu limite emocional. — Você também ficou todo esquisito no jogo de futebol.

— Ela é bonita, é legal, me ajuda em biologia. Ela não está namorando, né?

— Não, mas é mais velha que você *e* é minha amiga.

Ele sorri.

— Não me incomoda namorar uma mulher mais velha. E vou tentar relevar sua amizade... ela nitidamente não tem o melhor gosto para amigos, mas ninguém é perfeito.

— Vai sonhando, Andrew.

Ele só abre um sorriso maior.

— Você não quer nem saber com o que eu venho sonhando.

— Ai, meu Deus, sai *daqui*, seu tarado!

Pego uma pedra do jardim e jogo nele.

Ele se esquiva com facilidade, joga o saco na lixeira e volta correndo para dentro de casa. Sei que me restam meros momentos antes de ele anunciar aos nossos pais que cheguei, mas hesito com os dedos na tela do celular, relendo a mensagem de Logan.

Digito e mando:

Roubei sua capa sem querer.

Fique com ela. Ou pode trazer para mim na sorveteria mais tarde, se tiver tempo. Tenho um intervalo lá pelas seis.

Meu autocontrole fino como papel oscila. Meus pais entenderiam se eu precisasse devolver alguma coisa, e seria uma boa desculpa para ver Logan de novo. Porém, toda vez que ficamos a sós, a tentação de agir com base naquilo que combinamos esquecer só aumenta.

Levo para o jogo no sábado que vem.

Meu celular vibra com uma nova mensagem, mas dessa vez não é de Logan, é minha avó:

Uma das minhas adversárias de pickleball fraturou o quadril. Posso contar com você para jogar no lugar dela amanhã depois da aula?

Eu nem sei exatamente o que é *pickleball*, mas acho que é uma atividade física. Por que minha avó anda praticando esportes? Parece perigoso.

Talvez seja um sinal para descansar um pouco. Parece intenso.

De jeito nenhum. Ela não fraturou o quadril durante o jogo.

Ela manda outra mensagem, com o endereço do mesmo complexo esportivo onde Andrew joga futebol.
Mensagem de Logan:

Sua avó acabou de me convidar para jogar pickleball.

Solto um palavrão. Uma coisa é verdade: minha avó tem um *timing* impecável.

Foi mal. Não precisa ir.

Não sei se você reparou, mas sua avó desconhece o significado da palavra "não".

Ela também me mandou mensagem. Acho que é para a gente substituir alguém que fraturou o quadril??

Eu nem sei o que é pickleball. A gente joga picles?

Parece um desperdício de picles.

Eu odeio picles, então por mim ótimo ficar jogando na sua cara.

Balanço a cabeça, rindo da imagem. Logan manda mais uma mensagem:

Topo se você topar. Mas preciso levar minha picape para a oficina essa semana, então não devo conseguir ir de carro.

Eu perco o fôlego. Ele está mesmo disposto a isso? Que garoto no *mundo* se interessaria por praticar esportes com idosas, mesmo que envolva passar a tarde com alguém da idade dele?

Não precisa, mesmo. Eu arranjo uma desculpa para você.

Não quero desculpa. Só se você não quiser que eu vá.

Não foi o que eu falei. Mas talvez seja mais seguro não ir?

Os três pontinhos pairam na tela por um tempo considerável, como se ele considerasse o que dizer. Por fim, outra mensagem aparece.

Esporte geriátrico é a atividade mais segura que podemos fazer juntos. É igual fazer trabalho voluntário. Eu deveria incluir no currículo.

Eu engasgo de rir, mais aliviada e empolgada do que deveria estar. Seria mentir na cara dura se dissesse que não quero encontrar Logan de novo.

Então está marcado o pickleball. Minha avó vai amar.

Vai dar tudo certo. Logan está certo: é impossível rolar tensão sexual no meio de um esporte geriátrico. Vai ser só divertido. E bom para o currículo.

Capítulo Dezenove

Logan atravessa o estacionamento depois de sairmos da escola na segunda-feira e entra no meu carro. É uma reviravolta e tanto ser eu a pessoa a oferecer carona, mas meus pais ficaram tão empolgados ao saber que íamos jogar com minha avó que aceitaram dividir o outro carro e me emprestar esse.

— Está pronto? — pergunto, tentando ignorar o calor que invade minhas veias quando ele senta no banco do carona.

Logan abre um sorrisão.

— Pronto para minha vida mudar para sempre?

— Pode apostar.

Dou ré com o carro. Não sei como vai ser essa tarde, mas, visto o tanto que meu corpo treme só de estar na presença dele, vou acabar tropeçando nos meus pés e caindo em cima da rede.

— Você deu uma pesquisada nesse jogo estranho para entender no que a gente se meteu?

Eu balanço a cabeça.

— Não tive tempo. Não deve ser muito intenso, para minha avó jogar. Aposto que a gente se vira.

— Minha coordenação é ótima, então vou caprichar — diz ele, com uma piscadela. — Não posso pegar leve com ela.

Um tempinho depois, chegamos ao complexo esportivo onde ficam as quadras cobertas de *pickleball*. Minha avó espera na entrada, acompanhada de um homem que deve ser dez anos mais velho do que ela. Ele usa um boné de veterano da Marinha e uma camiseta branca colada com uma correntinha dourada. Eu e Logan nos entreolhamos, preocupados. Realmente não parece uma boa ideia, mas eles parecem estar levando o jogo a sério. Minha avó está até de roupa de ginástica — calça de malha lilás, camiseta preta de manga comprida e tênis —, o que é chocante, já que estou acostumada a vê-la de vestidos coloridos e pérolas. Eu troquei as saias e os suéteres de sempre por calça jeans bordada e uma camiseta de manga comprida estampada com constelações, mas não tenho nada mais atlético do que isso. Logan está usando a mesma roupa de sempre. É um alívio, porque ele já me distrai o suficiente de calça jeans e camiseta comprida. Eu não conseguiria parar de encarar se ele vestisse roupa justa de academia.

— Vocês vieram! — exclamou ela. — Viu, sabia que vocês não iam furar com a gente. São bonzinhos demais para isso — acrescenta, e se vira para o homem. — Você não devia ter duvidado deles, Jim.

— Estava só com medo de não jogarmos hoje. É o ponto alto da minha semana.

Eu engulo um resmungo. Tenho que jogar um esporte esquisito *e* ver um velho dar em cima da minha avó? Não, muito obrigada.

Eles liberam nossa entrada e nos levam até as quadras. Depois de ontem, eu estava com medo de encontrar Logan, mas o clima é o oposto de constrangido — só tranquilo e relaxado. É exatamente o tipo de atividade que eu devia fazer com ele, sem tensão, só diversão. Além do mais, eu gosto de ver esse lado mais brincalhão dele.

— Vocês vão trocar de roupa? — pergunta ela.

— Não precisa.

— Vocês é que sabem.

Ela nos entrega duas raquetes que parecem raquetes de pingue-pongue grandonas. A quadra lembra uma quadra de tênis menor, com as linhas um pouco diferentes. Isso me deixa ainda menos preocupada. Não sou nenhuma especialista em tênis, mas já joguei, então fico mais confortável. Logan também parece tranquilo.

— Estão prontos para apanhar da gente? — pergunta minha avó.

Logan cai na gargalhada.

— Estou vendo que a baixaria já começou. Mas eu não ficaria tão confiante. A gente vai arrasar.

Logan e eu comemoramos com um bate-aqui. Minha avó saca e minha primeira impressão é que *pickleball* exige rapidez. No tênis, a quadra é grande o suficiente para permitir um momento de avaliação para ver onde a bola vai cair, facilitando a preparação da raquete, mas, nessa quadra pequena, mal dá tempo de raciocinar. Logan consegue rebater a bola, mas Jim voleia e eu perco a bola completamente. Resmungo e corro para pegá-la do chão.

— Tranquilo, estamos só aquecendo — diz Logan atrás de mim.

Ai, eu não quero passar vergonha. Dessa vez, Logan saca, e minha avó devolve a bola com tranquilidade. Eu bato de volta, mas Jim rebate com tanta força que Logan tem que pular para tentar pegar. Ele erra, e minha avó e Jim comemoram, animados.

— Já é mais divertido do que jogar com Elaine e Harvey — comenta minha avó. — Eles eram difíceis.

Eu boto a mão na cintura.

— Vocês ainda não viram nada.

— Não vimos mesmo — devolve Jim.

— Como os idosos são malvados — cochicha Logan.

Abro um sorrisinho e olho para o outro lado da rede, antes de me distrair com Logan e perder outro ponto. Nós nos saímos um pouco melhor nos saques seguintes, conseguindo até marcar alguns pontos, mas minha avó e Jim são bem melhores do que eu imaginava. Vovó nem precisa se deslocar muito para acertar a maioria das bolas. Jim é rápido para ir atrás das outras.

Mas, dessa vez, quando Jim saca, Logan avança imediatamente e joga a bola para o lado da minha avó. Ela não está pronta e deixa a bola quicar duas vezes.

— Opaaa! — grita Logan, e rebola em uma dancinha da vitória.

Claro que ele tem que ser fofo até quando está sendo bobo.

— Agora sim! — comemora.

— Nada disso, não valeu! — grita minha avó. — Você estava na cozinha.

— Como é que é? — pergunta Logan.

— Não pode ficar assim na cozinha. Tem que esperar a bola quicar.

Franzo a testa, confusa. Por que ela está falando de cozinha no meio da partida?

— Vó? A gente está jogando *pickleball*. Não tem nenhuma cozinha aqui.

Minha avó e Jim caem na gargalhada. Eles riem tão alto que o jogo de basquete na quadra ao lado olha para ver qual é a graça. O que está rolando?

— Ah, essa foi boa! — diz Jim, secando os olhos. — Vocês não pesquisaram nada desse jogo?

Balanço a cabeça devagar, contendo a irritação por estarem rindo tanto da minha cara.

— Vocês estão na cozinha — explica ele, apontando a parte da quadra mais perto da rede, que é pintada de outra cor. — Agora podem se afastar para eu marcar outro ponto.

Obedeço, sem entender nada.

Quinze minutos depois, Logan está do meu lado com uma expressão de desespero. O placar está nove a oito, e ainda estamos perdendo. A partida vai até onze pontos, então é agora ou nunca.

— Quinn, a gente tem que ganhar deles. Nada de pagar de netinha fofa. Você precisa arremessar essa bola na sua avó com toda a força.

— Logan! Ela tem 75 anos... Não vou fazer uma coisa dessas!

Apesar de que... estou tentada.

— A gente tem que fazer isso! Eles não estão pegando leve com a gente. São nitidamente prodígios do *pickleball*!

— Acho que prodígios precisam ser mais novos.

Eu mordo o lábio. O cabelo dele está bagunçado de tanto passar a mão, e o rosto está corado. Ele se inclina mais até o rosto quase encostar no meu, e meu coração acelera com a proximidade.

— Avisa quando for pegar a bola, para não ter confusão — sussurra ele. — E tente jogar no lado esquerdo de Jim. Parece ser o ponto fraco dele. Aposto que ele tem prótese no quadril.

Uma risadinha escapa da minha boca.

— No que a gente se meteu?

— Na guerra, Quinn. É a guerra do *pickleball*. E eu não vou perder.

Eu presto uma continência de brincadeira.

— Sim, senhor.

Conseguimos marcar um pouco na próxima rodada — e o placar empata pela primeira vez, nove a nove —, mas estamos nos matando aqui nessa quadra apertada. O voleio é uma loucura. É incrível que minha avó e Jim consigam impedir a bola de bater no chão quase sem se mexer.

— Próximo ponto.

Jim devolve a bola em um arco para baixo, e eu deixo passar completamente. Por que esse jogo é tão difícil? Ou sou só eu que me distraí demais com minha dupla?

— Agora é dez a nove. Bom *dink*, Jim! — grita minha avó, e faz sinal de joinha.

Ele faz uma reverência.

— O que você falou? — pergunto, me preparando para o saque.

— *Dink!* Jim é o rei do *dink*.

Eu me viro para Logan.

— Como é que é? — murmura ele, e nós dois caímos na gargalhada.

— Menos flerte, mais saque — exclama Jim.

Isso me traz de volta para a realidade. Logan levanta a mão para me deter e vem até mim.

— Se eles marcarem mais um ponto, vão ganhar — declara ele, como se eu já não soubesse. Logan levanta dois dedos, apontando dos olhos dele para os meus, e continua: — A gente tem uns 65 anos de vantagem, na média. A gente *vai* ganhar esse jogo. Time *Dink*!

— Ainda não sei o que é um *dink*! — respondo, quando ele volta para o lado dele da quadra.

— Ninguém sabe — grita ele, quicando na ponta dos pés. — É só para confundir a gente.

Eu saco e minha avó rebate com facilidade. Logan corre para bater.

— *Dinka* bem! — grito aleatoriamente, e Logan ri quando a bola acerta a raquete.

Pode até ser o jogo mais ridículo do mundo, mas é um bom exercício. Minhas pernas estão doloridas, estou suando de calça jeans (que me arrependi muito de usar) e meu coração está batendo na velocidade máxima — apesar de ter outro motivo para isso também.

Minha avó devolve a bola bem na linha que separa meu lado da quadra do de Logan. Eu não penso, só corro atrás da bola. Infelizmente, Logan faz a mesma coisa. Nós dois percebemos e tentamos segurar o movimento, mas já é tarde. A bola passa voando e eu trombo com ele — em uma confusão de pernas, braços e raquetes —, caindo como um saco de lixo pesado. Eu perco o fôlego e Logan cai em cima de mim.

Nós dois gememos e tentamos respirar fundo.

— Acho que fraturei o quadril — sussurra ele, rolando até deitar de costas.

Vovó grita de preocupação, e eu faço um sinal de joinha para mostrar que não morri. Fomos oficialmente humilhados por craques de *pickleball* idosos e aposentados.

— Que lição de vida — sussurro de volta.

Viro a cara para olhar para ele, e ele faz o mesmo. Um calor me percorre. Eu passaria vergonha com minha avó todo dia se pudesse ficar deitada assim com Logan.

Ele se apoia no cotovelo e me olha de cima a baixo.

— Você se machucou? — pergunta, franzindo a testa.

— Fisicamente, estou bem. Emocionalmente...

— Idem.

Ele se levanta e me estende a mão. Eu aceito, amando os dedos quentes dele na minha pele, e fico em pé também. Paro um pouquinho perto demais dele, mas não me afasto imediatamente, e ele, também não.

— Tudo bem com vocês dois? — pergunta minha avó, com malícia na voz. — Você está balançando um pouquinho, Quinn.

Meu rosto fica ainda mais quente. Eu me afasto de Logan.

— Só recuperando o fôlego.

— Nem precisa — diz Jim, gargalhando. — Foi o ponto da vitória. Mas fiquem à vontade para jogar com a gente sempre que quiserem. Eu adoro ganhar.

— A gente deve ter botado medo neles — diz vovó. — Devíamos ter pegado mais leve.

Estou sem fôlego, dolorida e ainda não entendi como o jogo funciona. No entanto, meu sorriso não diminui. Eu aponto para minha avó.

— Nem vem, senhorinha. Da próxima vez, vamos acabar com vocês.

— Concordo com sua neta — responde Logan, e fazemos outro bate-aqui. — Topo ser sua dupla sempre.

Eu me acostumaria com isso.

Capítulo Vinte

— Nossa, foi intenso — diz Logan, enquanto dirijo pela estrada rural que leva à casa dele.

Quando disse que levaria ele para jogar *pickleball*, já que ele está sem a picape, não cheguei a considerar os detalhes da volta para casa. Não me incomodo, mas a viagem é demorada, visto que ele mora na área rural, e o sol já está se pondo. É muito tempo para passar a sós com alguém que eu não deveria encontrar a sós.

— Extremamente intenso — respondo, feliz pelo tema neutro da conversa. — Pelo menos minha avó se divertiu.

— Ah, ela se divertiu *demais*. E parece que ela arranjou um namorado.

Sinto um calafrio. Não quero pensar na minha avó namorando.

— Larga de implicância. Todo mundo merece um amor na vida, a qualquer idade — diz ele.

Sinto o olhar de Logan no meu rosto, mas mantenho o foco na estrada e aperto forte o volante. E lá se vai o tópico neutro de conversa. Quando chegamos à casa dele, eu paro para admirar.

— Caramba. Você é fazendeiro *mesmo*.

Ele abana a mão para a casa e o terreno, fazendo pouco-caso.

— É coisa do meu pai. E isso não é nada... você devia ver como é uma fazenda de verdade. Meu pai sempre quis morar no interior com um monte de bichos, porque cresceu em Cleveland, então meus pais compraram estas terras assim que puderam. Agora meu pai passa todo minuto livre cuidando daqui.

Imagino. Deve ter muitas fazendas maiores pela região, mas o que vejo é bem impressionante. Estou diante de uma casa de fazenda antiga, com revestimento branco, janelas azuis e uma varanda um pouco descascada. Atrás dela fica um celeiro grande e um trator. O celeiro é até vermelho, com um quadrado colorido e pintado, parecendo uma imagem de calendário de "vida de fazendeiro".

— É legal ver onde você mora — digo, hesitante.

Não sei qual é a etiqueta. Devo me despedir e ir embora? Ou ele vai me convidar para entrar? É totalmente diferente de quando ele me deu carona em fevereiro.

Ele abre a porta do carro.

— Quer conhecer a bezerra que minha mãe está amamentando na mamadeira? — A voz dele soa um pouco insegura.

— Se eu quero conhecer um bichinho tão pequeno que toma mamadeira? Hum, *óbvio*. Quero muito.

Vou com ele até o celeiro, empolgada e nervosa. Ele abre a porta de correr e me chama para entrar. O piso é de terra batida e tem baias dos dois lados, todas fechadas por uma portinhola baixa, com a parte de cima aberta. Nenhuma parece ocupada, embora algumas contenham ferramentas e mantimentos.

— Não tem nenhum cavalo?

— Não, meu pai diz que são muito caros. Mas minha mãe vive implorando, então acho que é só questão de tempo. Mas a bezerra está ficando aqui, porque faz muito frio para ela ficar o tempo todo no pasto.

Ele me chama para seguir até uma das baias. Eu olho para baixo e encontro uma vaquinha marrom, com os olhões mais redondos que já vi, e pestanas compridas. Ela é do tamanho de um golden retriever, quase da mesma cor. Ela vem trotando e eu imediatamente estico a mão para fazer carinho nela.

— Aaaah, Logan! — grito de alegria. — Como ela é fofa!

Ele abre a porta da baia para a gente entrar.

— Tudo bem entrar aqui com ela?

Ele faz que sim.

— Tudo, ela está acostumada com gente. Minha mãe mima ela sem parar. Trata ela como se fosse a caçula da família.

— Não culpo sua mãe — digo, fazendo carinho na bezerra e pensando em abraçar o pescoço dela. — Já estou apaixonada.

— Ela é mesmo fofa — diz ele, relutante, mas olha para a cena com uma expressão calorosa. — Meu pai queria engordar ela e colocar à venda, mas aposto que ela vai acabar virando bicho de estimação.

Eu arregalo os olhos.

— À venda? Quer dizer, para…

— Meu pai não faz isso só por diversão — diz ele, e dá de ombros. — É como ele ganha dinheiro.

A bezerra esfrega o focinho na minha mão, e eu faço carinho ainda mais insistentemente. Ela se esfrega toda em mim e, mesmo pequenininha, ainda é pesada a ponto de me desequilibrar. Logan leva a mão à minha lombar para me sustentar.

— Vocês não podem vender ela. É só uma bebezinha linda.

Ele resmunga.

— Ai, ai, você parece até minha mãe.

— Essas orelhas caídas são tão macias.

— Ela gosta de você — diz ele, com a voz vacilante. — Normalmente, ela só é assim com minha mãe.

— *Talvez* seja porque você e seu pai estão planejando matar a pobrezinha.

Ele faz uma careta.

— Shiu, não diz isso na frente dela.

— Acho que ela gosta de mim porque tem bom gosto.

Ele se apoia na baia com um sorriso torto.

— O único gosto dela é para leite. Fora isso, não tem gosto nenhum.

— Isso é uma mentira deslavada — retruco, mas abro um sorriso, para ele saber que é brincadeira.

Alguém pigarreia atrás de nós. Logan e eu levamos um susto e nos viramos, encontrando um homem mais velho de calça jeans desbotada e jaqueta grossa. Ele está de braços cruzados, com uma expressão de poucos amigos, como quem analisa a situação.

— É meio difícil você fazer suas tarefas parado aí.

Logan se endireita e coça o pescoço.

— Oi, pai. Foi mal, é que a Quinn me deu carona, então quis apresentar ela à bezerra.

— Está apresentando ela para os bichos antes de apresentar para as pessoas? — pergunta o pai de Logan, e ri um pouco, o que suaviza sua expressão. — Talvez seja uma boa ideia. — Ele avança alguns passos e estende a mão. — Eu sou Chuck, pai do Logan. Soube que você é neta da Barbara. É raro encontrar gente melhor do que ela.

— Ela vai adorar ouvir isso — digo, apertando a mão dele, e ignoro o nervosismo por estar conhecendo o pai de Logan. — É um prazer conhecer o senhor. Sua fazenda é incrível.

Ele abre um sorriso largo.

— Uma das alegrias da minha vida. Vejo que você se deu bem com a Susie Q.

— É o nome dela?

— É o nome que minha mãe deu — diz Logan, e ele e o pai reviram os olhos ao mesmo tempo.

— Quando ela dá nome para um bicho, sei que estou proibido de vender — diz Chuck, em tom de confidência.

— Parece que eu e ela temos que dar nome para todos os bichos da fazenda, então.

Chuck resmunga.

— Ah, não, não posso deixar vocês soltas por aí. Você vai ficar para jantar?

— Perdão, mas não posso. Meus pais estão ansiosos para saber todos os detalhes do jogo de *pickleball*.

Faço um último carinho em Susie Q e saio da baia.

— Da próxima vez, venha de botas, que eu vou arrumar trabalho pra você — diz Chuck. — Desde que prometa não dar nome para os bichos.

Logan solta um grunhido.

— A gente não vai botar Quinn para trabalhar na fazenda.

— Ela não botou você para trabalhar na casa da Barbara? Ou foi só desculpa para passar mais tempo com sua namorada?

Logan fica vermelho, e eu, também. *Namorada?* Nossa, o grupo piraria se ouvisse isso.

— Ela não é minha namorada, e não foi desculpa nenhuma.

— Bom, você é sempre bem-vinda — diz Chuck para mim.

É fácil me intimidar com a voz grossa e a expressão severa dele, mas o brilho no olhar me diz que não causei uma impressão tão ruim. Ele acena para o filho.

— A gente se vê lá dentro. Não enrole, a comida já está quase na mesa.

Logan me acompanha pelo caminho de cascalho até o carro.

— Sei que meu pai parece meio ranzinza, mas ele é legal. Bem-intencionado.

— Ele não tem como me afastar da Susie Q. E não prometo nada quanto aos nomes.

Passamos por uma casinha na volta para o carro.

— Que fofura!

É uma construção de pedras empilhadas, com o telhado coberto de musgo. Chama minha atenção de imediato.

Logan para e olha de mim para o barracão.

— Meu pai juntou essas pedras todas quando construiu a horta uns anos atrás. Era para guardar as ferramentas, mas minha mãe disse que queria usar para as coisas dela. No fim, ela acabou achando muito rústico, então ficou para mim.

— Para você?

Eu me estico um pouco, mas não dá para ver através da janela pequena.

— Meu quarto é apertado, então guardo aqui meus livros e minhas coisas de D&D. É um ótimo lugar para estudar.

— Ah, então é o lugar que você comentou comigo antes? Nossa, eu adorei. Na real, estava pensando mais sobre a sua campanha — digo, voltando a andar para o carro. — Tive uma ideia, mas, se não gostar, é só dizer.

— Você ainda está pensando nisso?

— Tem problema? Não menti quando falei que achava legal.

— Não, fique à vontade. Só fiquei surpreso. E aí, o que você pensou?

— E se você desse para o grupo a missão de proteger alguém e escoltar a pessoa até... algum lugar, não pensei muito nos detalhes. Tem um personagem, tipo um príncipe, sei lá, e o grupo está servindo de guarda-costas, passando por encontros comuns, até perceberem que também estão sendo seguidos.

Ele se vira para mim.

— Pelo assassino? Acho que funciona. E talvez no começo pareça que o assassino está tentando matar o cara que eles estão protegendo...

— Mas eles descobrem que o alvo do assassino são eles. Espera aí, Logan, ai, meu Deus! — exclamo, jogando as mãos para o alto. — E se o tal do príncipe foi quem *contratou* o assassino? O grupo acha que está protegendo esse cara, mas, na real, foi um golpe para matar todo mundo por alguma vingança? O assassino e o príncipe podem estar em conluio secreto para destruir o grupo, que vai ter que lutar contra os dois.

Os olhos dele brilham.

— Nossa. Quinn, você é genial.

— É? Que ótimo, fico feliz que você gostou da ideia!

— Eu amei.

Paramos na frente do carro. O sol se pôs no tempo de dirigir até aqui e ir conhecer Susie Q. Está especialmente escuro nesse lugar, sem postes nem luz ambiente de outras casas e construções. Dá até para ver algumas estrelas no céu. Uma lufada de vento atravessa minha jaqueta, descendo pelo meu pescoço. Eu estremeço e me abraço.

Logan franze a testa e esfrega meus braços.

— Toda vez que te vejo, você está passando frio. Melhor ir logo.

Só que, em vez de me soltar, ele diminui o movimento das mãos e me puxa para mais perto, acrescentando:

— Eu estava pensando... Sei que a gente combinou de continuar só na amizade, mas, antes de decidir de vez, que tal a gente conversar com os outros? Sobre... *nós dois*?

Nós dois.

Um calafrio me percorre diante de tudo que aquelas palavras significam. Porém, o medo chega e afasta a empolgação. E se eu começar alguma coisa com Logan e estragar tudo, como da outra vez?

— Não sei. Vai mudar a dinâmica do grupo... pode mudar tudo.

— E você não quer que mude? — A voz dele soa impossivelmente grave.

— Quero que algumas coisas mudem. Mas não tudo, não o grupo. Estou começando a sentir que são meus amigos de verdade agora. Desculpa.

Eu mordo o lábio, e Logan abaixa o olhar.

— Entendo — diz ele. — Mas, só para avisar, chamar atenção para sua boca na minha frente nesse instante é uma ideia muito arriscada.

Já estou imaginando como seria se ele me puxasse para me esquentar no abraço. Ou se chegasse mais perto ainda e me beijasse. Ele aperta meus braços um pouco e volta a olhar para minha boca.

Um sino toca ao longe, e nós dois nos sobressaltamos.

— É o jantar — explica ele, fazendo uma careta.

Dou uma risada de nervoso e recuo.

— Parece que estão te esperando.

— Obrigado por me dar carona e conhecer a Susie Q.

— Obrigada por jogar *pickleball*.

Eu aceno em despedida e entro no carro. Eu gostaria de falar muito mais, mas, nesse momento, o silêncio parece mais seguro.

Capítulo Vinte e Um

No dia seguinte, acordo com uma foto da Susie Q, junto com uma mensagem de Logan.

Ela está com saudade.

Minha sonolência passa assim que leio essas palavras. Dou zoom na fofura da foto: ela está tomando mamadeira, coisa que não vi ontem.

É porque ela tem bom gosto, e não é só para leite.

Talvez você esteja certa.

Essa foto é velha? Por favor não me diz que você acordou cedo assim para tirar essa foto hoje.

5h30.

Morri e ressuscitei só de pensar nisso.

Estou acostumado.

Bom, eu não tô e preciso me arrumar.

Te mando notícias da fazenda.

E ele manda. Não exatamente da fazenda, ou, ao menos, não apenas. Ele reclama da aula de inglês, e eu, de matemática. À noite, mando foto da pulseira que fiz com os dados que ele me deu e, de manhã, vejo um monte de mensagens sobre o livro que ele está lendo. No dia seguinte, trocamos ainda mais mensagens. Não tem nada de romântico — se eu mostrasse o celular para minha mãe ou para Kashvi, ninguém estranharia.

Mas...

Gosto de ver como ele começa a manhã, cuidando de Susie Q e alimentando as cabras. Gosto de contar dos detalhes (sinceramente chatos) do meu dia na escola. Tenho vontade de saber qual é o último meme bobo que ele viu, a opinião dele sobre o novo trailer de um filme da Marvel e que livro ele vai ler depois que acabar o de agora. São assuntos banais, mas a sensação não é essa. Cada mensagem é um presente secreto, só para mim.

Quase queria que não fosse tão divertido. Se ele se revelasse um babaca, eu não teria que me preocupar com aonde isso vai nos levar, mas nem essa cortesia ele me faz. Em vez disso, ele é legal, engraçado e simpático, e está me deixando louca.

Logan não é o único pensamento que me assombra. Desde que fugi de Paige no evento de gibi, não paro de pensar no que disse para ela. Por que precisei mencionar a *live*? Sei o motivo de falar isso na hora — porque estava desesperada para ela saber que eu estava bem e que ela não tinha me causado danos permanentes —, mas e se ela for procurar o nosso canal? Não chega a ser popular, então não vai achar em segundos no Google, mas, se dedicasse um tempinho, conseguiria encontrá-lo. As gravações das nossas sessões são públicas.

Queria que ela não tivesse esse poder sobre mim, mas não consigo me livrar da ansiedade. E, para o bem e para o mal, tem uma pessoa específica com quem quero falar disso. Ando em círculos pelo meu quarto na noite de quinta-feira, tentando decidir quanto dizer para ele. Até agora, nossas mensagens não foram muito profundas, por isso começo pelo mais simples.

Ocupado?

Vendo TV com meus pais. É o jeito deles de passar tempo comigo.

Achei que fosse com cocô de vaca.

Não, assim é como eu passo tempo com VOCÊ.

Não lembro de cocô nenhum. Só das pestanas compridas.

Vem cá de novo que eu faço uma visita guiada da fazenda.

Dou uma risada. Quero desabafar, mas não é uma boa hora se ele estiver com os pais. Paro de andar para responder.

Divirta-se com a TV.

Tudo bem com você? Está soando meio esquisita.

Você nem está ouvindo minha voz.

Não preciso ouvir. Suas mensagens estão diferentes.

Sinto um frio na barriga. Ele repara nessas coisas?

Só estou pensando no evento de gibi de novo.

Imediatamente percebo o que isso dá a entender — que estou pensando na gente no evento. O que tenho pensado, sim, especialmente toda noite antes de dormir, mas não quero dar a impressão errada.

> Em ter esbarrado com Paige lá, no caso.

> Espera aí.

Franzo a testa e me largo na cama, olhando o celular na esperança das mensagens aparecerem. Um minuto depois, aparecem.

> Falei para os meus pais que precisava ir ao banheiro. Minha mãe estava me olhando feio por ficar no celular. O que aconteceu, afinal? Você acabou nunca me contando direito.

> Na loja?

> Na história toda.

Sinto um calafrio subir pela espinha. Respiro fundo e meus dedos começam a voar pelo teclado. Minhas mensagens normalmente curtas são substituídas por parágrafos inteiros, e eu relato a história toda, tanto o que aconteceu antes, com Caden, quanto meu último encontro com Paige. Não dou todos os detalhes, mas é suficiente para dar uma noção geral do que rolou. Logan não responde de imediato — o que é razoável, já que é muita coisa para processar —, e eu aperto o celular de tanto nervoso. Tomara que eu não tenha exagerado.

> Me dá o endereço deles para eu ir lá ter uma palavrinha.

Dou risada e me encosto na cabeceira da cama.

> Obrigada, mas acho que é uma má ideia.

Eles deviam ter pensado nisso antes de mexer com você. É muito escroto, Quinn. Você não devia ter que lidar com nada disso.

Não quero passar a vida evitando todo mundo, nem com medo deles.

Quero conversar mais, mas, se demorar no banheiro, minha mãe vai achar que estou com caganeira.

Dou outra risada.

Tranquilo, mando mensagem amanhã.

Dá um pulo na sorveteria. Peguei um turno na sexta, e meu intervalo é às 17h. Diz pros seus pais que vai comprar sorvete pra sua avó.

Não dá para negar o arrepio de entusiasmo que me percorre diante dessa ideia. Também não dá para negar a preocupação que sinto ao pensar se encontrar com Logan depois da aula significa ultrapassar alguma linha invisível de amizade. Só que é só para tomar sorvete, e não vamos passar tanto tempo juntos — quinze minutos, no máximo.

Ok, combinado.

Mal aguento esperar as horas de sexta passarem. Quando finalmente abro a porta da sorveteria e vejo o sorriso de Logan, eu relaxo.

— Vou fazer meu intervalo — avisa Logan para alguém que não vejo daqui, e sai de trás do balcão com dois potes de sorvete.

Sentamos no canto dos fundos, que não é bem escondido, considerando o espaço apertado, e eu sorrio para meu sorvete de chocolate com manteiga de amendoim.

— Você lembrou.

— Não, só adivinhei, porque é o sabor mais popular — responde ele, mas o brilho de humor no olhar me indica que é piada.

Eu pego a colher e aponto para o sorvete dele.

— Então não era sarcasmo no seu crachá? Você gosta mesmo de chocomenta?

— Quem seria sarcástico com sorvete? — pergunta ele, comendo uma colherada. — Essa é a combinação dos sonhos. Menta refrescante e chocolate amargo e saboroso? O melhor dos mundos.

— Só tem uma combinação de sabores que vale a pena, e é essa aqui na minha frente — respondo, comendo uma colherada cheia.

— Consigo pensar em outras combinações do meu gosto — diz ele, e inclina a cabeça. — E aí, o que está sentindo com isso da Paige?

Eu suspiro. Sei que não vim para flertar brigando por sorvete, mas é muito mais divertido do que falar da minha ex-amiga.

— Sei lá. Na maior parte do tempo, eu consigo me convencer de que é tudo coisa da minha cabeça, mas aí eu fico com medo de eles darem um jeito de estragar nosso jogo.

— Como eles fariam isso?

— Sei lá. E se... — digo, balançando a cabeça. — Eles podem dizer alguma coisa e fazer vocês ficarem contra mim.

Ele levanta as sobrancelhas.

— Tá, *disso* você não precisa ter medo.

— Não?

— Posso falar em nome de todos e dizer que a gente não dá a mínima para esse pessoal. Não tem nada que eles possam dizer que mude o que eu sinto por você.

Meu coração bate mais forte.

— Você talvez seja meio parcial.

— Talvez — diz ele, sorrindo. — Mas não faz diferença. Os outros também são. Nada que Paige, Caden ou sei lá quem disser tem qualquer poder sobre nós. E não deveria ter poder sobre você também.

Como uma colherada de sorvete e concordo com a cabeça. Ele está certo, sem dúvida. É tudo coisa do passado, e é onde essa história deve ficar.

— Obrigada. É bom falar disso. Ah... — digo, e tiro a capa dele da bolsa que trouxe comigo. — Quase esqueci.

— Não precisava. Fica melhor em você, de qualquer jeito.

O olhar dele me esquenta. É muito fácil voltar à lembrança de quando ele me enrolou na capa para me aquecer. A expressão de Logan me faz cogitar se ele também está pensando nesse mesmo momento.

— Tenho que voltar ao trabalho antes do sr. Avery reclamar.

Termino meu sorvete e me levanto. Fico triste de ir embora, mas, no geral, estou mais contente agora. E verei Logan e o resto do grupo amanhã para nosso jogo, o que é mais um motivo para me animar. Logan sai comigo e paramos os dois na porta. A tensão entre nós é tão forte que sinto que vou explodir.

— Então... só para saber, sua opinião mudou desde segunda? — pergunta ele. — São nossos amigos. Aposto que a gente consegue fazer eles entenderem.

Mordo o lábio e olho para o chão. Talvez entendam... ou talvez fiquem com raiva porque estamos guardando segredo e quebrando uma das regras cuidadosamente selecionadas com as quais concordamos para manter o grupo unido.

— Se a gente fizer isso... não tem mais volta.

— É verdade. E a gente não precisa dizer nada, se você não estiver pronta — diz ele, fitando meu rosto. — Enquanto isso, vou tentar me acostumar a ver você morder o lábio sem ficar desejando que fosse eu a fazer isso.

O fogo me inunda ao ouvir essas palavras. A situação é *insuportável*.

— E se a gente jogar um verde amanhã depois do jogo? — pergunto. — Dá para puxar o assunto de modo bem geral, sentir o que eles acham. Torcer para que não se incomodem.

— Bom plano.

Meu peito dói com a vontade traidora de Logan dar um passo em frente e me beijar. Afasto o sentimento e balanço a cabeça.

— E se eles não curtirem a ideia? — questiono.

— Então acho que é bom eu me acostumar com o sofrimento.

Capítulo Vinte e Dois

Minha família precisou de seis semanas para arrumar a mudança, mas finalmente a casa está organizada o bastante para que eu não me envergonhe de convidar alguém. Chamei Kashvi e Sloane para virem aqui antes do jogo de sábado, porque sabia que ficaríamos só nós em casa. Meus pais vão passar a manhã com minha avó, e Andrew tem treino o dia todo, o que é perfeito, porque aí não preciso me preocupar com ele dar em cima da Kashvi o tempo inteiro que ela estiver aqui.

Sloane se enroscou no sofá para fazer crochê. Está usando a calça jeans escura de sempre, com camiseta, mas começou a experimentar um novo formato de chapéu — chapéus que parecem frutas. O de limão é uma fofura, e já pedi o de morango.

Kashvi e eu estamos no chão, ao redor da mesinha de centro, onde espalhamos miçangas e dados. Estou com a calça bordada de novo, porque é mais confortável para sentar no chão, e o tempo finalmente esquentou para eu usar uma das minhas camisetas prediletas — preta com estampa dourada de cogumelos e fases da lua.

— Sanjiv ficou triste de não vir? — pergunto, enfileirando algumas miçangas laranja para uma pulseira.

— Nem um pouco. Ele está aproveitando para dormir — responde Kashvi, abrindo um sorrisinho. — E já furamos muitos dados, então ele nem tem o que fazer.

— Quantas bijuterias vocês ainda precisam fazer? — pergunta Sloane.

— Pergunte pra Quinn — responde Kashvi. — Depende inteiramente de quantas peças ela decidir guardar só para ela.

Ela levanta uma sobrancelha na minha direção.

Eu abaixo a cabeça, envergonhada.

— Desculpa! É que o colar de quartzo rosa e dados iridescentes era bonito demais para vender!

— E os brincos de d20? E essas três pulseiras combinando? — insiste Kashvi, apontando para o meu braço.

— Tá bom, tá bom. Vou parar! Prometo que vou parar... é só você parar de fazer coisas tão fofas!

— Impossível. Ah! — exclama Kashvi, largando o alicate para bater palmas. — Nem acredito que esqueci. Olha só o que eu achei! — Ela revira a bolsa e tira um saquinho plástico com um floreio. É tão pequeno que preciso me esticar para ver melhor. — São dados de *halfling*.

Dou um gritinho e pego os dados, estendendo para Sloane também ver. São os dadinhos em miniatura mais fofos que eu já vi. São roxos com números dourados, e menores do que as unhas da minha mão.

— Aaah! Kashvi, que perfeito!

— Né? Não que eu não ame o que a gente tem feito, mas esses abrem muitas possibilidades que não temos com os dados normais.

Faço uma dancinha, ou seja, basicamente esfrego a bunda no piso.

Sloane ri.

— Eu adoro dados, não me leve a mal, mas esse grau de entusiasmo é exagero até para mim.

— Mas... — diz Kashvi, apontando para mim. — Você não pode ficar com todas as peças feitas com os minidados.

Sei que a gente deu sorte vendendo isso no brechó do centro, mas vamos acabar no prejuízo se ficarmos guardando tudo.

— Ok — digo, olhando para o meu braço, onde uso boa parte da nossa mercadoria. — É tudo lindo mesmo.

— Duas pessoas me pararam no evento de gibi outro dia para elogiar — diz Kashvi, e volta a trabalhar. — Pensei que poderíamos voltar naquela loja para ver se aceitam vender nossas coisas por consignação. Assim, fechamos três lojas.

— É boa ideia, sim.

No entanto, não consigo me animar tanto. Sei que é extremamente improvável encontrar Paige ou Caden por lá outra vez, mas não chega a ser impossível.

— Como você está agora com tudo que rolou? — pergunta Kashvi.

— O que rolou? — pergunta Sloane, abaixando o novelo e a agulha de crochê. — Ouvi falar que você encontrou alguém da sua antiga escola, mas não peguei a história completa.

Suspiro. Eu deveria ter escrito uma declaração formal e enviado para o grupo, em vez de regurgitar essas lembranças horríveis toda vez.

— Dei de cara com minha ex-melhor amiga lá. Ela fez uns comentários bem desagradáveis sobre a minha fantasia e...

Não quero repetir o resto do que ela disse. Que eu era responsável por estragar o antigo grupo, e que estragaria o novo também.

— Ela disse que duvidava que eu conseguisse fazer novas amizades aqui — acrescento.

— Sorte dela eu não estar por perto — diz Kashvi, com a expressão feroz. — Ela ia ficar encolhidinha em um canto quando eu acabasse com ela.

— Eu também queria dizer muita coisa, mas foi só me encontrar com ela que tudo sumiu da minha cabeça.

— É sempre assim — diz Sloane. — Tomara que ela não tenha estragado o passeio para você. Você estava mesmo parecendo meio abalada.

Sloane definitivamente é a pessoa mais quieta do grupo, mas nem por isso deixa de perceber mais do que qualquer um poderia imaginar. Ainda lembro como observou Logan no instante em que ele me viu fantasiada. Fico me perguntando o que mais Sloane notou.

Eu balanço a cabeça.

— Não, eu me diverti. Foi ótimo.

— Que bom — diz Sloane, e volta ao crochê.

— Essa garota não entende de nada se achou que você não faria amizades aqui — acrescenta Kashvi, pegando o alicate outra vez. — Agora, vamos trabalhar. A gente tem que fazer pelo menos vinte pulseiras e dez colares para o estoque das lojas nesta semana.

Eu me concentro na pulseira, torcendo para Sloane e Kashvi ainda me apoiarem depois de ouvir o que eu e Logan temos a dizer.

— Quinn! — exclama Sanjiv quando eu entro no porão mais tarde, com Sloane e Kashvi. — Quem é seu Homem-Aranha predileto? Estamos em uma discussão.

— O do Tom Holland, óbvio — digo imediatamente, deixando a bolsa no meu lugar. — Mas pelo menos metade da preferência é por causa da Zendaya.

Mark bufa.

— Mas você já viu a dancinha do Toby Maguire?

— Nada disso, a resposta correta é Miles Morales, e eu não aceito discussão — argumenta Sloane.

Respiro fundo e me permito olhar para Logan. Ele me encara de volta, e meu corpo arde de calor. Tudo que quase aconteceu entre nós dois aparece na minha mente, e eu vejo tais lembranças refletidas em seu olhar. Não sei como vou sentar à mesa com ele e fingir que está tudo normal.

— Todo mundo pronto? — pergunta Sloane, e as conversas paralelas e o lanche param imediatamente.

Agradeço por ter uma distração. Infelizmente, Sloane não parece tão feliz quanto sua postura normal no começo da sessão. Normalmente, vibra de empolgação, mas, em vez disso, está olhando feio para a tela do notebook, como se o aparelho fosse ofensivo.

— Boas-vindas a nossos fiéis espectadores — diz Sloane, e eu volto a atenção para a ponta da mesa. — Somos *Unidos, venceremos*. Se for sua primeira vez no nosso canal, eu sou Sloane, Mestre da mesa, e também temos... — Elu aponta para a direita, e apresenta rapidamente cada jogador. — E, por fim, nossa adição mais recente ao grupo, Quinn, no papel de Nasria, uma anã da colina feiticeira intrépida e meio ranzinza. É um prazer jogar com ela toda semana. Falo em nome de todos quando digo como estamos nos divertindo agora que ela entrou para o grupo.

Eu pisco aturdida e olho ao redor da mesa. Ué? Os outros concordam com gestos entusiasmados, mas tem alguma coisa... esquisita. Por que Sloane mencionaria isso do nada?

— Hum, obrigada, pessoal. Estou adorando, e muito feliz de estar aqui.

Sloane repuxa a boca em uma linha fina antes de começar o resumo habitual do que aconteceu na última sessão, para qualquer espectador que perdeu o jogo, ou que está aparecendo pela primeira vez. Tento me concentrar no que elu diz. É mais fácil mergulhar nesse mundo e nessa personagem se eu afastar da cabeça o mundo real, mas está difícil. Entre a preocupação constante da futura conversa sobre namoro com o grupo e o comportamento estranho de Sloane, estou meio nervosa. Quero interromper e perguntar o que aconteceu, mas conheço as regras. Só podemos falar do jogo, e todo o resto precisa esperar até o fim da transmissão.

— Como lembrete para o público — continua Sloane —, na última sessão, a *party* fez um acordo com o rei Thalun para caçar e matar o dragão que assola suas terras. Até agora, eles exploraram o vilarejo para descobrir mais coisas sobre o dragão, mas não conseguiram persuadir nenhum aldeão a ajudar com a tarefa. Vocês agora decidiram vasculhar a mata ao redor do reino, em busca de pistas sobre a morada do dragão.

— Sem mais informações, não sei como encontraremos o covil do dragão. Podemos passar semanas procurando — reclama Logan, com o sotaque birrento de Adris.

Eu afasto os outros pensamentos para me concentrar no jogo.

— Aposto que agora você bem queria que eu tivesse escolhido ser patrulheira.

Logan ri antes de forçar a boca em uma expressão mais séria, imitando o personagem elfo.

— Fico muito feliz de ter uma feiticeira no grupo, mesmo que rastrear não seja uma das suas habilidades.

— Ajudarei no que for possível.

— Todo mundo que está procurando tem que rolar percepção para mim — diz Sloane.

Kashvi é quem rola o número mais alto: 15.

— Ok, Lasla, ao entrar na clareira, você descobre uma massa ensanguentada e destruída na sua frente. Também encontra arranhões compridos e fundos no tronco de uma árvore. Ao longe, o piso da floresta foi esmagado, e outras árvores menores foram derrubadas. Um brilho prateado lampeja ao longe.

— Devemos fazer *muito* silêncio — adverte Logan.

— O brilho pode ser de água? — pergunta Kashvi.

— Duvido que seja um oásis — responde Sanjiv.

— Lasla, pode nos levar até lá para vermos melhor? — peço para Kashvi.

Sloane faz uma pausa, claramente estendendo o suspense.

— Quando se aproximam, vocês encontram um objeto caído no chão. É um disco achatado, do tamanho da cabeça de vocês, e ovalado. Duro como uma pedra.

— Uma escama de dragão — alguns de nós dizemos em uníssono, como se ensaiado, e nos entreolhamos, nervosos.

— Melhor irmos embora — digo ao grupo. — É um sinal bem claro de que o dragão está por perto, mas não temos capacidade de enfrentá-lo agora.

Sloane agarra a mesa e dá um chacoalhão. Nós todos pulamos.

— De repente, o chão começa a tremer. As árvores balançam, e os pássaros levantam voo de uma só vez. Um dragão prateado enorme aparece diante de vocês.

— Ih, ferrou — solta Sanjiv, rouco.

— Escondam-se! — grita Kashvi.

— Tem onde a gente se esconder? — pergunta Mark para Sloane.

— Não existem muitas opções, mas vocês podem tentar se esconder atrás de um aglomerado de árvores. Só que todo mundo precisa rolar um teste de furtividade.

Todos nós conseguimos nos esconder atrás das árvores. Sanjiv balança a cabeça.

— O que a gente faz? Nem no nível 4 vejo como encarar um dragão e sair com vida.

— E se você tentar falar com os animais da vizinhança? — sugere Mark. — Talvez a gente consiga reunir aliados animais suficientes para nos ajudar?

Kashvi concorda.

— E, se escaparmos, podemos encontrar alguém que mora aqui perto e sofreu perdas com o dragão... Essas pessoas podem juntar forças conosco.

— Hum... e se a gente só falar com ele? — sugiro.

Todos me encaram, boquiabertos.

— Um passo em falso, e esse dragão vai te dizimar, Nasria — diz Kashvi. — Adoraria outra batalha, mas prefiro aquelas das quais saímos todos vivos.

— Talvez eu tenha me mijado um pouquinho, mas acho que o dragão não vai notar — comenta Mark, fazendo todo mundo cair na risada.

— Dragões têm um olfato impressionante, então talvez repare — diz Logan.

— Dragões também são inteligentes — argumento. — Conseguem conversar. Por que não tentamos descobrir o que ele quer, ou se tem algum modo de convencê-lo a mudar de área? Se der errado, podemos nos concentrar em reunir aliados e matá-lo.

— A não ser que ele faça churrasquinho de você assim que abrir a boca — diz Sanjiv.

Franzo a testa.

— Vocês não acham que tem alguma coisa esquisita nessa história? Sei que sou naturalmente desconfiada, mas não confio no rei. Ele está mentindo sobre alguma coisa, e quero saber o que é. É muito possível que o rei esteja tentando nos matar.

— Sabe — diz Sloane, com a voz grave e rouca para imitar um dragão. — Eu não sou cego. Enxergo vocês escondidos atrás dessas árvores como covardes.

Todos ficamos paralisados, como se realmente estivéssemos na frente de um dragão, em vez de em um porão no interior de Ohio.

— Vixe, acho que o teste de furtividade foi para o saco — cochicha Sanjiv.

— Adris — digo em voz baixa, virando-me para Logan. — Pode ir comigo conversar com o dragão?

— Por que eu?

— Você é o mais charmoso e persuasivo do grupo, não é? Não sei se é a melhor coisa deixar apenas a anã resmungona conversar com a criatura capaz de nos matar em dois nanossegundos — digo, com um sorrisinho. — E você não disse que confiaria a vida a mim?

A expressão dele fica mais calorosa e, dessa vez, sei que não é apenas Adris que está me olhando dessa forma.

— Não sabia que o comentário seria posto à prova tão rápido, mas não sou de voltar atrás. Está bem, conversemos educadamente com o dragão.

A sessão termina em uma reviravolta divertida: o dragão faz uma contraproposta para nos juntarmos a ele e derrubarmos o rei. O grupo ainda não decidiu o que fazer — ainda mais porque dois personagens teriam que trair o próprio pai —, mas a revelação nos mantém concentrados durante o jogo. Entretanto, é difícil ficar inteiramente absorta quando Sloane está agindo de um jeito tão estranho.

Assim que a transmissão acaba, Logan se vira para Sloane.
— Tudo bem aí?

Parece que não fui a única a notar.

— Sério — diz Sanjiv —, sei que dizem que é para temer o sorriso de um Mestre, mas sua cara raivosa é de botar medo. Cheguei a achar que você ia fazer o dragão matar a gente na hora.

Sloane se recosta na cadeira e passa a mão pelo cabelo.

— A boa notícia é que tivemos mais espectadores nas últimas semanas do que tivemos desde o final da última campanha. Chegamos a cinquenta e cinco. Só que…

Elu me olha e eu retorço as mãos, preocupada. Eu fiz alguma coisa para estragar o jogo? Outra ideia me ocorre: será que meu medo de Paige e Caden estava justificado? Olho de relance para Logan, mesmo que ele seja a última pessoa que eu deva procurar agora.

Kashvi se endireita.

— O que rolou?

— Tem *trolls* no chat.

Kashvi revira os olhos.

— Ah, tá. A surpresa é só terem demorado tanto para encontrar a gente. Estão falando o quê? Criticando nosso talento? — pergunta ela, e me olha de soslaio. — Ou só estão irritados por garotas adolescentes jogarem D&D?

— Pode ser isso, em parte.

Esperamos Sloane dizer mais, mas elu só balança a cabeça.

— E aí, estão dizendo o quê? — pergunta Mark.

Sloane dá um suspiro pesado.

— Eles não parecem ser seus maiores fãs, Quinn.

Meu coração fica apertado. Tenho um péssimo pressentimento.

— Dá para saber quem são?

— Não reconheço os nomes de usuário — diz Sloane, e cruza os braços. — Deixem isso pra lá. Desculpa por ter deixado isso afetar o jogo. Foi falta de profissionalismo.

— Não, eu quero saber o que eles disseram.

Elu suspira.

— Eles não merecem um segundo do seu tempo, mas... falaram principalmente do seu jogo. Que a sua interpretação é preguiçosa, e que eles não gostaram da personagem. E mais uns comentários idiotas.

— Eles não fazem ideia do que estão dizendo — diz Logan, bufando. — Dá para bloquear?

— Não sei, nunca precisei bloquear ninguém, mas deve dar. Vou descobrir como faz.

Kashvi toca meu braço.

— Não dá bola, Quinn. Você está sendo sensacional na campanha.

Abro um sorriso para ela, mas estou com os olhos cheios d'água.

— Isso já aconteceu no grupo?

Todo mundo se entreolha, sem jeito, e a resposta fica óbvia.

— Posso ver os comentários? — peço.

Sloane hesita.

— Isso é má ideia. Tem um motivo para todo mundo mandar não ler os comentários.

No entanto, eu já me levantei. Sei que Sloane fala a verdade sobre isso ser péssima ideia, mas quero ver se reconheço os nomes ou se são mesmo pessoas aleatórias me zoando. As duas opções são horríveis. Paro atrás de Sloane e volto pelo chat. Não são muitos comentários, então é fácil encontrar os negativos.

@Tr_xp50: Até tem coisa legal, mas a anã é a parte fraca.
@dicehaven: A anã é a piorzinha.

Subo até o começo do chat.

@PLynn_: CUIDADO com essa anã. Ela é Veneno de D&D.
@Guerreiro_CM64: Estou vendo que ela arranjou outro grupo para destruir. Boa sorte pra vocês.

Prendo a respiração e recuo. Olho para Logan, que se levanta em um pulo. Ele dá a volta na mesa para ler por trás de mim.

— Acho melhor a gente… — começa Sloane, mas é tarde demais, e ele já viu.

Ele solta um rosnado furioso, arranhando o fundo da garganta.

— Mas que porr…

— Não são *trolls* — sussurro para ele, mais lágrimas ameaçando subir, e ele fecha a cara ao entender.

Ele pega minha mão, mas eu me desvencilho. Não preciso que o grupo nos descubra bem na hora de ler comentários me acusando de ser uma assassina de grupos de amigos.

Kashvi afasta a cadeira, também prestes a se levantar, e Mark e Sanjiv se esticam, agitados.

— O que rolou? — pergunta Sanjiv.

Todo mundo me encara. Não é difícil interpretar os nomes. @Guerreiro_CM64 é Caden, sem dúvida. Guerreiro é a classe com a qual prefere jogar, CM são as iniciais e 64, seu número predileto. Ele nem tentou ser criativo ou discreto. O segundo nome de Paige é Lynn, então é fácil saber quem é @PLynn_. Os outros são menos óbvios, mas aposto que @Tr_xp50 é Travis, e @dicehaven é Makayla.

Logan dá um passo para a frente, como se pudesse me proteger, mas eu dou a volta na mesa.

— Os *trolls* são um pessoal da minha escola antiga. Com quem eu jogava antes.

Mark e Sanjiv arregalam os olhos, já que não sabem da história, enquanto os outros parecem tristes. Atualizo os dois resumidamente, rezando para *nunca* mais precisar contar essa história outra vez. Fico tentada a resumir mais, mas repito todos os detalhes, inclusive que Caden e eu flertávamos durante os jogos e que todos se voltaram contra mim.

— Quando esbarrei com Paige na semana passada, acabei falando que estava jogando com um grupo que faz *lives*. Estava com medo de isso acontecer, mas me surpreende eles terem feito esse esforço todo — digo, afastando do rosto minha franja rebelde. — Foi mal por trazer essa energia negativa para o grupo.

— *Não* se desculpe — diz Sloane, firme. — Esses comentários obviamente vêm de um ex impotente e amargurado e dos capangas dele.

— Ele mal chega a ser um ex. Mas ele é definitivamente amargurado.

— Que bom que você se livrou desse grupo tóxico — diz Kashvi, com os olhos brilhando, furiosos.

Mark toma um gole dos dois litros de refrigerante.

— Eles só estão com inveja porque esse grupo nunca vai ser tão maravilhoso quanto o nosso. Ignore os comentários.

— Exatamente. E não precisa se preocupar com nada disso acontecendo aqui — garante Sanjiv, e olha para Mark e Logan em busca de confirmação. — É exatamente por isso que a gente estruturou o grupo dessa forma, para nada disso ser problema.

Mark arrota, como se isso finalizasse o argumento.

— Adoro não ligar para como preciso agir ou me arrumar na frente de vocês. Não fico querendo impressionar ninguém.

— Que bom, porque não impressiona mesmo — diz Kashvi, e todo mundo ri. — Mas concordo que gosto que essa parte da vida seja simples.

O olhar de Logan queima sobre meu rosto. Sinto como se ele me tocasse, mas não posso retribuir.

— Sei lá — digo, com a voz fraca. — Acabou que Caden era um lixo, mas não é sempre assim. Só dei azar com ele.

— Sei lá, esse aqui às vezes é podre — brinca Kashvi, sacudindo o braço do irmão, que resmunga em resposta.

— O importante é que no nosso grupo todo mundo fica à vontade para curtir e jogar sem timidez — diz Logan, e eu remexo na pulseira de dado para não olhar para ele. — Não importa se as pessoas namoram ou são amigas… o fim de qualquer relação pode ser difícil.

— Pode até ser, mas namoro *sempre* piora tudo. Tanto sentimento, hormônio e ciúme — argumenta Sloane, revirando os olhos de nojo.

— Graças a Deus, a gente não precisa se preocupar com essa questão. Estou com fome — diz Sanjiv, e afasta a cadeira da mesa, dando um ponto-final à conversa. — Quinn, deixa pra lá.

Mark se levanta, e Kashvi o acompanha. Eles voltam a falar de Homem-Aranha como se fosse o assunto mais importante do mundo, e eu olho ao redor da mesa, ansiosa. Foi só isso? Acabou a conversa?

Quero dizer tantas outras coisas — dar tantos argumentos pelos quais namorar alguém do grupo não precisa ser um desastre —, mas eles passaram para outra. Os comentários do chat parecem ter convencido o grupo ainda mais de que a posição original estava correta. Caden e Paige não podiam escolher um momento pior para reaparecerem na minha vida.

— Estou nostálgico — anuncia Sanjiv. — Quem quer jogar *Mario Kart*?

Mark solta um grito animado e empurra a cadeira com tanta força que a derruba.

— Calma aí, campeão — diz Sloane. — E deixem um controle para mim.

Eu finalmente me permito olhar para Logan, e vejo que ele já está me encarando. Ele tensiona a mandíbula.

— Você tem que ir? — pergunta ele, baixinho.

Sei que ele quer conversar, mas não temos mais nada a dizer. Eu quero Logan, mas não posso abrir mão desse grupo. E quanto mais falar disso, mais vai doer.

— Melhor eu ir para casa.
— Eu te levo.
— Eu vim de carro — respondo. — Mas obrigada.

Pego minhas coisas rápido e enfio tudo na bolsa. Preciso ir embora e passar algumas horas apodrecendo o cérebro com algum reality.

Eu me despeço rapidamente e subo a escada pulando degraus. Passos correm atrás de mim quando chego ao térreo, e eu crio coragem de me virar.

— Não tem mais...

Mas não é Logan atrás de mim; é Kashvi.

— Ei, a gente pode conversar rapidinho antes de você ir? — pede ela.

— Hum, claro.

Ela me puxa para a sala que, por sorte, está vazia.

— Tudo bem? Você saiu correndo do porão.

Fico tentada a vomitar todas as palavras sobre a situação com Logan. Kashvi tem sido ótima, e não merece uma amiga que não está sendo completamente sincera. Só que tenho tanto medo da reação dela que não quero dizer nada. Em vez disso, abro um sorriso e respondo:

— Tudo certo. Só fiquei meio abalada.

— Eu fico tão feliz de ter conhecido você. Eu amo os outros — diz, abaixando a voz —, mas ficou muito melhor com você aqui.

Ela me abraça bem apertado, e eu retribuo, agradecida por ela não ver meu rosto.

Capítulo Vinte e Três

Quando volto para casa, está tudo quieto e vazio. Fico agradecida por ter tempo só para mim. Dou uma xeretada na cozinha, avaliando o que eu gostaria de lanchar, até decidir que não estou com fome. A conversa do jogo ainda dá voltas na minha cabeça, e estou com o estômago embrulhado demais para comer.

A campainha toca, mas eu ignoro. Meus pais mal abrem a porta, e eu definitivamente não vou falar com um desconhecido sobre novos planos de internet. Em vez disso, pego o celular e subo para o quarto. No meio do caminho, o celular vibra com uma mensagem.

Logan:

Estou na porta.

Meu coração vai parar na boca. Ele está aqui? Quase não quero vê-lo, mas mesmo assim desço as escadas voando.

Encontro Logan encostado na porta. Dou um passo para trás para ele entrar, encarando-o de cima a baixo, mesmo sabendo que deveria parar. Especialmente depois dessa última conversa, preciso tomar cuidado com minha reação a ele, mas não consigo conter meu coração acelerado quando ele encontra meu olhar.

Logan olha ao redor.

— Sua casa é bonita. Eu nem diria que vocês acabaram de se mudar.

— Meus pais fizeram o maior esforço depois de chegar. Está melhorando.

— Eles estão em casa?

— Não. Estou sozinha — digo, entrando mais em casa. — Eles devem estar com minha avó. Ainda estão tentando convencer ela a se mudar, então marcaram uma visita a um condomínio para aposentados.

Como ele não vem atrás de mim, dou uma olhada para trás e vejo que ele continua quieto e parado na entrada da cozinha. Logan engole em seco, e meu olhar acompanha o movimento do pomo de adão. O peso de saber que estamos sozinhos em casa deixa minha pele quente e incômoda. Nós dois sempre acabamos em situações do tipo.

Bom, para ser sincera, nós é que nos metemos nelas.

Eu balanço um pouco.

— Tá... o que você veio fazer aqui, Logan?

Ele tira o gorro e passa a mão pelo cabelo. Queria que meu cabelo ficasse assim depois de usar o chapéu de Sloane. Sempre fica lambido, com *frizz*, mas o dele cai em ondas suaves e perfeitas ao redor dos olhos.

— Não sei bem — diz. — Estava a caminho de casa, mas não conseguia parar de pensar no jogo e, tá, quis vir falar com você. Como você está se sentindo?

Eu me apoio na bancada.

— Assim, não estou ótima. Certamente não foi como a gente esperava que a conversa acontecesse.

Ele faz uma careta e chega mais perto.

— Não foi, mesmo. Estava torcendo para eles serem mais flexíveis.

Dou de ombros.

— A coisa do chat aconteceu na hora errada.

Ele tensiona a expressão de raiva.

— Se eu der de cara com Caden...

— Você não vai fazer nada — digo, espalmando a mão no peito dele. — Ele não vale o esforço. É só amargurado. Nem adianta conversar.

— Não tenho intenção nenhuma de conversar. Mas estou considerando outras opções.

Eu balanço a cabeça, mas, em segredo, amo que ele fique com raiva por mim. Gosto desse lado protetor de Logan, apesar de saber que só dificulta o resto.

— Você soube imediatamente que não ia dar certo com ele? Ou demorou para perceber?

— Imediatamente... no meio do encontro, já me bateu a sensação. E, no final, eu tinha certeza de que não tinha futuro.

— Como você descobriu tão rápido?

Mordo a bochecha, ponderando o que dizer. Contei muito sobre Caden, mas não esse detalhe. Não é exatamente a conversa que quero ter com Logan agora, mas, considerando tudo que está acontecendo, acho que ele merece saber.

— Porque a gente se beijou e eu não senti nada.

Logan mexe o queixo e assente com a cabeça, seco.

Abro um sorriso, surpresa com a reação.

— Que cara é essa?

— Nada.

— Está com ciúme?

Ele olha para mim.

— Você me culparia se eu estivesse?

— Sério, não tem nada que mereça ciúme. É meio essa a questão.

— Ele saiu com você — diz Logan, chegando mais perto. — Beijou você. Eu diria que tem muita coisa que merece meu ciúme.

— Bom, se for para você sentir ciúme, eu também posso — digo, levantando o queixo, tão perto dele que estou praticamente vibrando. — Nem adianta fingir que nunca beijou outra menina.

De repente, ele envolve minha cintura com as mãos e me levanta até eu estar sentada na bancada. Ele para entre as minhas pernas, deixando milímetros de distância.

— Faz muito tempo que não beijo ninguém. E não tenho a intenção de mudar isso.

— Com ninguém? — sussurro.

Ele ajeita uma mecha de cabelo atrás da minha orelha.

— Só com você.

Meu coração decola por um instante antes de desabar.

— Logan, você sabe que é impossível. Eu quero...

Olho para o rosto dele e engulo em seco antes de continuar:

— Quero *isso*, seja lá o que for, mas não quero ser a garota que bota em risco o grupo nem nossas amizades.

— Eu sei — diz ele, apoiando as mãos nos meus joelhos, e uma onda de calor percorre minha coluna. — Também não quero estragar o grupo. Mas não quero abrir mão de você.

Eu balanço a cabeça.

— Impossível — sussurro.

— Não para sempre — diz ele. — Eles vão mudar de ideia. Tenho certeza. É só a gente esperar mais um tempo. Dar uns meses para a campanha, e mencionar o assunto outra vez.

Balanço a cabeça. Uns *meses*? Isso soa como tortura. E, mesmo assim, não há garantia de que o grupo vai mudar de ideia. Algumas pessoas podem superar. Não imagino que Mark vá se incomodar. Só que Sanjiv parece gostar da regra, e Sloane definitivamente gosta. Mordo o lábio, tentando pensar em um argumento que possa convencer todo mundo.

Logan aperta minha coxa.

— O que eu falei sobre morder o lábio na minha frente? Parece até que você *quer* que eu te beije.

Nossa Senhora, esse garoto. Uma palavra dele, e todas as boas intenções saem voando pela janela.

— Parece mesmo, né? — digo, em voz baixa.

Ele chega mais perto — perigosamente perto —, e não tenho forças para me afastar nem o impedir. Tudo dentro de mim quer agarrar o colarinho da camisa de flanela e puxar Logan para mim. Os olhos dele ficam mais escuros, mas ele tensiona a mandíbula, levanta as mãos em sinal de desistência e se afasta.

— Desculpa. Eu não devia ter vindo.

— Fico feliz por você estar aqui.

Ele leva a mão de volta ao meu joelho, com leveza.

— A gente vai dar um jeito — diz, fazendo carinho com o dedo em círculos.

— O que está rolando aqui?

Eu e Logan damos um pulo. Andrew está ao pé da escada, fulminando Logan com o olhar.

— O que você está fazendo em casa? — pergunto, e pulo da bancada.

— O técnico passou mal e cancelou o treino, aí eu voltei mais cedo — diz ele, e levanta a sobrancelha. — Você achou que ia fazer uma farra na casa vazia, é?

Eu reviro os olhos.

— Não que seja da sua conta, mas Logan veio só conversar rapidinho — digo, e indico meu irmão. — Lembra do Andrew?

— E aí, cara? — cumprimenta Logan.

Andrew não retribui.

— Parece mesmo que vocês dois estavam conversando muito — diz meu irmão, com um olhar venenoso para Logan.

O que exatamente está acontecendo aqui? Andrew nunca deu a mínima se eu estava namorando alguém ou não.

Meu irmão se apoia na porta da despensa e cruza os braços.

— Como foi o D&D?

Eu e Logan nos entreolhamos.

— Hum, foi legal.

A expressão dele fica mais severa.

— Eu vi os comentários no chat.

Meu queixo cai. Será que estou tendo um delírio elaborado?

— *Como assim?* — exijo saber.

— Não se faça de idiota. Li o que falaram de você. E agora você vai namorar outro otário do D&D, igual ao último?

Ele olha para Logan com desdém.

— Eu não sou nada parecido com ele — argumenta Logan, mas eu só consigo me concentrar em Andrew.

Eu avanço um passo.

— Como é que você viu os comentários? — pergunto, com um nó no estômago. — Você assistiu à *live*?

— Talvez.

Ele dá de ombros.

— Eu... Você...

Estou perplexa demais para formar palavras. *Andrew* assiste ao nosso jogo? Andrew, que há anos está ocupado demais com a própria vida para sequer passar tempo comigo? Andrew, que nunca perde a oportunidade de zoar meus interesses? O mundo virou do avesso mesmo.

— Por que você veria a *live*? Você odeia D&D. Lembro que uma vez você disse que era um jogo de faz de conta para pessoas sem talento.

Ele ri.

— Eu estava inspirado. Mas, sei lá, estava entediado e curioso. Você comentou do grupo com o papai e a mamãe, então foi fácil de encontrar.

A explicação ainda não faz sentido. Sozinho em casa, ele se divertiria mais com um bilhão de outras coisas. Acho que até é fofo ele querer assistir, mas, acima de tudo, estou desconfiada.

Levo a mão à cintura.

— Bom, sei lá de onde veio essa pose protetora, mas pode parar. Logan é meu amigo.

— Amigo colorido — resmunga ele. — E você achava que seus outros amigos eram legais também...

— Escuta, sei que você não me conhece — interrompe Logan, dando um passo à frente como se achasse que nós dois fôssemos partir para o pescoço um do outro. — Mas todos nós gostamos demais de Quinn para tratar ela daquela forma.

— É, eu vi bem como você *gosta* dela uns segundos atrás. Você faz alguma ideia do que ela aguentou com o último grupo?

Dessa vez, sou eu que tenho que interromper a briga.

— Andrew, *cala a boca*.

Estendo a mão para afastar meu irmão e me viro para Logan.

— Estou bem — garante Logan, antes de eu dizer qualquer coisa.

Para minha surpresa, ele não parece sequer estar com raiva.

— Vou nessa — acrescenta.

Ele acena para Andrew com a cabeça e sai pela porta. Quando a porta se fecha, eu me viro para Andrew.

— O que é que você tem na cabeça? Logan é um cara legal, você não precisava tratar ele desse jeito. Nem como se fosse meu grande protetor, sendo que nós dois sabemos que você não dá a mínima para mim.

— Isso não é verdade — argumenta ele, e pega um Gatorade da geladeira como se fosse um papo casual sobre o clima.

— Isso é novidade para mim.

— Eu gosto daqui — responde ele, como se fizesse algum sentido com o contexto da conversa.

— Hum, e daí?

— O que os seus ex-amigos fizeram mexeu muito com você, e eu não quero me mudar outra vez.

— Do que você está falando? A gente não se mudou por minha causa. A gente se mudou para ajudar a vovó.

— Mas o fato de você estar tão triste certamente motivou nossos pais.

Eu inclino a cabeça. Será? Não senti que alguém deu muita atenção ao que estava acontecendo comigo no fim do ano passado. Nem cheguei a me incomodar muito, porque eu queria ficar distante de tudo.

— Não foi legal morar com você depois que tudo rolou — continua Andrew, curvando os ombros. — Eu não gostava de ver você assim.

Um pouco da acidez no meu peito se abranda. Acho que existem coisas piores do que um irmão mais novo superprotetor. Mesmo que a noção dele pudesse melhorar bastante.

Pego uma Coca Zero da geladeira e passo a mão pelo rosto.

— Obrigada pela preocupação, mas não tem necessidade. Também estou feliz aqui. E esse grupo novo é muito legal.

Ele bufa.

— Você parecia bem interessado na Kashvi antes — acrescento, levantando a sobrancelha.

Ele dá de ombros.

— Ela não conta.

— Hum.

A solução do enigma anterior me ocorre. *Aposto* que foi por isso que Andrew ligou o jogo. Ele não queria me ver; queria ver a Kashvi. Eu quase ficaria impressionada por ele tentar aprender mais sobre os interesses dela se não ficasse inteiramente horrorizada com a ideia do meu irmão mais novo querer pegar minha amiga mais próxima.

— O jogo não foi *tão* chato quanto imaginei que seria — diz ele, a contragosto.

— Você é uma caixinha de surpresas.

Eu olho para Andrew, e uma ideia me ocorre. Ele assistiu à *live*, o que é mais do que eu esperaria. Talvez eu deva me esforçar mais para fazer alguma coisa com ele também.

— Quer tentar fazer alguma coisa um dia desses? — pergunto. — Jogar um pouco de *pickleball* no complexo esportivo? Prometo que você vai acabar comigo.

— Aquele esporte esquisito que a *vovó* joga? Nem pensar. Você não é a pior irmã do mundo, mas tenho limites.

Ele se afasta da bancada e sobe sem olhar para trás.

Bom saber que a simpatia do meu irmãozinho não mudou em nada.

Capítulo Vinte e Quatro

— Nossa, correu tão bem! — diz Kashvi na segunda-feira, voltando para o carro dela.

Não superei o desastre do fim de semana, mas ainda estou feliz de sair com Kashvi outra vez. Hoje fomos levar nossas bijuterias novas — incluindo várias peças com os dados *halfling* — para algumas lojas do centro. Para nossa surpresa, as lojas aceitaram com prazer vender mais das nossas peças em consignação. Comemoramos usando o dinheiro recebido para comprar cafés gelados caros. Não é sinal de responsabilidade financeira, mas o café é uma delícia.

— A gente precisa trabalhar mais, se está tudo esgotando rápido assim — continua Kashvi, prendendo o cinto. — A não ser que você aceite vender algumas das suas peças particulares.

— De jeito nenhum.

Brinco com minhas pulseiras, girando no braço até deixar minhas pedras e dados prediletos alinhados. Essa combinação específica destaca os tons terrosos da saia e, se eu me livrar de alguma pulseira, vai deixar de combinar tanto. Olho para o celular e vejo uma mensagem do Logan.

Tem tempo de passar no meu trabalho? Posso te subornar com sorvete de graça, mas só se for de chocomenta. É hora de eu te conquistar.

Um relâmpago me atravessa. Como se fosse possível Logan me conquistar mais do que já conquistou. Não posso responder agora, então fecho o celular e me viro para Kashvi.

— Que bom que a gente ainda tem um monte dos dados do Logan, vai ajudar — digo.

— Ainda nem acredito que ele deu aquilo tudo para nós duas. Ele sempre foi um cara tão legal. Chega a ser irritante, sinceramente.

— Irritante?

— Não é justo ele ser gato *e* legal. São sempre os caras mais indisponíveis.

Sinto um aperto na garganta e me viro para ela, na esperança da expressão indicar que é brincadeira. Só que ela parece séria.

— Você acha o Logan gato?

— Ah, fala sério — diz ela, e me olha com uma expressão quase incrédula. — Não é nenhum segredo. A não ser que você não goste de garotos lindos.

— Gosto, sim — digo, com a voz fraca, e tomo um gole de café.

— Imaginei. Pode ser sincera, o que você pensou quando viu ele com aquela fantasia para o evento? — pergunta ela, e sorri para mim antes de olhar no retrovisor para dar ré. — Eu tive que secar baba do queixo.

Engulo o café pelo lugar errado e começo a engasgar.

— Eita. — Eu tusso mais algumas vezes. — Hum, eu não sabia que você pensava no Logan desse jeito.

Kashvi pega a estrada e solta um suspiro sonhador.

— Eu penso muito no Logan.

— Você... já falou isso para ele?

Ela dá um pulo no assento.

— Meu Deus, não! — exclama, parecendo horrorizada com a ideia. — É bom ele nunca descobrir. Não é como se eu estivesse planejando fazer alguma coisa. Imagina só?

Sinto uma onda de náusea.

— Pois é. Muito estranho.

— Sei que ele é só meu amigo, já desisti faz tempo. E não estou apaixonada por ele nem nada — diz ela, e sorri para mim. — Mas uns minutinhos no escuro com ele não cairiam mal.

Só de ver minha expressão, ela cai na gargalhada. Ela vira na minha rua.

— Relaxa, Quinn, é só zoeira!

— Só fiquei surpresa — digo, e respiro devagar, tentando me acalmar a ponto da minha voz não fraquejar. — Sabia que você gostava muito dele como amigo, mas disso eu não fazia ideia.

— Que bom, o plano era esse. Eu já te contei que a gente tentou recrutar outra garota da minha turma de francês para o grupo antes da sua mudança, e Sloane expulsou ela? Mark estava a fim dela há anos, e Sloane viu o desastre prestes a acontecer — diz ela, e dá de ombros. — Mas sonhar é de graça.

Ela para na frente da minha casa, e eu pulo do carro antes de Kashvi falar mais uma palavra sobre Logan. Eu me esforço para manter a expressão o mais neutra possível, mas preciso fugir correndo dessa conversa. Achei que a situação com Logan já estava uma bagunça, mas nem se compara a Kashvi gostar dele.

— Te mando mensagem para a gente combinar de fazer mais biju, tá? — diz ela, esticando-se por cima do banco do carona com o sorriso mais brilhante, inteiramente despreocupada. — A gente vai dominar o mundo!

Ela vai embora e minha vista fica embaçada enquanto acompanho o carro dela se afastar, sentindo que levei uma pancada na cabeça. Kashvi gosta do Logan? Kashvi gosta do Logan em segredo esse tempo *todo*? Como é que a situação ainda pode piorar? Reavalio todas as vezes que falamos do Logan. Ela sempre o elogia, dizendo que ele é gentil, legal e educado, mas nunca vi nada além disso. E ela disse que ele era bonito no dia do evento, mas eu estava tão autocentrada que imaginei que fosse só reflexo da minha emoção.

Acho que vou vomitar.

Está acontecendo tudo de novo, como aconteceu com Paige. Kashvi vai me odiar se descobrir o que rolou comigo e com Logan. Vai afetar não só o grupo, mas também nossa amizade. Nada de bijuteria, nada de festa do pijama. Talvez a amizade toda vá para o espaço. Alguma coisa tem que ceder. Não posso perder mais amigos.

Entro em casa e encontro o caos. Andrew está correndo escada abaixo, meu pai, calçando dois pés diferentes de sapato, e minha mãe, olhando feio para o celular.

— Hum, oi? — digo.

Minha mãe levanta o rosto e suspira de alívio.

— *Graças a Deus*, eu estava te ligando agora mesmo. Sua avó levou outro tombo, estamos indo para o hospital.

O resto da noite só piora, se é que é possível. Minha avó levou um tombo no banheiro e não teve forças para se levantar. Por sorte, o celular estava perto e ela conseguiu ligar para o meu pai, torcendo para ele ir ajudar. Para enorme frustração dela, o que ele fez foi chamar a ambulância.

O pronto-socorro nunca é divertido, mas, com uma senhora furiosa que não quer estar ali, a coisa fica ainda mais difícil. Estava com medo do meu pai precisar ser internado no fim, de tanto estresse e cansaço. Por sorte, minha avó não fraturou nada. Achei que o drama estava terminado quando meus pais me deixaram em casa com Andrew na volta, mas parece que eles tiveram uma "conversinha" com ela depois. Terça-feira, acordo com a notícia de que ela aceitou oficialmente se mudar, mas que *não* estava feliz.

Por isso, é a noite de terça, e estamos todos presentes para ver como ela está e começar a arrumar a mudança. Descrever o clima como *desconfortável* chega a ser eufemismo. Sei que meus pais precisam de apoio moral, mas, sinceramente, não consigo manter o foco na família. Assim que soube que minha avó precisava ir ao hospital, mandei mensagem para Logan. Não foi sequer uma decisão consciente. Recebi a notícia, entrei no carro e mandei mensagem como se fosse a coisa mais natural do mundo. Mas será que deveria ser? Eu deveria ter mandado mensagem para o grupo, mas não queria falar com eles todos. Só queria falar com Logan.

É claro que é fácil de racionalizar esse ato — Logan é o único que conviveu com minha avó, então merecia saber por mim, mas sei que vai além disso. Vai *muito* além, e, sabendo que Kashvi também está a fim dele faz tempo, meus pensamentos giram como catavento enquanto tento decidir como resolver isso tudo.

— Isso é o maior exagero — diz vovó, da poltrona. — Vocês não precisam vir todos aqui me mimar.

— Barbara, que tal descansar? — diz minha mãe, com a voz mais leve. — Faço um chá para você, e a gente pode escutar uma música.

Minha avó olha feio para ela.

— Ah, faça-me o favor, vocês só querem que eu fique quieta.

Andrew levanta as sobrancelhas para mim, como quem diz *não discordo*. Eu escondo o sorriso. Essa noite é de "mãos à obra", como diz meu pai, então eu e Andrew tivemos que vir para a casa da vovó depois da aula. Imaginei que Andrew fosse estar emburrado como sempre, mas ele não reclamou de nada. E é bom ter mais alguém ali para aliviar a aporrinhação.

— Eric, não encoste nesse vaso — diz minha avó, irritada. — Comprei em Barcelona e é único.

Meu pai suspira e aperta o nariz.

— Mãe, está tudo certo. Vamos guardar com cuidado tudo que você quiser levar para a casa nova.

Ela bufa.

— Eu só levei um tombo. Aposto que você também já levou um desses. Todo mundo cai de vez em quando!

— Mas, quando você caiu, quase quebrou o quadril — diz Andrew, ajudando horrores.

— Pode parar com essas rimas, rapazinho.

— Andrew não está errado — insiste meu pai. — E você sabe que não é a primeira vez. Você não tem mais o equilíbrio de antes. Quinn contou que você caiu e quebrou pratos quando ela veio...

— Quinn! — exclama vovó, e se vira para mim, boquiaberta. — Não acredito! Achei que fosse um segredo nosso.

— Não combinamos isso — resmungo.

— Não dá para confiar em vocês — declara ela, jogando as mãos para o alto.

— Só queremos que você tenha a melhor vida possível — diz minha mãe. — Eric pesquisou muitas coisas. Você viu como o condomínio de aposentados é excepcional.

— Está falando do asilo de velhos onde todo mundo vai para morrer.

— Mãe, se você me escutasse, acho que veria como pode ser uma coisa boa. Não estamos mandando você lá para morrer, estamos mandando para *viver*.

Eu reprimo a vontade de revirar os olhos. Meu pai parece até um porta-voz contratado.

— Eles têm funcionários de manutenção para consertar na hora tudo que quebrar, imagina como poupa tempo? E tem um prédio comunitário com todo tipo de atividade para os residentes. Noites de jogos, de cinema, aulas de arte. Tem até uma quadra de *pickleball*! — diz meu pai, e aponta para mim. — Ainda dá para jogar *pickleball* com a Quinn.

— Pode mostrar para todo mundo como eu levo uma surra de você.

— Bom, isso seria divertido, até — diz ela, e bufa. — Estão todos merecendo uma surra.

Minha mãe ri baixinho, e vovó parece momentaneamente apaziguada, mas sei que não vai durar. Meu pai está dedicado a isso faz um tempo, mas minha avó vai brigar o tempo todo. Por isso ele queria que eu e Andrew viéssemos começar a empacotar as coisas e separar doações assim que possível. Sorte do papai que ela precisa ficar de repouso, senão estaria correndo atrás dele com a vassoura.

Minha avó toma um gole d'água.

— Sabe, convidei outra pessoa para vir aqui… alguém que com certeza vai me apoiar. Ele deve estar chegando.

Meu pai suspira.

— Por favor, me diga que você não chamou seu advogado.

Porém, desconfio de quem ela está falando. É com um brilho no olhar que ela aponta para mim. *Ah, não.*

— É o amigo da Quinn. Logan.

Meu queixo cai, e os outros se viram para me encarar. Minha avó convidou ele e ele não me contou? Pego o celular só por via das dúvidas, mas não vejo mensagens novas. Aquele traíra. Escolheu minha avó fã de sorvete em vez de mim.

— É o garoto que ajudou a arrumar o sótão? — questiona meu pai.

— Esse mesmo. Ele sempre faz o que eu peço, diferente de *algumas* pessoas.

Vovó assente com a cabeça, confiante.

Ai, meu Jesus amado, Logan está vindo para cá. *Agora.* Com meus pais e meu irmão. Minha avó sabe mesmo se vingar de mim por dedurar.

Capítulo Vinte e Cinco

Dito e feito: a campainha toca em questão de minutos. Largo os livros que estava encaixotando e corro para atender.

— Eu abro!

Puxo a porta e encontro Logan de casaco de inverno, com o gorro de Sloane cobrindo a testa. O clima em Ohio é imprevisível, e hoje está especialmente frio. Ele abre um sorriso torto, e eu derreto como neve ao sol. Ele não deveria ter permissão de causar um efeito desses em mim, sendo que estou tentando ficar irritada.

— O que você veio fazer aqui? — cochicho.

— Barbara pediu — diz ele, simplesmente. — Quando sua avó pede, eu venho.

Reviro os olhos. Ele é fofo demais. Não surpreende que tenha usurpado meu lugar e o de Andrew e virado o neto predileto.

— Além do mais, queria saber como você estava — continua.

Eu balanço a cabeça.

— Agradeço, mas não é hora disso. Está todo mundo aqui empacotando. Tipo, meus *pais* estão aqui. E minha avó está com sede de sangue. Não acho que você deveria conhecer minha família nesse contexto.

— Mas eu trouxe sorvete — diz ele, mostrando uma sacolinha.

— Como você é puxa-saco. Está tentando entrar no testamento, por acaso?

— E *você*, está tentando gastar toda minha futura herança com a conta de aquecedor? — retruca ele, indicando a porta. — Está um gelo aqui fora.

— Tudo bem.

Abro espaço para ele entrar. Tento me concentrar na minha irritação. Irritada, é mais fácil ignorar como Logan fica uma gracinha com o cabelo escapando do gorro. Ou que o carinho dele pela minha avó me derrete por dentro.

Ele pega minha mão e aperta.

— Fico feliz de te ver, apesar da sua hostilidade com a sobremesa.

— Oi? — vem a voz do meu pai da sala, e eu solto a mão dele. Logan se vira quando meu pai chega ao hall.

— Senhor Norton? É um prazer. Eu me chamo Logan.

Logan estende a mão, sorrindo.

Meu pai chega a tropeçar, evidentemente surpreso com a formalidade de Logan. Ele está agindo como se fosse uma entrevista de emprego.

— Oi, prazer também. Soube que minha mãe tem recrutado você para ajudar com a casa.

— Um pouco, sim, mas é um prazer ajudar.

— Bom, ok, agradeço — diz meu pai, olhando de relance para mim. — E você joga com a Quinn?

— Isso, jogamos D&D.

Logan olha para mim, mas dessa vez não tem brilho ali, diferente de quando estávamos a sós. Ele podia estar sorrindo para uma propaganda de sucrilhos meio engraçada na televisão.

— Quinn foi uma ótima adição ao grupo — acrescenta ele.

— Que bom, fico feliz. Bem, foi gentileza sua vir, mas não é necessário, mesmo. Estamos nos virando.

— Claro, não quis interromper — responde Logan, tranquilo, e estende a sacola. — Trouxe sorvete de laranja para Barbara. Sei que é o sabor predileto dela.

— Ouvi falar em sorvete? — pergunta minha mãe, vindo ao nosso encontro. — Nossa, que gesto gentil. — Ela põe a mão no braço do meu pai e acrescenta: — Fico muito feliz por você estar aqui. Ela vai ficar contente de te ver. Entre.

Meu pai fecha um pouco a cara, mas nunca discute com mamãe, e obviamente não vai começar hoje. Eu e Logan seguimos meus pais até a sala. Logan levanta as sobrancelhas para mim, como quem pergunta: *Impressionada?*

— Você é bom nisso, admito — cochicho em resposta.

Minha avó comemora e tenta se levantar assim que Logan entra na sala, mas ele faz sinal para ela ficar sentada.

— Não precisa levantar por mim. Como vai a senhora? Soube que levou um tombo.

— Foi menor do que o que você levou quando tentou jogar *pickleball*.

Ele gargalha, e nós rimos junto.

— E vejo que não vai me deixar esquecer — admite ele. — Trouxe seu sorvete predileto.

Minha avó abre um sorriso largo, destacando todas as rugas. Ela fica linda assim, e sinto um aperto no peito ao ver o efeito que Logan tem nela. O que ele está fazendo comigo? Estou fazendo o que posso para não me apaixonar, e enquanto isso ele traz *sorvete* para minha avó e faz ela sorrir como uma adolescente de novo? Não dá para ganhar essa guerra.

Vovó vira a cabeça para o resto de nós.

— Não vi nenhum de vocês trazer sobremesa. Só caixas vazias.

Nós nos entreolhamos, encabulados.

— Posso sair para comprar alguma coisa? — oferece Andrew.

— Ah, agora não precisa — responde ela, abanando a mão.

— Vamos dar um jeito nele — diz Logan, em tom de cumplicidade. — E estou vendo que deixaram a sala toda bagunçada. Que tal eu tirar algumas das caixas daqui, para não incomodarem tanto?

— Obrigada, meu bem. Pelo menos uma pessoa aqui tem bom senso.

Ela dá um tapinha carinhoso no rosto dele e se acomoda na poltrona.

Logan se vira e dá uma piscadela para mim.

— Quinn, me ajuda a levar umas caixas lá para fora?

— Hum, claro.

Minha mãe me entrega meu casaco, que estava largado no sofá, com um sorrisinho sabe-tudo. Estou ferrada.

Pego uma caixa e levo para a caminhonete do meu pai.

— Então deixa eu entender — digo, alcançando Logan. — Ela não para de reclamar de a gente estar na casa dela, mas aí você aparece, conquista ela com um presente, e convence minha avó de que foi ideia dela tirar tudo da casa? Como isso é possível?

— A resposta é *charme* — diz ele, botando as caixas na caçamba e se aproximando de mim. — Ou não tinha notado?

— Ah, notei, sim — digo em voz baixa.

Voltamos para dentro de casa e pegamos as próximas caixas para levar ao carro. Andrew nos encara com desconfiança, como se achasse que estou me safando por ter a companhia de um amigo para ajudar nossa avó, mas não reclama. Quase espero que meu pai venha nos perseguir, para jogar umas perguntas intimidantes para Logan só por diversão, mas minha avó mantém ele e minha mãe ocupados. E acho que vejo ela dar uma piscadela para Logan quando saímos juntos da casa. Ela está sempre aprontando alguma.

Deixamos as caixas na caminhonete, e Logan me detém antes de voltar.

— Fico feliz de te ver, mesmo que a circunstância seja essa — diz ele, afastando uma mecha de cabelo do meu rosto. — Você está corada de frio. Fica ainda mais bonita do que o normal.

— Logan.

— Pois é, eu sei — diz ele, recuando um passo e ajeitando o gorro. — Eu prometi para mim mesmo que não diria nada hoje. Mas é só te ver que não consigo me segurar.

— Sei como é.

— Sabe? Fico com medo de ser só eu.

O calor fervilhando sob minha pele é prova de que isso não é verdade. Toda vez que nos vemos, o risco aumenta. Tem tanta coisa em jogo. Para o grupo de D&D, sim, e também para mim, pessoalmente. E se eu perder Kashvi por causa disso? Ou se eu decidir namorar Logan e tudo implodir? Se começarmos uma relação séria e der errado, meu coração ficaria em frangalhos. O que sinto por ele, a confiança que já tenho por ele, vai além de qualquer coisa que já senti antes. Não sei se posso me abrir para a possibilidade desse futuro sofrimento.

Mas, talvez, se pararmos agora antes das coisas avançarem, exista alguma chance de preservar o jogo e nossa amizade. Eu dou um grunhido e passo as mãos no rosto.

— Tudo bem? — ele pergunta.

— Não. Sei lá — digo, e balanço a cabeça, sufocada por saber o que precisamos fazer. — A gente não pode continuar assim, Logan. Esse... esse espaço ambíguo, em que não estamos juntos, mas também não é só uma amizade. É difícil demais.

— O que a gente faz em vez disso?

— A gente devia parar de se encontrar.

— Mas e nos sábados? — pergunta ele, e avança um passo, quase como se não conseguisse resistir. — Não dá para nos evitarmos eternamente.

— A gente pode evitar ficar sozinhos — digo. — Só é um problema quando estamos só nós dois.

— Não sei se eu diria que é um *problema*.

Ele levanta a mão e passa o polegar de leve pelo meu queixo. Os dedos dele estão frios, mas não é a razão pelo meu tremor.

— Lá vai você de novo.

Ele olha para o céu.

— É, eu sei. Acho que não consigo parar.

— É disso que estou falando.

Odeio tanto a situação que fico tentada a engolir as palavras e mudar de assunto. Até que lembro de Kashvi e dos comentários que fez sobre Logan, gravados a fogo na minha memória. Como é que ela não se sentiria traída se eu continuasse isso com ele, sabendo que ela gosta dele e não fez nada por lealdade ao grupo? Quero explicar isso tudo para que Logan entenda minha preocupação. O problema é que o segredo de Kashvi não é meu. Não posso contar nada para Logan e trair a confiança da minha amiga.

A lembrança fortalece meus sentimentos como nada mais pode.

— Não devemos mais ficar a sós — declaro, com o mínimo de emoção possível.

— Posso ser sincero?

— Provavelmente é má ideia, mas pode.

— Não vai ser suficiente — diz Logan, olhando para a casa para confirmar que ainda temos privacidade, e abaixa a cabeça, chegando mais perto de mim. — Mesmo que eu não te veja, vou querer falar com você. Quero suas opiniões sobre minha campanha do assassino. Quero dar notícias da Susie Q, que, por sinal, é a maior manipuladora. Minha mãe está comendo na pata dela. Quero ver fotos das suas bijuterias e ter notícias da Barbara.

— Você não precisa se preocupar com isso. Ela vai mandar mensagem para você sem me avisar, e você vai aparecer na casa dela do nada de novo.

— Não consigo dizer não para ela.

— E quando ela mandar a gente para o sótão juntos de novo?

Os olhos dele brilham, e sei que está imaginando o que poderíamos fazer sozinhos lá em cima. Ele suspira.

— Estou começando a entender seu argumento. A gente se meteu numa confusão mesmo, né?

— Uma confusão colossal.

— Então... tudo bem, talvez você esteja certa — diz ele. — Podemos passar um tempo na seca. Nos encontrar para jogar no sábado, e fora isso...

— Nem nos conhecemos.

Nós dois firmamos um acordo silencioso, e eu engulo a tristeza ameaçando me inundar. Sei o motivo de estar fazendo isso, mas não muda o fato de que acabei de perder uma das melhores coisas da minha vida.

Capítulo Vinte e Seis

— É a última — declaro na sexta-feira seguinte, descendo a escada com uma caixa do sótão da minha avó.

Faz dez longos dias desde que eu e Logan decidimos nos afastar (não que eu esteja contando obsessivamente nem nada). Só vi e conversei com ele no jogo de sábado, e mesmo então ele chegou logo antes de começar a *live*, nossos personagens mal interagiram durante a sessão, e eu fui embora assim que acabou. Se os outros sentiram a tensão entre nós dois, não comentaram. Aposto que vai ficar mais fácil com o tempo.

Mais difícil, não tem como ficar.

Pelo menos a mudança da minha avó veio em boa hora, porque agora tenho uma tarefa todos os dias depois da aula. Meus pais nos encontram depois do trabalho para empacotar as coisas e limpar a casa. Até Andrew apareceu algumas vezes. Conseguimos esvaziar o sótão, os armários do segundo andar e os quartos de visita. Ainda tem muita coisa para fazer, mas meu pai espera conseguir arrumar para a venda mês que vem.

Deixo a última caixa na porta e vou verificar como minha avó está no jardim de inverno, onde toma um café e monta um quebra-cabeças 3D, seu último hobby.

— Seu pai vai ficar feliz.

— Você está um pouco mais animada com a mudança para o condomínio? — pergunto, e me sento diante dela.

— Estou normal — diz ela, me olhando com irritação. — É... bonito.

— É muito bonito.

Apesar de a nova casa de vovó não ser grande como essa aqui, é nova, limpa e iluminada. Vamos levar muitas estantes para ela exibir suas coisas, além do máximo de móveis que pudermos. Tem até um canto para ela pintar ou montar quebra-cabeças e uma área externa para tomar o café. Acho mesmo que ela vai ficar feliz lá — mas, antes, vai continuar teimando até chegarmos ao fim inevitável.

— Nunca se sabe o que pode acontecer depois da mudança — digo. — Eu estava com medo de vir para cá e estudar em uma escola nova, muito nervosa mesmo. Mas, às vezes, mudar é uma coisa boa.

Ela assente e olha ao redor do jardim de inverno, que foi completamente esvaziado exceto pelos móveis de vime que estamos usando. Pouco tempo atrás, o espaço estava repleto de tintas e cavaletes, e, antes, de plantas, quando ela teve uma fase de jardineira. Uma onda de tristeza e nostalgia me inunda. Daqui a pouco, outra pessoa vai ser dona dessa casa, e tudo isso ficará relegado à memória distante.

Minhas emoções estão refletidas na expressão dela, mas ela junta as mãos e me olha atentamente.

— Cansei de empacotar e de reclamar. Vamos sair daqui e dar uma volta de carro.

— Uma volta? — repito.

— Isso, uma volta. Vamos nos divertir um pouco... você com certeza já ouviu falar do conceito.

Dou uma risadinha.

— Já ouvi, sim.

Vou com ela até a porta e pego a chave do carro da minha mãe. Minha avó imediatamente pega a chave da minha mão e a deixa na mesa outra vez.

— Não precisa disso. *Eu* vou dirigir.

Ela pega a jaqueta.

Um incômodo aperta meu peito. Alguma coisa no brilho determinado nos olhos de vovó me indica que esse passeio vai ser encrenca.

— Hum... aonde você quer ir? Dar uma volta no centro?

A expressão alegre dela se fecha imediatamente.

— Ainda tenho carteira de motorista, muito obrigada. Se o governo diz que posso dirigir, posso dirigir para onde bem quiser.

— Mas meu pai...

— O que os olhos não veem, o coração não sente — diz ela, e me puxa para sair. — Vem, acho que nós *duas* precisamos de um passeio mais demorado.

Ela está certa, parece mesmo ótimo. Mordo o lábio e ando até a porta do carona. Sei que meus pais não vão ficar felizes de saber que ela dirigiu para além dos caminhos de costume, mas o que é que eu posso fazer? Arrastar minha avó de volta para dentro de casa? Sentar na calçada em protesto até ela mudar de ideia? Só imagino como ela reagiria. Quando vovó está nesse humor, nada consegue detê-la.

— Então, aonde vamos? — pergunto quando ela dá a partida no carro.

— Jim contou de umas lojas incríveis a mais ou menos uma hora daqui, de artesanato Amish. É tudo feito à mão, e tem umas colchas lindas — diz ela, e se vira para mim com um sorriso diabólico. — Pensei em fazermos umas comprinhas, escolher umas coisas e jantar no restaurante por lá. Quero comer a massa com frango que eles fazem.

Embora uma tigela de carboidrato quentinho soe agradável nesse dia frio de primavera — comendo enquanto fico embrulhada em uma colcha grossa —, é um plano horrível. Conhecendo minha avó, ela sabe muito bem disso. Horas de viagem pela estrada rural? Comprar um monte de coisas, sendo que estamos esvaziando a casa? Isso é vovó decidindo ser rebelde. Seria quase fofo se eu não estivesse metida no meio da história.

— Não sei se isso é uma boa ideia. Que tal a gente ver uma daquelas lojinhas do centro? Ou comer lasanha naquele restaurante novo que abriu aqui perto?

Ela me encara por tanto tempo que eu aponto a rua, para ela prestar atenção.

— Você vai ser uma estraga-prazeres e tentar me impedir, ou quer comer uma torta de maçã no restaurante Amish?

Eu bufo.

— Tá, não vou te impedir — digo, me acomodando no banco. — Mas também não vou te defender quando meu pai tiver um piripaque.

— Do seu pai, cuido eu.

O tom de vovó é tão confiante que eu quase esqueço o nervosismo e aproveito a viagem — apesar de a paisagem não estar em seu momento mais bonito. Em breve, a primavera vai chegar de verdade, e podemos esperar grama verde e narcisos, mas, por enquanto, vejo só o céu cinza e as árvores secas, como uma pintura em preto e branco. Os primeiros dez minutos são tranquilos, saindo da cidade. Sorte que nunca tem muito trânsito. Porém, quando pegamos a estrada de pista simples de duas mãos que leva para a região dos Amish, fica rapidamente nítido que o trajeto envolve muitas ladeiras e também ventania. Eu me agarro na porta quando ela vira uma curva rápido demais.

— Melhor ir mais devagar — digo, com a voz tensa.

É difícil prever o que vem nessa estrada. Em um momento, subimos um morro e, no seguinte, aparece outra curva... ou um carro, se não tomarmos cuidado. Não é para os fracos.

Ela freia um segundo, mas mal desacelera.

— Não lembrava de o trajeto ser assim.

— A gente não tem pressa.

— Não se preocupe, sei o que estou fazendo.

Subimos a colina seguinte, e meu coração vai parar na boca. Descemos do outro lado e, graças a Deus, não encontramos nenhum trator, carroça ou cervo. Estou preocupada, mas gosto de vovó querendo passar um tempo assim comigo. Sempre amei visitá-la, mas nos últimos meses foi diferente. A casa dela estava começando a parecer minha casa também — até encaixotarmos tudo —, e vou sentir saudade. Espero que seja igualmente divertido visitar a casa nova.

— Nem acredito que tem piscina coberta no seu condomínio novo. Você é muito sortuda. Será que me deixam nadar lá também?

Ela retorce o rosto em uma carranca.

— Pode ir no meu lugar. Não gosto de molhar o cabelo.

— Vovó — digo, meio frustrada, meio achando graça. — Você deve estar animada para *alguma coisa* lá.

— Não, não tem... — diz ela, e abre um sorriso. — Não, retiro o que disse. Tem *uma* coisa que quero fazer quando chegar lá.

— Ah, é?

Ela vira outra curva rápido demais, mas é mais fácil ignorar quando conversamos.

— Quero reunir alguns dos outros moradores para você nos ensinar a jogar D&D!

Arregalo os olhos.

— Sério? Por quê?

— Vocês parecem se divertir muito jogando. Não entendo metade do que vocês dizem nem por que vivem jogando dados, mas gostaria de fingir que sou um elfo ou um dragão, ou sei lá. Henry sempre disse que eu era o dragão dele.

— Você pode fazer uma personagem draconata — digo, mas ainda estou zonza de pensar em jogar D&D com os amigos idosos da minha avó. — Fico surpresa pelo seu interesse. Eu não... — Meu cérebro finalmente processa o que ela falou, e acrescento: — *Você* tem assistido à *live*?

— Eu tenho computador — diz ela, na defensiva. — Andrew precisou me ensinar a entrar, mas eu anotei como funciona e agora é minha atividade de sábado.

Eu esfrego o rosto.

— Meus pais também assistem?

— Pelo que entendi, eles gostam de tomar um chá enquanto ficam escutando.

Eu solto um grunhido, morta de vergonha de descobrir que minha família toda anda assistindo aos jogos, mas também um pouco... comovida. Não achei que eles se importassem.

— Por que ninguém nunca me falou?

Vovó acelera na estrada e eu travo a mandíbula.

— Nós sabíamos que você ficaria envergonhada, mas queríamos estar envolvidos.

Eu engulo um nó na garganta.

— É ao mesmo tempo o maior mico, e muito fofo. E, se você quiser mesmo, acho que posso tentar ensinar. Mas as regras podem ser meio complicadas.

Estou prestes a explicar mais, mas placas na estrada chamam minha atenção. São amarelas e indicam que uma curva fechada se aproxima... uma curva de noventa graus, que precisa ser virada a no máximo trinta por hora. Só que minha avó está indo a setenta.

— Vó? — digo, elevando a voz e pressionando o pé direito no piso do carro, como se pudesse apertar um freio secundário e diminuir a velocidade. — A curva, *vó*!

É tarde demais. Os reflexos dela são lentos, e o carro já está veloz demais quando ela pisa no freio. Os pneus cantam e a parte de trás do carro balança. Nós duas gritamos quando o carro rodopia, batendo com tudo em uma das placas. Sou jogada para a frente e de novo para trás até pararmos completamente.

Fico paralisada, o coração doendo de tão rápido que bate, com as mãos apoiadas na porta e no banco do motorista. Devagar, como se estivesse dentro da água, eu me viro para minha avó. Ela está apertando o volante, com a cabeça apoiada no encosto e os olhos arregalados de pavor.

No entanto, ela está viva, e essa é a única coisa que importa.

Capítulo Vinte e Sete

— Tudo bem com você? — sussurra vovó, sem mexer um músculo.

A voz dela relaxa algo dentro de mim, e balanço os braços antes de me virar para ela. Tiro um segundo para mexer cada parte do corpo, mas, por sorte, não estou sentindo dor em nenhum lugar.

— Tudo, só me assustei. E você?

Fico zonza com todas as possibilidades horríveis. O impacto do carro pode ter machucado o pescoço dela, causado uma lesão de coluna, e sabe-se lá quais outras consequências terríveis.

— Estou bem — sussurra ela. — Acho... que estou bem. Essa curva apareceu do nada.

A voz dela está tremendo.

Encosto a mão no braço dela devagar. Pelo menos ela está respirando e conversando, em vez de gemer de dor.

— Quer tentar sair do carro? — pergunto. — Ver se consegue andar?

Ela faz que sim, e nós duas soltamos o cinto e saímos do carro com cuidado. Minhas pernas estão tão bambas que não sei se vou me aguentar em pé. No entanto, não sinto dor, e fico intensamente agradecida por ver que ela não está mancando nem se encolhendo. Respiro fundo.

— Nossa Senhora — murmura ela, e se abaixa para olhar o carro.

A parte traseira direita acertou uma das placas e... está feio. A placa entortou, e o carro também. A parte de trás está amassada, e o pneu, solto.

Olhamos para o carro em silêncio por um momento.

— Como você está, vovó? — pergunto em voz baixa.

— Já falei que estou bem.

Eu balanço a cabeça e me viro para ela.

— Não, quero saber como você está, *de verdade*? Com... tudo. Porque, se me perguntassem, eu diria que parece que você estava... fugindo de alguma coisa. E me levando de carona.

Ela crispa a boca, o que deixa mais aparente as rugas finas contornando os lábios.

— Alguém está pagando de terapeuta hoje.

Cruzo os braços.

Ela revira os olhos e cruza os braços também.

— É só que é difícil envelhecer, especialmente porque ainda sinto que tenho 30 anos. É difícil não poder fazer tudo que tenho vontade, não poder planejar o futuro porque não sei o que vem por aí. E seja lá o que está vindo, normalmente costuma ser ruim.

— A gente se mudou para cá e foi bom.

— É, foi ótimo.

— Então talvez tenha mais coisas boas no horizonte. Você pode estar envelhecendo, mas ainda é... sei lá, uma velha jovem, na minha opinião. Dá para fazer novas amizades, começar novos hobbies. A vida não precisa parar quando você mudar de casa.

— Mas vai ser uma vida diferente.

— Vai, mas diferente não é necessariamente ruim — digo, e olho para o carro deformado, mas estou pensando na minha nova escola e nos meus amigos. — Às vezes, diferente é melhor.

— Especialmente aos 16 anos — diz ela, e aperta minha mão. — A vida é muito curta. Sei que não parece sempre assim, mas, mesmo depois de viver 75 anos, ainda parece curta. Quero muitos anos além dos que eu terei.

Quero discutir com ela, mas não sei o que dizer mais. Não sei se consigo consertar essa mentalidade por ela. Em vez disso, nos damos as mãos e ficamos em silêncio, juntas. Pássaros cantarolam ao nosso redor, preparando-se para a primavera. Um motor ronca ao longe. Vovó se sacode.

— Só podemos viver — diz ela, e olha bem nos meus olhos, com uma expressão quase severa. — Viva sua vida, Quinn. Todo minuto dela. Não deixe ela passar... *viva* de verdade.

Os olhos dela estão marejados, e fico devastada ao vê-la sofrendo. Eu a puxo para um abraço cuidadoso.

— Vou viver — murmuro.

Nós nos afastamos e ela dá um tapinha no carro, soltando um gemido baixo.

— Coitadinho.

— Acho que você não tem como levar ele para casa.

Ela encolhe os ombros.

— Não. Você provavelmente tem razão.

— Vou ligar para o meu pai — digo, procurando o celular no bolso.

— Não — diz ela, segurando meu braço. — Não ligue para ele.

Eu hesito, e algo no ridículo da situação me faz rir. Nossos papéis deveriam ser invertidos. Deveria ser eu desrespeitando as regras, dirigindo sem cuidado, causando um acidente e implorando para não ligarem para os meus pais. Em vez disso, é minha avó grisalha e atrevida. Eu dou outra gargalhada, e ela inclina a cabeça.

— Você bateu a cabeça, querida?

— Não, é só que... — digo, e dou de ombros. — Você era ruim assim quando adolescente?

Isso faz ela rir também.

— Ah, não. Eu sou *muito* pior agora.

Vovó não fica feliz, mas ligo para o meu pai mesmo assim, que imediatamente liga para a polícia e para o guincho. Ele chega logo depois da polícia, e nem pergunto quanto ele teve que acelerar para chegar até aqui.

— Graças a Deus vocês estão bem.

Ele me abraça, e abraça minha avó.

Quase brinco que ele quebrou minha costela de tanto apertar no abraço, mas o tremor no olho dele me diz que ele ainda não está pronto para enxergar o humor na situação.

A meia hora seguinte passa em um borrão, enquanto explicamos o que aconteceu para a polícia e depois para meu pai. Quando finalmente temos um momento de paz, minha avó me afasta um pouco do grupo.

— Que tal você ver se algum amigo pode vir te buscar? Vai demorar para o guincho chegar e pegar o carro. Seu pai pode me levar para casa — diz ela, e levanta a sobrancelha. — Quem sabe o Logan não te dá uma carona?

Sinto um frio na barriga. Não sei em que estrada estamos, mas, antes de bater, estávamos seguindo na direção geral da casa dele. Talvez ele não more muito longe daqui.

Se eu ligar, sei que ele virá. Ele viria mesmo que estivesse do outro lado da cidade. Ou do estado. Só que me parece errado dizer que não quero manter contato e, de repente, pedir para ele largar tudo e me ajudar.

— Ele vai querer saber que você está bem — acrescenta ela.

Encaro o celular e mando mensagem antes de pensar demais na situação. O dia não foi fácil, e ele é a pessoa que quero ao meu lado.

A resposta é quase imediata, dizendo que ele já vem.

— Eric — minha avó diz para o meu pai. — Um amigo da Quinn vem buscar ela, para ela não ter que ficar presa aqui conosco.

Meu pai dá as costas ao policial e pestaneja, obviamente atordoado demais para processar mais informações.

— Eu conheço esse amigo? Vai dirigir com segurança?

— É o Logan, e, sim, ele dirige com cuidado — respondo. Ele espreme os lábios.

— Tudo bem. Acho que é melhor mesmo.

Ele beija minha cabeça e volta para a conversa.

— Obrigada — digo para minha avó. — Mas, por favor, tente não dizer nada constrangedor quando Logan chegar.

— Quando é que eu fiz isso?

Começo a contar os exemplos nos dedos, e ela gargalha.

Logan chega antes do guincho, o que indica que ele deve morar ainda mais perto do que imaginei. Meu coração se sobressalta quando ele desce da picape e anda na minha direção, com as mãos enfiadas nos bolsos e os olhos azuis calorosos em contraste com o cinza da paisagem. Ele é tão lindo que eu perco o fôlego. Desejos ridículos me vêm à cabeça. Quero me aninhar no peito dele até ele conseguir fechar o casaco com nós dois ali dentro. Quero que ele me beije até eu não conseguir mais formar frases inteiras. Quero que ele dirija até mudarmos de cidade, de estado, de fuso horário.

Ele cumprimenta meu pai e o policial, mas solta uma exclamação ao ver o carro.

— Tem certeza de que vocês duas estão bem?

Ele aperta minha mão, os olhos esbugalhados. Meu coração dá cambalhotas.

— Estou bem, sim. O carro está bem pior do que a gente.

Minha avó vem andando devagar, e Logan segura o cotovelo dela para ajudar no equilíbrio.

— E a senhora? Está com dor? Como está a cabeça?

— Estou bem, não precisa fazer drama. Sugeri que você viesse para salvar Quinn da burocracia, não para se preocupar comigo.

Logan me olha, pedindo ajuda.

— Tudo certo — digo, e reviro os olhos. — Ela está na fase de adolescente rebelde.

O reboque aparece, até que enfim.

— Tem certeza de que a gente pode ir? — pergunta Logan. — Seu pai não vai ficar chateado?

— Ele está tão ocupado que mal vai reparar.

— Fujam enquanto ainda é possível — exclama minha avó, enxotando nós dois na direção da picape.

Abraço minha avó e meu pai e entro na picape de Logan. Só quando nos afastamos a ponto de eu não ver mais o acidente é que consigo respirar fundo.

— Nossa, muita coisa aconteceu nessa última hora.

— Parece que você teve um dia bizarro.

— Minha avó queria um gostinho de liberdade. Ela está triste com a mudança — digo, e me recosto no banco, fechando os olhos. — Minha família tem passado toda tarde e noite lá, limpando e arrumando a casa. É o maior estresse.

Ele faz um momento de silêncio.

— Sinto muito. Perdi alguma outra coisa? Como foi sua semana?

— Não foi das melhores.

— É, nem a minha. Mas tive uma conversa bem interessante uns dias atrás. Seu irmão me encontrou no refeitório depois do almoço e ameaçou fazer picadinho de mim se eu fizesse alguma coisa que magoasse você.

Arregalo os olhos e me endireito.

— Como é que é?

— Ele é bem protetor, mas eu respeito — diz Logan, que, em vez de parecer irritado ou na defensiva, está pensativo. — Prometi que eu manteria você segura. Tomara que isso conte, já que não tenho como controlar sua avó.

— Caramba. Eu não fazia ideia. Sabia que ele estava preocupado comigo, mas não nesse nível.

— Eu quis tanto te contar por mensagem.

Ele roça os dedos no meu joelho.

Prendo a respiração, me perguntando por quanto tempo ele vai manter a mão ali. Não quero que ele se mexa, mas cada segundo que o toque se demora é uma doce tortura.

— Vamos passar pela fazenda. Quer parar uns minutinhos? Posso te mostrar a cabana. E a Susie Q também está com saudade — diz ele, e olha para mim. — Ou é uma péssima ideia?

— Me parece um bom dia para más ideias.

Capítulo Vinte e Oito

Ele não tira a mão da minha perna durante todo o percurso e, quando estaciona, vai para o meu lado assim que desço da picape e segura minha mão. Eu o encaro, surpresa, mas ele não explica, e eu não me desvencilho. Não consigo. As últimas duas semanas, desde a visita ao pronto-socorro com a minha avó, foram exaustivas, e hoje acabou com meu último fragmento de determinação. Logan está ao meu lado, e eu senti *saudade*, e, se ele quiser ficar de mãos dadas, eu é que não vou reclamar.

Logan olha para a direita e resmunga baixinho. Uma mulher que eu suponho ser sua mãe vem caminhando na nossa direção. Ela usa o cabelo loiro e comprido preso em um rabo de cavalo, calça jeans, uma camiseta de manga comprida e um colete acolchoado e preto. Traz uma caneca fumegante em cada mão.

— Você deve ser a Quinn? — pergunta ela, com um sorriso largo.

Solto a mão de Logan, de repente tímida, e aceno para ela.

— Sou a Quinn, sim. Senhora Weber?

— Emily — diz ela. — Está tudo bem? Fiquei tão preocupada quando soube o que aconteceu.

— Tudo bem, sim, meu pai está com minha avó e a polícia, e o guincho acabou de chegar...

Deixo a frase pairar, sem saber explicar o motivo de estarmos na casa dela. Porém, ela não questiona nem parece incomodada.

— Fiz chocolate quente para vocês. Quando estou abalada, uma bebida quente sempre me ajuda.

Não é uma xicrinha de líquido marrom. Minha caneca é gigante, de cerâmica, na forma de um gato tirando um cochilo, e a bebida tem uma montanha de chantili e uma pitada de granulado vermelho. Olho para Logan, que abre um meio-sorriso acanhado. A caneca dele é uma ovelha branca e fofinha. Em dois segundos, já gosto *muito* da mãe dele.

— Muito obrigada — murmuro, e tomo um golinho.

Arregalo os olhos. Caramba, que chocolate doce.

— É minha especialidade — diz ela, sorrindo.

— Obrigado, mãe, mas, hum, eu ia só mostrar o barracão para a Quinn por uns minutinhos. Ela não viu por dentro.

Dou uma olhada no barracão, que ainda acho um charme. Mas também é bem pequeno e isolado. Provavelmente não é o tipo de canto em que pais gostariam de ver adolescentes sozinhos.

A expressão da mãe de Logan indica precisamente isso.

— O barracão, é? — pergunta ela, e nos olha de cima a baixo. — Vai estar frio.

— Não vamos demorar. Tenho que levar Quinn para casa.

Ela assente.

— Ok. Que bom que você e sua avó estão bem.

Ela volta para dentro de casa, e Logan me leva até o barracão. Ele abre a porta e indica que eu entre.

— Sua mãe não estava errada — digo, tomando um gole de chocolate.

Aqui dentro está tão frio quanto lá fora.

— Logo esquenta.

Logan deixa a caneca na mesa, acende a luz de teto e liga um aquecedor portátil grande.

Dou uma volta vagarosa pelo espaço, admirando os detalhes, ainda segurando a caneca com as duas mãos. As paredes são de pedras empilhadas. Algumas ainda têm líquen seco na superfície. Não tem muitos móveis. Estantes cobrem a parede esquerda, indo do chão ao teto, uma mesa surrada está encostada na parede direita, e, entre as duas, tem uma namoradeira debaixo da janela. Logan deu um jeito de prender cartazes na pedra, então muito do espaço é ocupado por mapas de vários terrenos e personagens de D&D.

— Estou vendo que você e minha avó têm outra coisa em comum — comento, olhando as coisas dele. — Você também protege suas coleções que nem um dragão com o tesouro, só que tem menos azulejos portugueses, e mais livros de fantasia.

Não é exatamente o tipo de casinha de pedra que enlouqueceria influencers *cottagecore* no Instagram, mas, a meu ver, é fantástica. É absolutamente perfeita. Esqueço o frio, o acidente e tudo, exceto pelo chocolate quente delicioso nas minhas mãos e esse espaço precioso ao meu redor. Dou uma volta devagar, estudando os detalhes nos mapas e lendo os títulos nas lombadas dos livros. Se a namoradeira for confortável, talvez tente convencer Logan a me alugar o espaço como se fosse um Airbnb.

Eu me viro.

— Loga...

Eu me detenho. A intensidade do olhar dele tira as palavras da minha boca como um tornado arrancando árvores do chão.

— Tudo... tudo bem aí? — pergunto.

— Você estava fazendo uns barulhinhos — diz ele, com a voz rouca.

Eu abaixo a cabeça, envergonhada.

— Foi? Não percebi — respondo, e volto a olhar ao redor. — É que esse espaço... é o paraíso.

— Gostou de verdade?

— Está falando sério? Você tem, tipo, uma caverninha de pedra onde pode se esconder do mundo, ler e construir campanhas. Se eu pudesse, passaria todo meu tempo aqui — digo, e aponto o mapa na parede. — Esse é o mapa da campanha do assassino? Nunca vi esse antes.

Ele entra em ação, apontando alguns locais onde acha que o assassino poderia se esconder e contando a história de por que o príncipe poderia estar em conluio com o assassino. Nós nos sentamos na namoradeira e solto um palavrão baixinho.

— Que foi? — pergunta Logan.

— A namoradeira é muito confortável.

Ele franze a testa.

— Isso é ruim?

— Pra você, é. Eu nunca mais vou embora... esse lugar agora é meu.

Eu abaixo a caneca e estico os braços no encosto da namoradeira, para assumi-la para mim.

— Estou disposta a negociar o aluguel — continuo —, mas já aviso que estou lisa.

— Você está tentando me despejar? Que rápido. E depois da minha mãe te oferecer o famoso chocolate quente dela.

Eu finjo considerar aquilo.

— Você provavelmente pode ficar... Eu talvez me sinta meio solitária, se não tiver companhia. Mas a namoradeira é minha.

— Você é sempre bem-vinda — diz ele, e muda o tom de brincadeira para uma voz mais séria. — Embora seja bom lembrar que combinamos de não nos encontrar mais a sós, e esse lugar é... muito só.

Ele faz um gesto para indicar o espaço e a paisagem além da janela. A casa dele está nos arredores, mas suficientemente distante para eu não enxergar dentro da casa pela janela... o que provavelmente quer dizer que de lá eles também não veem nada. A namoradeira de repente parece minúscula com Logan ao meu lado, o ar pesado com a constatação de que praticamente qualquer coisa poderia acontecer aqui sem ninguém saber. Agora entendo por que a mãe de Logan hesitou em nos deixar vir aqui juntos.

— Desculpa por te mandar mensagem — digo. — Não foi justo fazer isso depois de termos combinado ficar distantes. Eu podia ter esperado com minha avó e meu pai.

— Não — responde ele, veemente. — Não peça desculpas. Você sempre deve me mandar mensagem se precisar de alguma coisa. Eu quero ser a pessoa a quem você recorre quando algo acontece.

Não tem oxigênio suficiente aqui dentro. Palavras e pensamentos se embaralham na minha cabeça. Que diferença faria um beijo? Só um beijinho, para não ficarmos imaginando mais nada. Para nenhum dos dois imaginar nada. Seria a decisão mais prática... mais lógica...

Logan se levanta abruptamente e passa a mão pelo cabelo.

— Caramba, isso é ainda mais difícil do que achei que fosse ser.

— O quê?

— Você. A gente. Isso — diz, fazendo um gesto entre nós. — Ter você aqui, ver você mexer a boca enquanto lê os títulos na minha estante, escutar aqueles barulhinhos felizes de estar aqui, sentar do seu lado depois que passei tempo demais imaginando te beijar exatamente neste lugar. — Ele recua um passo e bagunça o cabelo de novo, inquieto. — Não sei fazer isso com você — acrescenta.

Odeio ver Logan tão agitado com a minha presença, mas, ao mesmo tempo, gosto muito. Não me orgulho, mas é verdade.

— Vamos embora — digo, levantando e me dirigindo à porta. — Minha mãe daqui a pouco vai começar a questionar por que não voltei para casa.

— Não estou falando só de agora, Quinn. Não sei estar com você, e ponto. Não sei quantas vezes vou aguentar sentar para jogar D&D com você e me conter para não te beijar.

A voz dele treme de tanta ansiedade, e quero acalmá-lo. Tento fazer um comentário leve para quebrar o gelo.

— Na real, só lembro de você me olhar com muita irritação quando sentamos na mesa.

— É porque eu já sabia que isso aconteceria. Eu soube desde aquele primeiro dia, quando tirei sua foto. E não ajudou em nada que você ficava totalmente relaxada nos jogos, enquanto eu estava surtando.

— Está de brincadeira? Eu também surtei. Talvez eu saiba disfarçar melhor que você.

O espaço é pequeno o bastante para ele me alcançar em um passo largo. O olhar dele espalha uma linha de fogo por cada lugar que percorre.

— Você nem imagina como fiquei feliz quando recebi sua mensagem mais cedo. E depois a culpa horrível quando entendi o *motivo* da mensagem. Ficar sem você está me enlouquecendo.

Ele pega minha mão. Levanta a palma e a leva até a boca, encostando os lábios suavemente no meu pulso.

— Logan — murmuro.

— Eu vou escutar se você pedir que eu me afaste — sussurra ele.

Ele está pedindo o impossível.

Eu abraço o pescoço dele e meu coração salta do peito. Levanto a cabeça e a respiração dele muda. Ele aperta minha cintura com força.

Fecho os olhos e aproximo a boca da dele, todos os meus nervos ardendo ao sentir os lábios de Logan nos meus. Ele imediatamente se mexe, subindo as mãos pelas minhas costas e virando para me empurrar contra a parede. Ele segura minha cabeça por trás, protegendo-me da pedra áspera, e aperta a boca na minha com força. Eu derreto sob o toque. Nada me preparou para o beijo ser tão mais gostoso do que eu imaginava.

Meu corpo vibra de eletricidade. Ele espalma a mão na minha lombar, me puxando para mais perto, e eu passo as mãos pela flanela suave da camisa dele, pelo cabelo. Com os lábios macios, ele aprofunda o beijo, e calafrios percorrem minha coluna. Minha atenção se limita à boca e ao corpo dele. Não resta espaço nenhum para pensamento ou preocupação — existe apenas este momento. Apenas Logan.

Ele recua, e nós dois estamos ofegantes. Os olhos dele estão arregalados, o cabelo, desgrenhado, e o rosto, vermelho, e eu devo estar igual. Isso é tão mais perigoso do que eu imaginava. Antes, eu podia me convencer de que era coisa da minha cabeça. Que beijá-lo não tinha como ser tão ótimo como eu me permitia fantasiar. Só que a verdade é que beijar Logan é mil vezes melhor.

Ele dá um passo para trás, e outro, até trombar com a cadeira.

— Ah, essa foi uma péssima ideia — diz, se segurando na beira da mesa. — Como eu faço para parar de te beijar depois disso?

Ele volta a olhar para minha boca, e eu sinto todo meu corpo esquentar.

Apoio as mãos nos joelhos e me inclino para a frente.

— Não podemos esconder isso dos outros.

— Não podemos.

Dou um grunhido.

— Vou acabar estragando outro grupo — digo para o chão.

Ele se aproxima e toca minhas costas.

— Não vai, não. É minha culpa, inclusive.

— A culpa é de nós dois. Mas sei como a situação vai se desenrolar. Eu sou a garota, a garota *nova*, ainda por cima, e você é o amigo querido e antigo. Eles vão colocar a culpa em mim.

— Não vão, não. Eu não vou deixar.

Fico zonza, talvez pela posição, mas, principalmente, pela enxurrada de memória. Dos comentários amargos de Paige e Makayla, do gelo que levei de Travis, das insinuações de Caden.

— Você não pode controlar a reação dos outros.

— Se chegar a esse ponto, eu saio do grupo.

— Quê? — pergunto, e me levanto tão rápido que tudo gira. — Você não pode fazer isso. D&D é sua coisa predileta no mundo todo.

Ele leva as mãos à minha cintura, me apoiando.

— Não é mais, Quinn.

Eu fico bamba, meio literalmente porque estou zonza, mas então me recomponho.

— Não, Logan, é muito nobre da sua parte, mas, se for para alguém sair, tem que ser eu.

Assim que falo isso, fico determinada. Minha expressão fica mais leve. É só eu sair do grupo. Não vai resolver a reação da Kashvi, mas pelo menos vai manter o grupo intacto. E, se eu sentir muita saudade, posso jogar com minha avó.

— Tudo bem, a solução é essa. Vocês jogavam antes de mim, podem voltar a jogar sem mim.

Ele fecha a cara.

— A solução *não* é essa. Quero que a gente jogue juntos. Quero olhar para você do outro lado da mesa, escutar a voz que faz para seus personagens e te ver destruir todo mundo.

Ele roça a boca na minha, e preciso de todas as forças para não o agarrar e fazê-lo ficar bem aqui.

— O jogo é amanhã — diz ele. — Vamos mandar mensagem para todo mundo agora e pedir para nos encontrarmos mais cedo. Vamos contar para todo mundo juntos e aí avaliamos o que vão dizer.

Penso em Kashvi na mesma hora. Ela não pode ficar sabendo junto do resto do grupo. Já escondi tanta coisa dela — o mínimo que posso fazer é contar em particular, para ela processar no tempo que precisar. É cruel jogar isso na cara dela ao lado do Logan e implorar para ela ficar tranquila.

Eu balanço a cabeça.

— Não, não vai dar. Preciso con...

Fecho a boca antes de soltar o nome de Kashvi. Posso perder a amizade dela quando contar, mas não será porque espalhei os segredos dela.

— Só... — continuo. — Preciso fazer uma coisa antes de contar para o grupo.

Ele franze a testa.

— Que coisa?

— Não posso dizer.

— Parece... muito suspeito.

— Só espera para mandar mensagem — imploro. — Tenho que resolver isso primeiro, e depois a gente conversa e arma um plano para contar para todo mundo. Tá bom?

Ele analisa meu rosto e vejo a preocupação nos olhos dele.

— Você está hesitando porque isso tudo está indo rápido demais? Está secretamente surtando por dentro?

Não consigo conter o riso.

— Logan, o que rolou foi o *oposto* de rápido. Você está surtando?

Ele me abraça pela cintura.

— Só estou com medo de te perder. Queria que você me contasse o que tem que fazer, para eu ajudar.

— Desculpa.

— Vai dar tudo certo — murmura ele, e me puxa para mais perto. — Vou fazer dar tudo certo.

Capítulo Vinte e Nove

Estou tão exausta da loucura de ontem que durmo até mais tarde do que de costume no sábado. Assim que acordo e consigo formar frases coerentes, eu me obrigo a mandar mensagem para Kashvi para perguntar se posso passar lá para conversar. Ela responde:

Estou na rua, mas você pode ficar um pouquinho depois do jogo?

Preciso muito conversar antes. Não deve demorar.

Por um momento, aparecem os três pontinhos indicando que ela está digitando.

Devo estar livre daqui a uma ou duas horas. Aviso quando chegar em casa.

Depois de um momento, outra mensagem aparece:

Está tudo bem?

Eu mordo a bochecha.

Tudo. Até daqui a pouco.

Eu me arrumo devagar e, quando finalmente desço, encontro meus pais de pijama, cochichando enquanto tomam café.

— Dormiram até tarde? — pergunto, surpresa. Normalmente, os dois acordam cedo.

Meu pai toma um gole demorado de café.

— Ontem foi barra pesada.

— Pois é, eu dormi que nem uma pedra — respondo. — Você já falou com a vovó hoje?

— Liguei assim que acordei — diz meu pai. — Ela pareceu bem. Quase arrependida, mas, conhecendo minha mãe, não vai durar. Como você está?

Eu me sento no sofá.

— Não tem nada doendo, se é isso que está querendo saber.

— Você já está de saída?

Olho o celular, mas ainda não recebi mensagem de Kashvi.

— Não.

— Você tem como buscar o Andrew no café Brennans? — pergunta minha mãe. — Deixei ele lá hoje cedo, mas tenho que trabalhar um pouco. Ajudaria muito.

— Posso, sim. O que ele foi fazer lá? Arrecadar dinheiro para o time, alguma coisa dessas?

Meus pais se entreolham, achando graça.

— Andrew está em um encontro no café.

Dou uma risada.

— Um encontro no café? Ele tem *15* anos.

— Acho que a garota estava meio reticente, então foi o que ela topou — diz meu pai, rindo.

Interessante. Andrew tem que suar com essa garota. Já gostei dela.

Pego as chaves.

— Bom, agora vocês me deixaram curiosa.

— Ei, Quinn?

Eu me viro e vejo que minha mãe me observa.

— Assistimos a algumas das suas *lives*. Espero que não te incomode.

Eu me encolho. Ai, já estou com preocupação demais para uma discussão dessas, especialmente se estiverem prestes a me lembrar de todas as atividades extracurriculares que eu poderia fazer no fim de semana e que eles "não entendem" o motivo de eu passar tanto tempo jogando D&D.

Meu pai apoia a caneca na mesa.

— Não vou dizer que entendo...

Minha postura murcha ainda mais.

— ... mas você parece muito feliz. É bem engraçado ver seu grupo lutar contra monstros.

— É? — pergunto, arrastando os pés, hesitante. — Vocês não odiaram?

— Claro que não — diz mamãe. — Como a gente odiaria, se você ama tanto?

Olho de um para o outro, e a tensão escapa do meu corpo.

— Hum, tá, obrigada por assistir. Mesmo que me mate de vergonha.

Eles sorriem e me enxotam de casa.

— Tenta não implicar muito com o Andrew quando buscar ele! — exclama minha mãe enquanto estou saindo.

Passo o caminho inteiro tentando imaginar quem pode ser a garota. Não conheço muita gente do ano do Andrew, então duvido que a reconheça, mas, ignorando meus pais, vou encher o saco dele na volta, sem dúvida. Ele nem gosta de café. Aposto que pediu o mocha mais doce e com mais chantili do cardápio.

Quando paro no estacionamento lotado do café, sinto um nó no estômago. Eu reconheço um dos carros, mas afasto a suspeita. Não pode ser.

É impossível.

Saio do carro e corro para olhar pela vitrine.

Aimeudeus, é, *sim*, a Kashvi com o Andrew.

Solto uma exclamação tão alta que a mulher de meia-idade cansada que entra no café se encolhe ao passar por mim. Os dois estão em uma mesa isolada, cada um com uma bebida e um sorrisinho no rosto. Não estão de mãos dadas nem se beijando, mas a postura dos dois, meio debruçados sobre a mesa, parece além da amizade.

Outro cliente entra, mas fico parada ali, observando os dois como uma *stalker*. Como é possível? Andrew está mesmo em um encontro *romântico* com Kashvi? Era esse o compromisso que ela tinha quando respondeu à mensagem? A parte racional do meu cérebro diz que preciso me acalmar em vez de chegar a conclusões precipitadas. Talvez a garota que ele encontrou tenha fugido depois de trocar duas palavras com ele, e Kashvi por acaso estava ali e foi dar apoio moral? Talvez meu pai tenha entendido errado, e não seja um encontro romântico, só... um encontro de amizade esquisito e secreto?

Chego mais perto do vidro. Ah, não, ele acabou de botar a mão na mesa, com a palma virada para cima. E — parece que estou vendo um trem descarrilhando — ela pega a mão dele com um sorrisinho tímido.

Toc, toc.

Eu pulo para trás. O cara do outro lado do vidro balança a cabeça e me olha com irritação. Eu me encolho de vergonha. Estava praticamente com a cara na vitrine. Sou tão bizarra.

Entro no café, surtando e perdida.

— *Andrew?*

Paro ao lado da mesa deles, de mãos na cintura, e espero a reação. Vagamente, ocorre a mim que estou agindo da mesma forma que ele quando me encontrou na cozinha com Logan, mas é totalmente diferente. É a *Kashvi*.

Andrew contorce o rosto em uma expressão horrorizada quase cômica.

— O que você está fazendo aqui, Quinn? — pergunta, e se vira para Kashvi: — Você contou para ela sobre nós dois?

Kashvi arregala os olhos. Ela está com cara de quem foi pega no flagra.

— A mamãe mandou eu vir te buscar — digo, e olho de um para o outro. — Vocês estão... namorando?

— Eu...

— A gente...

Os dois se calam e se entreolham.

— Talvez seja bom você sentar.

Não sei de que lado sentar, e quero ver a expressão dos dois, então puxo uma cadeira e sento na cabeceira. Ficamos em silêncio durante alguns segundos, até que Andrew ri baixinho.

— Que situação.

— Assim, eu sabia que você gostava dela, mas...

— *Quinn* — interrompe Andrew, brusco.

— Você disse para ela que gostava de mim? — pergunta Kashvi, a voz acanhada.

O pescoço de Andrew fica todo manchado de vermelho.

— Não foi lá muito difícil de perceber.

Olho de um para o outro, atordoada. Estou enjoada como se meu estômago tivesse passado horas girando na máquina de lavar, mas acho que não tenho direito de ficar brava, considerando a confissão que preciso fazer para Kashvi. O jeito que eles se olham... Nossa Senhora. Acho que não vai ser só um café.

Kashvi se vira para mim.

— É a primeira vez que a gente sai. Sei que devia ter mencionado para você antes, mas não sabia como as coisas seriam. Decidi que era melhor esperar e te contar tudo depois.

— E até agora, como está sendo? — pergunta Andrew, com um sorriso convencido.

Os olhos dele brilham de um jeito que algumas garotas (que *não* são parentes dele) podem achar até, bom, charmoso.

— Ainda estou aqui, né? — responde Kashvi, retribuindo o sorriso. — Mas vamos ver nos próximos vinte minutos.

Kashvi se vira para mim, a expressão transformando-se em preocupação, e continua:

— Você está brava? Desculpa por não ter contado.

— Não estou brava. Estou... tentando processar.

Sinceramente, quero ficar brava. Quase vislumbro a raiva — porque, afinal, como é que ela ousa encontrar meu *irmão* assim sem me falar —, só que não tenho moral nenhuma. Eu e Kashvi somos mais parecidas do que imaginei. Nós duas nos calamos quando devíamos ter conversado, mas meu comportamento foi muito além de sair para tomar um café afrescalhado.

— Legal — diz Andrew. — Então dá uns vinte minutos pra gente? Ou quarenta e cinco?

— Até parece. Preciso conversar com a Kashvi. *Agora*. Vai matar tempo lá no Walmart até a gente acabar aqui.

Tudo em Andrew murcha.

— Para você convencer ela a não sair mais comigo?

A expressão dele é tão devastada que me deixa abalada.

— Não. Não vou fazer isso. Vocês me chocaram, mas... *talvez* sejam meio fofos juntos.

Os dois parecem surpresos, o que me faz rir.

— Está falando sério? — pergunta ele. — Não quer só me fazer baixar a guarda para aproveitar que está a sós com Kashvi e contar que desenhei chifres nos seus bichinhos de Sylvanian Families quando tinha 6 anos?

— Ah, acredite, se essa situação de vocês continuar, Kashvi vai ouvir *todas* as histórias de terror da sua infância que eu tiver para contar. Preciso cuidar dela. Mas não vou falar disso hoje.

Ele me observa por um momento e se levanta.

— Vou confiar em você — diz ele e, assim que olha para Kashvi, a expressão se suaviza. — Vou ver se encontro aqueles biscoitos.

Franzo a testa, confusa. Quando Andrew sai do café, ocupo o lugar dele no banco.

— Falei de uns biscoitos de chocolate amargo que eu adoro e minha mãe nunca compra — diz Kashvi, com um toque de surpresa na voz. — Não me odeie, por favor, mas seu irmão é bem legal. E gato.

Eu estremeço de nojo.

— Essas palavras não podem sair da sua boca nunca mais.

— Tá bom, manda bala. Por que Andrew é tão monstruoso que não merece que eu nunca mais lhe dirija a palavra?

— Eu falei sério, não vim falar sobre isso. Andrew sabe ser legal quando quer. Quero conversar sobre outra coisa.

Ela aguarda, em expectativa.

— Tá bom — digo.

As palavras não vêm. Umedeço minha boca seca e pigarreio.

— Então, não sei se essa coisa com o Andrew pode mudar o que vou dizer, mas, de qualquer jeito, quero começar pedindo desculpas por ter demorado tanto para falar disso com você. Eu amo sua amizade e não queria colocá-la em risco, mas isso não é desculpa. Nunca vou esquecer como você me acolheu naquela primeira semana de aulas.

Ela fica imóvel.

— Quinn, você está me assustando. O que aconteceu?

— Eu e Logan nos beijamos ontem.

Ela pestaneja, mas, fora isso, não reage. Parece que é um programa de televisão e que alguém pausou a tela. Quero preencher o silêncio com todas as minhas explicações e justificativas, mas me contenho. Ela também precisa de tempo para processar, e devo isso a ela.

— Vocês se beijaram? — murmura ela, enfim. — Como? Quer dizer, *como* eu sei, mas por quê? — Ela balança a cabeça. — Desculpa, estou confusa — continua. — Acho que sei o porquê, porque vocês quiseram, mas eu só...

— Me desculpa, Kashvi. Fora isso tudo com Andrew, sei que você gosta do Logan. Você me contou, e eu beijei ele mesmo assim. Além disso, todo mundo combinou que não ficaria com ninguém do grupo, e eu traí a confiança de vocês.

— Me dá um segundo... — diz ela, recostando-se no banco. — Eu sabia que vocês eram amigos, óbvio. E sabia que vocês tinham passado um tempo juntos, ajudando sua avó, mas... isso surgiu do nada?

Hesito. Ela poderia ser mais compreensiva se eu desse uma suavizada na verdade, mas estou cansada de segredos.

Ela precisa saber o que aconteceu, para termos a chance de superar a situação.

— Não, já faz muito tempo que tem alguma coisa rolando entre a gente. Prometo que tenho tentado lutar contra isso, ele também, mas eu e minha avó sofremos um acidente de carro ontem e...

— Espera aí, vocês sofreram um *acidente*? Você devia ter começado com isso! Você está bem?

— Estamos bem, as duas. Foi assustador, mas ninguém se machucou. Foi perto da fazenda do Logan, então pedi para ele me buscar e... bom, aconteceu.

Desvio os olhos, acovardada.

— Aconteceu de ele te beijar.

— Eu que beijei ele, na verdade. Mas acho que ele me beijaria, se eu não tivesse começado antes.

Espero que ela contorça o rosto em choque e raiva. Porém, ela fica ali sentada, com a cabeça inclinada, me fitando. Até que curva o canto da boca e se debruça sobre a mesa.

— Ele beija bem?

Fico de queixo caído.

— É *isso* que você quer saber?

Ela sorri ainda mais.

— Admito que sempre tive curiosidade. Ele tem cara de que beija bem.

Eu pisco e olho ao redor do café, para o caso de um grupo de atores coreografados pular para gritar: "Pegadinha do malandro! Você é a pior amiga do mundo inteiro!".

— Por que você não está chateada?

Kashvi ri e balança a cabeça.

— Eu quebrei todas as regras! E beijei alguém de quem você gosta — digo, indignada.

— Você fez isso para me magoar? Ou para mexer com o grupo?

— *Não*. Claro que não. A gente decidiu que não ia mais ficar a sós, a gente prometeu, mas...

— Não conseguiram se afastar.

Eu assinto devagar.

— Me parece que você está apaixonada por ele.

Fico paralisada. Tenho medo de admitir, mas é exatamente o que estou sentindo. Ela deve interpretar minha expressão, porque levanta a sobrancelha e me olha atentamente.

— Quinn, como eu poderia ficar chateada por você estar caidinha por um dos meus melhores amigos? Você pode até tentar disfarçar, mas tudo na sua expressão grita o que está acontecendo. Está na sua cara, na sua voz, no seu jeito de falar dele. Eu não negaria a você essa experiência... nenhuma amiga de verdade faria isso.

Os cachos caem no rosto dela, e vejo tanta compreensão em seu olhar que sinto lágrimas brotando nos olhos.

— Mas e aquilo tudo que você falou do Logan? Você tem todo o direito de me odiar.

— Logan é gato, e já passou pela minha cabeça algumas vezes, mas eu não estava namorando ele nem nada. Foi só uma paixonite. Fico magoada é por você não ter me contado antes.

Agora é minha vez de levantar a sobrancelha, incrédula.

— Você literalmente está em um encontro secreto com meu *irmão* agorinha mesmo.

Ela ri e levanta as mãos em um gesto de rendição.

— Tá bom, tá bom, verdade. Em minha defesa, foi só um café, mas tá certo, nós duas obviamente guardamos alguns segredos. Apesar de o meu segredo ter só dois dias. Há quanto tempo você anda escondendo o seu?

— Desde o dia em que conheci vocês?

— Quinn! Você gostava dele esse tempo todo e nunca me contou! Achei que eu fosse sua amiga!

— E era! É ainda, espero! Por isso não quis contar... estava com medo de perder você.

Ela bufa, exasperada.

— Aquele grupo bagunçou sua cabeça mesmo. Sorte sua ter encontrado a gente.

Meu coração dispara.

— Então você não está chateada mesmo?

— Não estou chateada.

Eu respiro fundo, e me sinto melhor do que me sentia há meses. Poderia correr uma maratona agora. Poderia levantar a cafeteria inteira com essa adrenalina.

— Graças a Deus. Eu e Logan planejamos contar para o grupo hoje antes do jogo. O que você acha que eles vão dizer? Porque estou disposta a sair do jogo, se for facilitar.

— Mas de jeito nenhum que você vai sair! De onde tirou essa ideia? Foi sugestão do Logan?

— Não, ele reagiu mais ou menos como você está agindo.

— Que bom — bufa ela —, senão eu ia perder todo o respeito por ele. — Ela abre um sorriso de encorajamento quando vê minha expressão preocupada. — Ninguém vai sair — acrescenta ela. — Eles te amam e amam Logan, vai ficar tudo bem.

Tentei me convencer da mesma coisa, mas não acreditava até este segundo. Acho que talvez dê tudo certo mesmo. Vamos convencer todo mundo.

Dou a volta na mesa e abraço Kashvi.

— Você é maravilhosa.

Ela tem a audácia de rir.

— E *você* tem expectativas muito baixas. Mas agora vou precisar de detalhes. Uma das maiores vantagens de melhores amigas é saber todas as fofocas da pessoa que a outra namora.

Meu coração aperta.

— Melhores amigas? — pergunto.

— Exagerei demais?

— Exagero *nenhum* — digo, e volto a sentar. — Mas a conversa vai ser unilateral, porque eu não quero saber *nada* do Andrew. Você acha que ele ia ficar muito chateado se a gente largasse ele no shopping para ir fazer atividades divertidas de melhores amigas?

— A gente já está fazendo atividade de melhores amigas. Falando nisso... — diz Kashvi, tomando um gole de café gelado, e apoia o queixo na mão com um sorriso malicioso. — Você ainda não me contou se o Logan beija bem.

Não consigo conter meu sorriso nem a vontade de me derreter no banco. É só pensar em quando ele me girou e me empurrou contra a parede na cabana que viro uma poça cor-de-rosa.

Kashvi assobia.

— Ah, bom *assim*, é? Se as coisas derem certo com Andrew, vou pedir para Logan dar umas dicas.

— Sei que as regras não deram muito certo antes, mas vou estabelecer uma nova regra de melhor amiga: nunca, *nunca*, fale de beijar meu irmão.

Capítulo Trinta

Como eu sou uma boa irmã e amiga, espero no carro para dar um tempo para Kashvi e Andrew se despedirem. Quando Andrew senta no banco do carona, o sorriso dele indica que não é a última vez que os dois vão se encontrar.

— Você e a Kashvi, hein? — pergunto, saindo do estacionamento.

— A gente vai sair de novo daqui a uns dias. E ela disse que vai passar para me ver depois do treino. Descobri que ela adora futebol.

Isso é verdade. Lembro quando ela me disse que gostava do esporte. Ainda não adoro a ideia de ele namorar Kashvi — é difícil não ver Andrew como meu irmão mais novo pentelho —, mas os dois têm interesses em comum, e não cabe a mim decidir com quem ela vai passar seu tempo. Embora, pela minha sanidade, eu vá imaginá-los como amigos inteiramente platônicos.

— Desculpa se estraguei o clima — digo.

— Na verdade, você aparecer do nada foi bom. Agora que você sabe de nós dois, ela parece mais relaxada. Então valeu.

— De nada. Mas é bom você não fazer nenhuma besteira nem magoar Kashvi.

— Não vou — diz ele, e se larga no assento. — Então, se não era para convencê-la a não sair comigo, o que era tão importante para você ter que me expulsar do café?

— Nada.

Ele se empertiga.

— Ah, não, para sua voz ficar assim, preciso saber o que é. A não ser que seja alguma bizarrice de garota, aí prefiro não saber.

— Não é nenhuma *bizarrice de garota* — digo, e reviro os olhos. — Precisava falar do Logan.

— Eca, ele.

— Você agora não pode falar nada disso. Não vou ficar de boa com seu relacionamento e aguentar você zoando o meu sem parar.

Isso supondo que eu e Logan ainda tenhamos um relacionamento depois da conversa de hoje com o grupo de D&D.

— Kashvi já é sua amiga, e eu sou seu irmão. Você não tem nada para superar, nós dois somos o máximo. Mas aquele cara...

— Logan.

— Logan é... — diz ele, e abana a cabeça. — Não gosto de ver um cara olhando daquele jeito para minha irmã. Não dá para confiar em homem.

Dou risada.

— Então é para *eu* falar para Kashvi fugir de você, já que você é homem?

— Você me entendeu. Eu não conto.

— Hum, conta, sim. E ouvi falar daquela conversinha que você teve com o Logan. Exagerou demais.

— É para deixar ele esperto.

— Meu Deus do céu, Andrew.

Eu balanço a cabeça e entro na nossa rua. Não quero dizer isso, mas é até fofo ele ser tão protetor.

— Que tal a gente combinar de um apoiar o outro? Kashvi é maravilhosa, então, se você deu a sorte de merecer a atenção dela, fico feliz por você. Não consigo pensar em ninguém melhor para você namorar.

— Valeu. E acho que o Logan não é o pior cara que já conheci.

— Muita gentileza sua — digo, parando na frente de casa, e me viro para ele. — Agradeço por você se preocupar comigo. Foi desnecessário, e meio constrangedor, mas obrigada por você se importar tanto.

Eu aperto a mão dele.

Andrew se solta e abaixa a cabeça, envergonhado. Não somos de compartilhar emoções.

— Qualquer irmão faria isso. Faz parte da obrigação.

— Pode até ser, mas fico feliz de *você* ser meu irmão.

Ele finge enfiar o dedo na garganta, dramático.

— Eca, para, vou vomitar.

Eu saio do carro, rindo. As palavras dele só me incentivam mais.

— Mas eu te *aaaamo*. E agora a gente vai poder passar todo nosso tempo juntos. Podemos sair em um encontro duplo, falar dos nossos sentimentos, compartilhar nossas esperanças e nossos sonhos. Podemos jogar *pickleball* em dupla! — exclamo, batendo palmas. — Vai ser tão legal!

Ele me fulmina com o olhar por cima do carro.

— Você está descrevendo meus piores pesadelos, mas nem assim vai me convencer a desistir da Kashvi.

— Não estou tentando. Eu amei a ideia — brinco. — A gente finalmente pode se conhecer melhor, como fazíamos quando éramos pequenos.

— Um trajeto de carro já é mais que suficiente por enquanto.

Ele balança a cabeça e entra em casa correndo, fechando a porta ao passar.

Reviro os olhos. Ainda é o pamonha do meu irmão. Guardo o celular e vou andando até em casa, mas, antes de chegar, ele abre a porta de novo e olha para fora.

— Meu filme preferido é *Deadpool*, e onze é meu número da sorte.

— O número da sua camisa?

Ele arregala os olhos.

— É. Fico surpreso de você saber.

— Menos surpresa do que eu com você soltando essas informações aleatórias de repente.

Ele dá de ombros.

— Só parece o tipo de coisa que uma irmã deve saber sobre o irmão. Sabe, já que estamos compartilhando.

— Ah. Hum, obrigada.

Ele entra em casa de novo e eu fico parada à luz fresca de março, perplexa mais uma vez. Caramba. Pode ser o começo de todo um novo mundo com Andrew.

Mando mensagem para Logan para avisar que estou saindo e que é bom a gente conversar antes de chegar para o jogo. Espero resposta imediata, mas não recebo nada. A tensão me atravessa, mesmo sabendo que não deve ser nada. Ele pode estar ocupado na fazenda ou dirigindo. Só que, quando chego na casa da Kashvi, a picape de Logan já está lá.

Ué?

Ele teve tempo de vir mais cedo, mas não de me responder? Uma sensação incômoda me invade. Alguma coisa está errada.

— Logan já chegou? — pergunto para Kashvi assim que entro.

Ela confirma e me chama para descer.

— Parece que já. Acabei de chegar também, então ainda nem desci.

Hesito. Toda minha confiança para falar com o grupo se desmancha quando vejo o carpete cinza já conhecido na escada. O que está rolando com Logan? E o que os outros vão dizer quando souberem sobre nós dois?

Kashvi para de andar.

— Você conversou com ele?

— Não, o problema é esse. Mandei mensagem, e ele não respondeu.

Ela morde o lábio.

— Quem sabe ele não viu? Ou ficou sem bateria?

Pode ser, mas é improvável.

Ela me puxa para descer.

— Já deu de estresse. E lembra que eu estou do seu lado.

Nós duas paramos outra vez ao escutar vozes agitadas no porão. Ela acelera a descida, e eu vou logo atrás.

Logan está *mesmo* aqui, inclinado sobre a mesa e encarando Mark e Sanjiv, com as mãos espalmadas no tampo, como se fosse o CEO de uma corporação tentando convencer o conselho a aprovar uma aquisição. Sloane está nos fundos da sala, com ar preocupado. Todos se viram para mim quando entro. Eu olho para Logan, mas, em vez de estar feliz ou aliviado, ele faz cara de frustração e passa a mão no cabelo.

— O que está rolando? — pergunta Kashvi. — E por que todo mundo chegou tão cedo?

— Sanjiv avisou que o roteador não estava funcionando, então vim ajudar — explica Mark. — A gente concertou, mas Sloane ainda está com dificuldade na transmissão, e a gente queria que tudo corresse perfeitamente hoje...

— Isso não é o mais importante agora — interrompe Sanjiv. — Quinn, você está pensando em sair do grupo de D&D? Por que você faria isso?

Eu arregalo os olhos, chocada. Não estou entendendo nada.

— Não foi isso que eu falei — diz Logan, abanando as mãos, frenético.

Eu me viro para ele.

— Então disse o quê? E por que não respondeu a minha mensagem?

— Logan não falou que você ia sair do grupo — diz Sloane.

Elu senta do lado oposto da mesa ao qual costuma sentar, ficando entre onde estou e Logan. Sua voz soa baixa e cautelosa, como se soubesse que a situação vai desandar e quisesse tentar apaziguar.

— Ele disse que, *se* você falasse em sair do grupo hoje, a gente tinha que prometer que não deixaria de jeito nenhum — continua Sloane, e lança um olhar acusatório rapidamente para Logan. — Apesar de ele não explicar por que você mencionaria isso. Achei que você estivesse feliz de jogar com a gente.

— Estou feliz, sim, *muito* feliz de participar do jogo e de ser amiga de vocês.

Eu me sento, e Kashvi faz o mesmo. Faço questão de olhar de pessoa em pessoa, para verem que esse sentimento é genuíno.

— Eu não quero sair — insisto.

— Que bom — diz Sanjiv —, mas então por que você pirou, Logan? Ela está de boa.

Eu olho irritada para Logan.

— Por que você veio aqui mais cedo, se combinamos de conversar antes?

— Sei lá — diz Logan, passando as mãos pelo rosto e pelo cabelo outra vez. — Acho que porque achei que você ia fazer a mesma coisa e queria chegar antes de você? Do jeito que você falou ontem, que precisava resolver uma coisa... comecei a achar que você viria aqui logo de manhã e pediria para sair antes de eu conseguir impedir. Ontem você falou que era a solução.

— Espera aí, então sair *é* um assunto? — pergunta Mark.

— Você deveria ter esperado — digo, em voz baixa, apenas para Logan.

— Eu sei — responde ele, mas não mostra remorso. — Mas eu queria acabar com essa possibilidade de sair do grupo, já que foi a primeira coisa em que você pensou. E eu sabia que, se falasse na sua frente, você ia discutir comigo, então...

— Então você agiu pelas minhas costas?

Ele se debruça sobre a mesa, com o olhar aguçado.

— Só porque me recuso a achar que uma das soluções possíveis é você sair do grupo. A gente não vai resolver isso dessa forma.

— Resolver *o quê*? — exclama Sanjiv, jogando as mãos para o alto.

— E você por acaso chegou a pensar que a gente devia considerar quais seriam essas opções juntos? — questiono, irritada.

— Pensaria, se você me dissesse o que está acontecendo, em vez de guardar segredo.

— Tá, alguém precisa parar e explicar por que vocês estão brigando — ordena Mark.

— Não estamos brigando — dizemos em uníssono.

— É bom vocês dois começarem a falar coisa com coisa, senão sou eu que vou expulsar os *dois* — diz Sloane, com uma irritação cortante.

Meu coração está a mil, e eu fecho a boca com força. Fico zonza tentando decidir o melhor jeito de explicar a situação sem acabar soltando uma informação que não é minha para compartilhar.

— Fui eu — diz Kashvi, direta. — Foi por minha causa que ela agiu assim. Ela queria conversar comigo primeiro.

Logan franze a testa, confuso, e os outros parecem igualmente desorientados, mas, nesse ponto, é o estado natural de todo mundo. Eu me viro para ela e balanço a cabeça, querendo indicar que ela não precisa fazer isso. Ela dá de ombros.

Kashvi empina o queixo e olha para Logan.

— Você é bonitinho. Eu estava a fim de você uma época, e contei para a Quinn, e ela não quis te contar da minha intimidade.

— Ah, eu... hum — gagueja Logan, parecendo profundamente desconfortável, mas Kashvi ri da cara dele.

— Tudo tranquilo. Não é nada grave. Já estou de olho em outra pessoa.

Ela me dá uma piscadela.

— Você estava a fim do *Logan*? — grita Sanjiv. — Eca, Kashvi, que nojo! Você sabe que não namoramos gente do grupo. Seria como se eu namorasse Sloane, Quinn ou Mark.

Ele parece enjoado.

— Que agradável — diz Sloane, com amargura.

Elu me dirige um olhar carregado, e tenho a sensação de que já deve ter entendido aonde isso vai dar.

— Tá, então, é o seguinte... — começo.

Logan me encara e minha frustração anterior desaparece. É agora ou nunca. Ele abre a boca, mas eu levanto a mão para ele parar. Eu sou a pessoa que precisa dizer isso.

— Eu e Logan nos beijamos. Sei que não devia ter acontecido, e sei que prometemos que não nos envolveríamos com ninguém do grupo, mas aconteceu.

Sanjiv e Mark parecem pasmos, mas Sloane, não.

— Que informação chocante — diz elu, sem inflexão nenhuma.

— Você sabia? — pergunto.

— Não tinha certeza, mas isso explica muita coisa. Tem um clima rolando entre vocês desde o começo.

— *Cara* — resmunga Mark, olhando de soslaio para Logan.

— Então... o que isso quer dizer? — pergunta Sloane.

Elu não interveio demais durante a discussão, mas, agora que o jogo está envolvido, parece ter muito mais interesse.

— Foi por isso que vocês dois estavam falando de sair do grupo? — insiste.

— Não precisa chegar nesse ponto, né? — pergunta Sanjiv, olhando ao redor da mesa. — Vocês já disseram que sabem que não devia ter acontecido, então vamos só deixar pra lá e pronto. Não precisa ser uma questão.

— A não ser que seja? — acrescenta Sloane.

Kashvi me encara, com a expressão de quem me pede para contradizer o irmão. Tecnicamente, Sanjiv está certo. O beijo não *precisa* mudar nada. Eu e Logan podemos fingir que foi besteira e deixar o grupo exatamente como está. Certamente seria a saída mais fácil para essa conversa. Até a próxima vez que eu acabar a sós com Logan, claro. Porém, com mais uma palavra, o grupo muda para sempre.

Crio coragem antes de olhar para Logan. No meio segundo anterior, decido que tudo bem se eu vir hesitação no rosto dele. Claro que ele ficaria inseguro — ele está colocando em risco todas as amizades, por mim. Aceitarei se ele quiser fazer pouco-caso do que houve, apesar da determinação na conversa de ontem.

Só que, quando nossos olhares se encontram, a expressão dele é tão repleta de reverência que sinto um aperto na garganta. Ninguém nunca me olhou como Logan está me olhando agora. Como se eu fosse a coisa mais linda e preciosa que ele já viu.

Ele assente, e o pequeno gesto de cabeça é suficiente para apaziguar meus medos.

— Eu estou apaixonado pela Quinn — anuncia Logan, calmo. — Não foi só um beijo, pelo menos não para mim, eu não vou deixar pra lá e não vou abrir mão dela, então nem adianta tentar. — Ele se vira para mim, fitando minha expressão, e acrescenta: — Eu te amo. E ficarei com você pelo tempo que você quiser.

Meu coração está prestes a pular do peito e ir saltitando até ele. Seria justo, visto que, agora, meu coração pertence a ele.

— Eu também te amo — sussurro.

Ele se vira para o grupo.

— A gente fez a maior confusão. Desculpa por termos mentido para vocês, e desrespeitado o combinado, e contado isso tudo de uma maneira desajeitada, caótica e ridícula, mas o resultado é o mesmo. Eu amo a Quinn e, se vocês disserem que ela tem que sair, eu saio junto.

Ficam todos em silêncio absoluto diante da proclamação. Seja lá o que Sloane imaginava que sabia, nitidamente não era isso. Até Kashvi parece espantada, e Sanjiv está quase soltando fumaça pelas ventas de tanta informação.

Meu celular vibra, mas é o único som na sala.

— Espero que a gente encontre um jeito para continuar funcionando — digo. — Eu amo o Logan, mas também amo vocês todos.

— Bom, *eu* acho que isso é incrível — diz Kashvi, bem alto, e toca no meu braço. — A melhor notícia que já ouvi.

Espero que os outros se manifestem imediatamente, nos garantindo que vai dar tudo certo, mas não é o que acontece. O medo me invade. É essa mesmo a reação? Silêncio?

Os outros pestanejam e se entreolham.

— Hum... bom... definitivamente não era o que eu esperava para o dia de hoje — diz Mark, devagar. — Mas estou de boa.

— Acho que é hora de reavaliar as regras, se estão causando tanto caos — acrescenta Sloane.

— A gente não é um grupo sem você — diz Kashvi para mim, feroz. — Nem você, Logan.

Sanjiv concorda.

— Sinceramente, não ligo para o que vocês fizerem. Só topei a regra para nenhum desses otários poder namorar minha irmã. Só me importa isso.

Kashvi me olha rápido, em pânico, e eu abro um sorriso. Boa sorte para Sanjiv aceitar Andrew.

— É só não fazer os personagens de vocês ficarem bregas e apaixonados no jogo — acrescenta Mark. — É bem mais divertido quando vocês não se bicam.

— Na verdade, se for hora da confissão, eu e Mark temos uma coisa para contar — diz Sloane.

Meu queixo cai, mas Sloane abana a mão, dispensando meu choque.

— Nossa Senhora, não é *isso*. Eu e Mark não estamos namorando. Quinn, a gente sabe que você ficou chateada com seus ex-amigos causando no chat, e quisemos fazer alguma coisa para você se sentir melhor. Mark e eu conversamos e decidimos que seria legal se desse para ter um pouco de positividade nos comentários. Então a gente achou o contato da Stephanie do podcast *Mestre Sorridente* e perguntou se ela toparia assistir a uma sessão nossa.

— Ela nunca confirmou, mas por isso a gente estava conferindo a conexão quando você chegou — explica Mark. — A gente não queria que ela entrasse e nossa *live* caísse.

Eu me encolho, chocada. Uma olhada na expressão surpresa de Logan me indica que ele também não estava sabendo desse plano.

— Jura que vocês fizeram isso por mim?

— Como assim, "jura"? Claro que fizemos. Não que seja muita coisa, mas achamos que seria uma surpresa legal se desse certo.

Sloane abre um sorriso e ajeita o chapéu de crochê.

Eu abraçaria elu, mas Sloane não é muito de contato físico.

— Que incrível. Muito obrigada por tentarem. Mas não ligo mais para o chat nem para nada que aquelas pessoas têm a dizer. Eles são só um monte de desocupados amargurados.

— Podres — concorda Mark.

— E o cara beija muito mal, pelo que você me contou — acrescenta Kashvi, rindo.

Eu fico vermelha, mas não seguro o sorriso.

— Parecia que ele estava tentando sugar minha boca como se fosse um aspirador.

Os outros caem na gargalhada, e Sloane se levanta com um calafrio.

— Ele é um otário, sem dúvida, mas isso foi mais informação do que eu gostaria de ter.

— Daí para cima, só dá para melhorar — Sanjiv comenta com Logan.

— Tá, mas agora a gente pode, *por favor*, voltar para o D&D? — pergunta Mark. — Essa mesa é para jogos, não para sentimentos, e eu ainda preciso aprender a usar essa água salgada para testar o equilíbrio dos meus dados.

Logan se levanta, e eu faço o mesmo. Eu amo o grupo, sim, mas, depois do que ele disse, não quero esperar mais um segundo sem poder beijá-lo e...

— São duas e dez! — grita Kashvi, com a voz uma oitava acima do normal.

— A *live* já devia ter começado há dez minutos! — exclama Sanjiv. — Agora a gente perdeu o público de vez!

— Hummm — diz Kashvi, em pânico, e mostra o celular para o grupo. — Andrew acabou de mandar mensagem...

— Não dá tempo de nada disso, sentem aí. Talvez ainda dê — comanda Sloane, e dá a volta na mesa para sentar ao computador. — Aposto que alguns espectadores vão esperar. Só tenho que...

Sloane larga a frase no meio. O sangue se esvai de seu rosto. Alguma coisa nitidamente deu muito errado.

— Por favor, não me matem — sussurra Sloane.

Capítulo Trinta e Um

— Sloane? — pergunta Mark.

Sloane mexe freneticamente em alguma coisa no notebook e solta um grito esganiçado. Então se afasta da mesa e começa a andar em círculos, cruzando as mãos atrás da nuca.

— Então a gente não vai jogar? — pergunto, delicada.

— É, não, tá cancelado. Pra valer.

Nós todos nos entreolhamos, confusos. Sloane está cancelando o jogo? Não imaginava que dava para o dia ficar mais esquisito.

— Não me matem, *por favor* — repete Sloane, e se vira para a mesa. — Mas lembram que a gente estava com problema de transmissão antes? E tentando resolver antes de vocês aparecerem aqui, começarem a gritar e declararem seu amor eterno?

Sloane olha de mim para Logan, com ar de desculpas.

— Tá, então... Eu meio que esqueci de fechar a live quando a confusão começou.

— Espera aí. Quer dizer que...? — diz Logan, olhando para a câmera armada à frente dele.

Pavor me invade diante das implicações possíveis do que Sloane diz. Não pode ser.

— Agora a *live* não está rolando — garante Sloane. — Mas, hum, foi porque eu acabei de desligar.

— Ai, meu Deus, ai, meu Deus, ai, meu Deus.

Eu afundo na cadeira e começo a balançar, como se estivesse possuída.

— Me diz que essa conversa não foi pública, na frente da internet inteira — pede Logan.

— Posso dizer isso, ou dizer a verdade, mas as duas coisas, não dá.

A sala é tomada de palavrões e gemidos, e eu cubro o rosto com as mãos. Acabei de me declarar para Logan pela primeira vez na frente de uma plateia?

Kashvi mostra o celular.

— Pois éééé, só para avisar, Andrew viu tudo. Ele mandou mensagem para avisar, mas eu estava envolvida demais para reparar no celular.

Minha vergonha só piora, e sinto vontade de vomitar. Meu irmão escutou tudo? Acho que tenho que me mudar, porque ele *nunca* vai me deixar esquecer isso. Quando eu fizer minha festa de 80 anos, ele ainda vai contar essa história às gargalhadas.

Kashvi corre até o notebook.

— Tudo bem, não tem por que surtar! Ele é só uma pessoa, e tinha motivos para continuar assistindo. Aposto que mais ninguém viu. Todo mundo provavelmente desligou quando viu que a gente não estava jogando.

A voz dela soa animada demais. Sloane abre os dados da sessão e eu me arrasto da cadeira para olhar para a tela atrás delu.

— Estou lendo a coisa certa? — sussurro. — Diz que foram quinhentos espectadores?

— Opa, boa notícia, Logan! Finalmente batemos as quinhentas *views* que você queria no começo da campanha! — diz Sanjiv, rindo.

Logan apoia a cabeça nas mãos.

— A gente quadruplicou os números de costume, até mais — diz Sloane. — E o chat também estava animado.

Elu vai passando pelo chat até paralisar.

— Hum, tá, então, mais uma coisa...

— Sloane, eu não aguento mais coisa *nenhuma*! — praticamente berro.

— Lembra que falei que a gente convidou a Stephanie...

— Nãããão!

Sloane se abaixa e lê o chat por alto.

— Se serve de consolo, parece que ela shippa vocês dois. E mandou parabéns.

Eu gemo outra vez e alguém toca minha cintura. Logan está atrás de mim, e eu me apoio no peito dele sem pensar.

— Caramba, o chat está *absurdo* — diz Kashvi.

Ela não para de rolar a tela, mas nunca chega ao fim. São tantos comentários. Lembranças da última vez que estive ali, lendo o chat, surgem vividamente.

Logan me abraça pela cintura e me aperta de leve.

— Sei que é basicamente a maior vergonha que poderia acontecer, mas eu não me arrependo do que disse — murmura ele ao meu ouvido.

Eu olho para ele, com a ansiedade imediatamente tranquilizada por sua voz.

— Nem eu.

— Então não importa o que ninguém disser. Não se abale com os comentários.

— Na real — interrompe Kashvi, rindo —, o chat está bem fofo. Gostam de vocês como casal.

Ela segue lendo.

— Tem alguns *trolls* e uns comentários irônicos perguntando por que a gente trocou o jogo por uma novela — continua —, mas, no geral... é, está bem positivo.

Olho para Logan, em questionamento.

— A gente arrisca olhar?

— Não sei se temos algo a perder, mas você é quem sabe. Não estou nem aí para o que as pessoas podem dizer sobre a gente — diz ele, e olha para o grupo. — Sem ofensa.

Kashvi e Sloane abrem espaço para que eu e Logan possamos ler os comentários. A maioria é como que Kashvi descreveu — simpáticos, ou, no mínimo, neutros. Um usuário, porém, me chama atenção. Tem comentários espalhados entre os outros, mas que eu vejo como se fossem fosforescentes.

@64CMscores: Lá vai ela estragar outro grupo
@64CMscores: EU AVISEI
@64CMscores: barraqueira

Sinto um nó no estômago. É Caden — ele assistiu a tudo que aconteceu. Ele trocou o nome de usuário da última vez, provavelmente porque foi bloqueado, mas as iniciais e o número continuam, e não tenho dúvidas de que é ele.

De repente, reparo em uma resposta a um dos comentários dele.

@MestreSorridente: Ei @64CMscores, pode voltar para sua caverna com o resto dos trolls. Ninguém te quer aqui.

Dou uma risadinha e mostro o comentário para Logan.

— Acho que agora eu adoro o chat. É a *própria* Mestre Sorridente mandando Caden vazar?

Mark e Sanjiv chegam mais perto, até ficarmos os seis ao redor da tela para ler ao mesmo tempo.

— Obaaa, que bom que vocês convidaram a Stephanie — diz Kashvi, comemorando com Sloane e Mark. — Espera aí! Quinn, meu Deus, lembra o que a gente disse no final?

Ela aperta meu braço e me sacode inteira.

Olho ao redor, confusa. Está tudo uma bagunça. Até que lembro e cubro a boca com a mão, espantada.

"E o cara beija muito mal, pelo que você me contou."

"Parecia que ele estava tentando sugar minha boca como se fosse um aspirador."

Kashvi repete o comentário, rindo tanto que mal se aguenta em pé.

— Nem acredito que ele ouviu isso!

— Não foi só ele — respondo. — *Todo mundo* ouviu.

Sanjiv assobia.

— Isso, sim, vai calar a boca dele.

— Ele é o maior covarde por ficar enchendo o saco no chat assim — diz Logan, me puxando para um abraço e beijando minha cabeça. — Ele merece tudo isso e mais.

Não discordo, mas... percebo que não ligo mais. Não importa o que Caden pensa nem os comentários sarcásticos da Paige. Não importa se eu esbarrar com eles semana que vem, ou se nunca mais vir nenhum dos dois na vida. Eles estão no passado, e é lá que vão ficar.

— Podemos fechar o chat? — pergunto. — Já deu pela vida toda.

— Boa ideia — diz Sloane. — Alguns desses comentários estão quase passando dos limites.

Logan chega mais perto para ler melhor. Sanjiv aponta alguns.

— Tem uma espectadora insistindo exageradamente para vocês se beijarem.

Logan fica paralisado antes de cair na gargalhada.

— Quinn, você *tem* que ver isso.

Hesitando, leio o usuário e imediatamente caio na risada, soltando um gritinho.

@Barbara.Clarice.Norton: Larguem de enrolação e se beijem de uma vez! Nem todo mundo pode passar o dia esperando.

— É sua avó, né? — pergunta ele.

Eu escondo o rosto nas mãos. É *óbvio* que minha avó usaria o nome completo como usuário. Pego o celular e vejo um monte de mensagens dela, todas com alguma variação de "Eu não falei?" e "Beije esse menino antes de eu perder a paciência".

Não consigo mais parar de rir. Acho que estou ficando bêbada de tanta insanidade.

— Acho que é *um pouco* menos bizarro se os comentários são da sua avó? — pergunta Sanjiv, sem parecer convencido.

Logan me beija na têmpora. É incrível ele poder fazer isso na frente dos nossos amigos, mas também estranho, depois de a gente se esconder tanto. Olho para o grupo, todos com expressões atordoadas. Não era assim que a gente esperava que a tarde se desenrolasse.

— Então... acho que é esse o tipo de coisa que vocês queriam evitar quando fizeram a regra, né? — pergunto, com um sorriso irônico.

— A gente nem conseguiria imaginar uma coisa dessas — murmura Sloane.

— Sei lá, com essa quantidade de *views*, acho que vocês mandaram bem. Talvez a gente deva planejar uma briga para semana que vem? — pergunta Sanjiv. — Quinn, você pode dizer para o Logan como é irritante a voz que ele usa para o Adris e...

— Como é que é? — interrompe Logan.

— Alguém tem que mandar a real — diz Sanjiv, e aponta para Sloane. — Liga a *live*, vai ser das boas.

Eu levanto a mão.

— Obrigada pela sugestão, mas já deu de drama na *live* por enquanto. E acho que falo em nome de Logan também quando digo que o que queremos fazer é voltar ao jogo normal. Todo mundo junto.

O grupo inteiro assente, e eu não quero que essa sensação acabe nunca.

— E tudo tranquilo, né, Kashvi? — pergunta Logan. — Sem esquisitice?

— Nenhuma, juro. Não consigo nem pensar em você desse jeito depois de ver a fofura absurda de vocês dois juntos. Na real, já que a sessão obviamente acabou, que tal a gente dar uns minutinhos de privacidade para vocês?

Kashvi me dá uma piscadela e vai empurrando os outros na direção da porta. Um minuto depois, eles saem, e eu e Logan ficamos enfim sozinhos, para minha felicidade.

Ele estende as mãos, na defensiva.

— Tá, escuta, sei que eu não devia ter vindo mais cedo, mas...

Eu agarro Logan pelos ombros e o puxo para um beijo com força. Ele fica parado por um segundo, em choque, antes de me abraçar, passando os dedos pelo meu cabelo, segurando minha cintura. Beijar ele sem a pontada de culpa é *incrível*.

Sorrio contra os lábios dele, e ele se afasta apenas o suficiente para dizer:

— Você está sorrindo. — Ele está rouco.

— Tenho muitos motivos para sorrir.

Ele me beija outra vez. Eu podia viver para sempre com a eletricidade vibrando na minha pele.

— Espera aí — diz ele, com um sorriso malicioso que faz meu coração parar. — Antes de eles voltarem, preciso esclarecer algumas coisas. Quer dizer que eu posso te beijar assim?

Ele espalha beijos sobre minhas sardas.

— Hum, pode.

— E aqui?

Ele desce a boca para a minha, e eu praticamente desmonto ao sentir a língua dele.

— Com certeza. O tempo *todo*.

— E isso? — pergunta, segurando meu rosto para olhar nos meus olhos. — Posso dizer como estou apaixonado por você?

Estou com dificuldade para respirar, mas consigo assentir.

— Só se eu puder dizer a mesma coisa.

Ele sorri com um brilho nos olhos.

— Gosto desse mundo novo sem regras.

Murros na porta nos congelam.

— A gente sabe que é melhor não entrar — chama Mark —, mas nem ousem estragar a mesa e profanar os dados. Acho que esses meus novos finalmente são perfeitos.

— *Enfim*, a gente vai sair para comer panqueca — grita Kashvi. — Vocês deviam vir também... ou não. Mas fiquem avisados que Andrew vai encontrar a gente lá, e ele tem algumas opiniões sobre o que rolou.

Faz-se um momento de silêncio em que eu e Logan nos entreolhamos antes dos passos subirem pelas escadas. Ele inclina a cabeça quando o som se vai.

— Você quer ir?

— Daqui a uns minutinhos?

Eu beijo o queixo dele. Ele me dirige um olhar cálido.

— Não prometo nada.

Consideravelmente mais do que alguns minutinhos depois, vamos até meu carro. Estamos sorrindo tanto que devemos parecer ensandecidos.

— Na real, vamos passar primeiro no meu trabalho — diz ele, quando saio com o carro.

Franzo a testa.

— Por quê?

— A gente tem que comprar uns bons litros de sorvete de laranja para sua avó. Estou devendo por ela pedir para eu tirar a foto de vocês.

— Que tal panquecas primeiro, sorvete depois, e aí a gente volta para a fazenda para você me mostrar o barracão em *muitos* detalhes?

Ele aperta meu joelho.

— É o melhor plano que já ouvi.

Acelero rua acima. É difícil diminuir o ritmo se a campanha de D&D, bons amigos e panquecas deliciosas me esperam no futuro.

E, mais importante, Logan também.

Epílogo

Três meses depois

— Está pronto? — pergunto para Logan. Estamos de mãos dadas, carregando mochilas pesadas.

— Nunca fiquei tão intimidado — responde ele. — Tomara que peguem leve com a gente.

— Não se preocupe. Vou estar do seu lado o tempo todo.

Aperto a mão dele para passar pela segurança antes de entrarmos juntos no centro comunitário do condomínio para aposentados Vale Ensolarado.

Vovó está lá nos esperando, elegante como sempre, de blusa rosa e lenço no pescoço.

— Lá vêm duas das minhas pessoas preferidas! — exclama, e nos abraça. — Estou tão empolgada para hoje... Falei para todo mundo que encontrei que precisam vir passar a tarde com minha neta tão inteligente e o namorado bonitão dela.

Ela nos conduz a uma sala nos fundos. Cumprimento alguns dos funcionários e residentes conhecidos no caminho. Minha família vem visitar bastante minha avó, mas é frequente virmos ao centro comunitário, em vez da casa dela, porque ela é sociável demais para ficar sozinha em casa. Agora temos um calendário na geladeira indicando os horários da hidroginástica, das aulas de artesanato e dos jogos semanais de *pickleball* dela.

— Espero que não tenha problema — continua ela, ainda andando —, mas mais algumas pessoas demonstraram interesse, e eu disse que podiam aparecer. Elas não têm mais o que fazer, então não quis recusar.

Ela para na entrada. Logan e eu ficamos paralisados. Ao redor da mesa oval, claramente feita para jogos de baralho ou artesanato — e não para RPG de fantasia —, estão sete idosos que nos encaram, cheios de expectativa. Reconheço alguns dos amigos novos da minha avó — Janet de moletom bordado de gatinhos, Carol fazendo crochê e Mitch na cadeira de rodas com o tanque de oxigênio. Tem também Jim, o amigo paquerador de *pickleball* da minha avó. Ele está sentado com a postura ereta e os olhos aguçados, pronto para derrubar qualquer inimigo fantástico que colocarmos em seu caminho.

Logan aperta mais minha mão.

— Ah! Hum, oi, pessoal — digo, e aceno discretamente.

— Olá, meu bem! — diz Winfred. — Amei essa cor roxa em você. Combina muito. E quem é *esse*?

— É o palerma que não sabe jogar *pickleball* — diz Jim, de imediato. — Está com disposição para a revanche?

Logan deixa a mochila na mesa.

— Treinei um pouco desde a última vez. Acho que encaro o senhor.

— Quero ver você tentar — bufa Jim, mas os olhos brilham. — Já jogou com alguém bom? Além de mim e da Barbara?

Eu e Logan damos risada. Forçamos nossos amigos a jogar algumas partidas com a gente… e eles ganharam de lavada. Mas pode ser porque eu e Logan vivemos nos distraindo um com o outro.

— Então, estamos esperando mais algumas pessoas. Já voltamos! — digo, e puxo Logan de volta para o corredor.

— Não demorem! — diz Carol. — Minha filha está achando a maior graça. Ela mora em outro estado, então quer que a gente coloque na internet, igual vocês fazem com o jogo de vocês.

— A senhora sabe disso? — pergunto, antes de sair da sala.

— É bom entretenimento para o sábado — diz Mitch. — Fora nos dias de golfe. Eu não perco o golfe.

— Legal, legal. Eu e o Logan vamos só...

Saímos de lá e damos uma corridinha até garantir que ninguém esteja de olho. Eu me viro para ele, em um misto de horror e humor.

— No que a gente se *meteu*? — geme Logan.

— E cadê a Kashvi e o Sanjiv? — pergunto, pegando o celular. — Vou mandar mensagem no grupo. A gente precisa de Mark e Sloane também para dar apoio.

> Socorro, a gente precisa de ajuda. Panqueca de graça para quem aparecer.

Logan se apoia na parede e me puxa para um abraço.

— Nem acredito que a gente topou isso. Talvez devêssemos ficar aqui escondido até todo mundo chegar.

Eu abraço a cintura dele e relaxo. Não posso reclamar de ter mais tempo a sós com Logan. Nos últimos três meses, eu e ele passamos horas a fio no barracão, trabalhando na campanha dele e em outra que inventamos juntos, tomando chocolate quente e (é claro) saindo para visitar Susie Q. Ela está ficando enorme. Entre a fazenda, a casa dele e as saídas com nossos amigos, passamos mais tempo juntos do que eu imaginaria ser possível, mas ainda não é suficiente. Acho que é impossível passar tempo demais com ele.

Encosto o rosto no algodão macio da camiseta.

— Não, a gente vai se virar. É só... bom, acho que a gente começa ajudando todo mundo a criar os personagens. E aí quem sabe dá para mestrar o suficiente da campanha hoje para os personagens se conhecerem?

— Quinn, eu não tenho como mestrar essa campanha.

Eu me afasto para olhar para Logan.

— Ah, nem pensar — respondo. — Você não vai se safar dessa. Finalmente convenci você a botar em prática a campanha do assassino, e a gente se dedicou demais para você dar para trás.

— Mas trabalhar nela com você foi a melhor parte. Além do mais, aposto que merece mais ajustes. Acho que a gente precisa de mais umas sessões de ideias lá em casa — diz ele, beijando minha têmpora. — Sabe, para avaliar os detalhes, pensar em soluções. — Ele desliza os lábios para o canto da minha boca e acrescenta: — É importante a gente dedicar o tempo necessário para tudo ficar nos trinques.

— Humm, são argumentos muito válidos — murmuro. — A gente quer que dê certo mesmo.

Eu abraço o pescoço dele e viro de leve a boca para beijá-lo.

— *Eca!*

O som de alguém fingindo vomitar nos sobressalta. Eu me viro e vejo Andrew aos fundos do corredor, de mãos dadas com Kashvi e do lado de Sanjiv. A expressão de Andrew é de puro nojo.

— No centro comunitário da *vovó*? Sério? Vocês não têm vergonha na cara?

Eu levanto a sobrancelha. É uma bela cara de pau dizer isso depois do que peguei ele e Kashvi fazendo no carro na frente de casa. Fico feliz por eles estarem felizes, mas já deu. Estou prestes a dizer exatamente isso, mas Logan se pronuncia primeiro.

— A gente estava esperando vocês. Acabou que temos *oito* voluntários para jogar.

— E você pretendia construir os personagens e começar a primeira sessão hoje? — pergunta Sanjiv, incrédulo. — Não sei, não.

— Vamos fazer por merecer as panquecas hoje — diz Kashvi, e me abraça rápido. — Mark e Sloane já estão vindo.

— Que bom, porque a gente precisa de ajuda.

Voltamos à sala onde os residentes esperam pacientemente. Parecem todos empolgados, de olhos brilhando, o que enche meu peito de alegria.

— Andrew! Que surpresa! — exclama minha avó.

— Oi, vó. Vim só para dar apoio moral.

Andrew não ficou muito interessado em D&D nos últimos meses, mas às vezes ele vai ao porão assistir à nossa gravação. Acho que ele aprendeu mais do que gostaria de revelar. Ele senta ao lado de Kashvi, e Sanjiv, do outro lado da mesa, entre Janet e Carol. Eu me sento entre minha avó e Jim. Alguém precisa ficar de olho nesses dois.

— Ok, vamos começar do começo — diz Logan, da cabeceira da mesa. — Temos que aprender sobre os dados.

Ele derrama um conjunto de sete dados na mesa e pega um d20.

— Esse é um d20, um dado de vinte lados. Vocês vão usar ele muito hoje, especialmente para criar os personagens.

— Posso ser um gato? — interrompe Janet. — Eu sempre quis ser um gato.

— Hum, então...

— Eu quero ser uma elfa — acrescenta Carol. — Adoro elfos desde que vi aquele loiro em *Senhor dos anéis*. Ele era *muito* bonito.

Os outros concordam, e Logan me olha. Ele obviamente está em pânico, e eu devia me compadecer, mas ele é tão fofo que quero que essa conversa dure para sempre.

— Então, hum, trouxemos nossos exemplares do *Livro do jogador* para vocês — continua ele. — Vocês podem folhear para ver as opções de personagens e podemos ajudar a...

— Essa letra é pequena demais — reclama Winfred. — Eu não sabia que ia precisar dos óculos de leitura.

— Eu quero *essa* espada — diz Jim, apontando uma ilustração de um montante.

Vovó cobre minha mão com a dela.

— Obrigada por vir, meu bem. É um grande presente para a gente — diz, com uma piscadela. — Agora, vá lá salvar seu namorado.

Dou um beijo na bochecha dela e vou para o lado de Logan. Esbarro o ombro no dele.

— A gente consegue — murmuro.

Mark e Sloane abrem a porta nesse instante, e, agradecidos, fazemos um gesto para se sentarem junto aos outros residentes.

— Quer mesmo que meu assassino mate os personagens deles, um a um? — sussurra Logan.

Olho para Jim, que está folheando a seção de armas com minha avó. Ele parece em êxtase.

— Acho que você pode tentar, mas não vai se surpreender se quem morrer for seu assassino. É bom lembrar que idosos são malvados.

Ele ri e me beija rápido antes de chamar a atenção do grupo outra vez.

Agradecimentos

Posso até ser escritora, mas nunca encontro palavras enfáticas o suficiente para expressar minha gratidão por ter o melhor trabalho do mundo. Quero agradecer muitas pessoas, mas, em primeiro lugar, meus leitores. Seu amor por *Dungeons & Drama* continua a ir além do que eu poderia imaginar. Fico eternamente grata por cada pessoa que leu, resenhou, postou, fez playlists, criou fanart e tudo mais. É por causa de vocês que posso fazer o que amo.

Wendy Loggia, obrigada por acreditar no meu trabalho desde o começo, por me apoiar, e por ser tão querida e acolhedora. É uma alegria trabalhar com você, e fico muito feliz por continuarmos juntas!

Fiquei admirada com a paixão e o entusiasmo da equipe da Random House. Obrigada a todas as pessoas que ajudaram a levar meus livros até os leitores, incluindo Alison Romig, Casey Moses, Ken Crossland, Tamar Schwartz, Liz Sutton e Sarah Lawrenson. Liz Parkes, obrigada por criar outra capa completamente espetacular. É uma honra sua arte estar ligada à minha escrita.

Kristy Hunter, agente extraordinária, que alegria ter você como parceira nessa jornada pela publicação! Obrigada por todo seu trabalho em meu nome, e por me apoiar tanto.

Obrigada aos muitos outros escritores incríveis na minha vida! Debbi Michiko Florence, obrigada pelo encorajamento diário e pela compreensão — você me ajuda a manter a sanidade nesses altos e baixos! Obrigada a Kathryn Power, Annette Hashitate, Diane Mungovan e Becky Gehrisch por serem amigas e companheiras de escrita incríveis. Um enorme agradecimento também para Keely Parrack, Brieanna Wilkoff, Laurence King, Debbie Rigaud, Carrie Allen e Sabrina Lotfi, por tudo.

Outro imenso agradecimento para minha família por me apoiar esses anos todos, especialmente para meus pais; minha sogra, Gail; e minhas tias, Linda, Mary, Marsha e Lisa. Minhas avós não estão mais entre nós, mas tenho certeza de que ficariam em *êxtase* por eu ter me tornado uma autora publicada. Apesar da avó de Quinn ser muito diferente das minhas (que nunca jogaram *pickleball* nem sofreram acidentes de carro!), o vínculo entre as personagens foi inspirado pela minha própria conexão com minhas duas avós. Amo vocês, vovó Pachuta e vovó Bryan.

Também agradeço muito por ter tantos amigos incríveis, inclusive Beth, David, Anna, Kristin, Kristy, Courtney, Melissa e Rosalee. Um agradecimento especial para Maggie Stevenson e Emmett Williams, por serem os melhores amigos (e ex-jogadores de D&D) que eu poderia ter.

Liam, eu te amo muito. Obrigada por ser meu companheiro de viagens, leitura e sushi. Mike, minha vida é infinitamente melhor pela sua presença. É por sua causa que escrevo romances.

MINHAS IMPRESSÕES

Início da leitura: ____ /____ /____

Término da leitura: ____ /____ /____

Citação (ou página) **favorita:**

Personagem favorito: _____

Nota: ✿ ✿ ✿ ✿ ✿ ♡

O que achei do livro?

Este livro, impresso em 2025 pela Lisgrafica, para a Editora Pitaya, gerou um debate seríssimo no editorial sobre quem seria de qual classe em uma campanha de D&D. O papel do miolo é o pólen natural 70g/m² e o da capa é o cartão 250g/m².